奇

祅

撑

기
요
틴

기이할 기 [奇]

재앙 요 [祅]

버틸, 취할 탱 [撐]

# 기요틴

奇
祅
撐

이스안 소설집

토이필북스

기이한 재앙을 버티고, 혹은 취하다

# 차 례

1

환생

해가 떠 있는 시간에 퇴근하는 건 정말 오랜만이었다. 이미
해가 뉘엿뉘엿 지고 있었지만 나에게는 대낮이나 다름없게
느껴졌다. 요 근래 나는 회사의 프로젝트 업무 때문에 매일
야근에 시달리고 있었다. 매일 새벽에 집에 들어가 바로 쓰러
져 잠드는 게 나의 일상이었다. 그러나 지긋지긋하도록 나를
옭아매오던 그 프로젝트는 이제야 나름 성공적으로 끝을 맺
었다. 원래 야근이 많지 않은 회사였지만 나는 거의 한 달 만
에 정시퇴근이란 걸 해보았다. 심지어 오늘은 직장인들이 평
일 중에서 제일 사랑하는 날인 금요일이다. 일반적인 흐름대
로라면 오늘 같은 날은 회식이 있어야겠지만, 함께 프로젝트
를 진행한 팀원들 중 그 누구도 회식 얘기를 꺼내지 않았다.

그럴 힘조차 남아있지 않은 것이다. 나도 누군가와 술 한잔 걸치는 것조차도 버겁게 느껴질 만큼 지쳐 있었다. 오늘 같은 날은 빨리 집으로 돌아가서, 침대에 퍼질러 누워 예전에 미처 다 못 본 미드나 한꺼번에 몰아서 볼 작정이었다. 애인 없고 혼자 사는 남자 직장인의 휴식이 별거 있겠는가. 뭐가 어찌 됐든 나는 매우 지쳐있으면서도 신이 났다. 그리고 나는 기름 값을 아끼기 위해 평일 중 두 번은 차를 몰지 않고 출근하는 데, 오늘이 바로 그날이었다. 운전할 힘도 없었다. 그냥 전철이 편히 나를 동네까지 데려다주면 좋겠다. 회사에서 집까지는 전철로 40분 거리. 40분 후에 나는 내 집에서 한없이 녹아내려있을 예정이었다. 역으로 향하는 발걸음이 나도 모르게 빨라졌다.


"민우 씨...?"

역 입구로 막 들어가려는 순간, 누군가에게 팔을 붙잡혔다. 흠칫 놀라 뒤돌아보니 20대 후반 정도 되어 보이는 여자가 미묘한 표정으로 나를 빤히 바라보고 있었다. 그리고 그녀는 다시 입을 열었다.

"...민우 씨 맞죠?"

"아닌데요. 사람 잘못 보신 거 같습니다."

요즘은 전도를 할 때 길을 물어보면서 사람을 잡던데, 이 사람은 조금 새로운 방법으로 전도를 하려나 보다 싶었다. 나는 약간 성가시다는 듯 목례를 까딱 하고 가던 길을 마저 가려 했다. 그러나 팔을 다시 붙잡혔다.

"민우 씨 맞잖아요."

"사람 잘못 보신 것 같다니까요."

"...민우 씨, 왜 그동안 죽은 척 했어요?!"

돌연 외치는 그녀와, 그녀에게 팔이 붙잡힌 나를 지나가던 사람들은 이상하다는 듯이 쳐다보았다.

"아, 글쎄 저는 민우 씨가 아니라니까요!"

신경질을 내며 팔을 뿌리치다 그 여자의 눈과 코가 붉어진 것이 눈에 들어왔다. 곧이어 여자는 눈물을 뚝뚝 흘리기 시작했다.

"...죄송해요. 제가 알던 분이랑 너무 많이 닮아서…"

여자는 훌쩍거리며 내게 고개를 조아렸다. 아무리 1분이라도 빨리 집으로 귀가하고 싶은 이 상황에 방해를 받았다고는 하지만, 왠지 내가 이 사람을 울린 것 같아 조금 미안해졌다.

"저기… 저도 신경질적으로 굴어서 미안합니다. 무슨 사정이 있었는지는 모르겠지만 저는 그 민우 씨라는 사람이 아니라 김지훈이라고 해요. 그리고 당신도 오늘 처음 봤구요."

"죄송합니다…."

여자는 계속 흐느꼈다.

"제가 지금 좀 바빠서요, 먼저 가겠습니다."

나는 이렇게 말을 한 뒤 발을 움직였다.

"저기…"

그 여자의 목소리를 듣고 나는 잠시 멈칫했다.

"정말 실례지만 연락처라도 받아놓을 수는 없을까요...?"


나는 집 문을 벌컥 열고 들어와 편의점에서 산 도시락을 테이블에 놓았다. 그리고 침대 모서리에 걸터앉아 양말부터 하나씩 벗어서 바닥에 내팽개쳤다. 내 집은 10평 남짓 되는 원룸 오피스텔이다. 이곳은 나의 유일한 안식처다.

"참나, 이제는 번호 구걸을 이런 식으로도 하네."

나는 혼잣말을 하며 넥타이를 당겨 풀었다. 그리고 대충 씻고 난 다음, 항상 집에서 입는 편한 옷으로 갈아입고 침대에 몸을 내던졌다. 침대가 내 몸무게에 못 이겨 끼익, 하고 크게 흔들렸다. 나는 누운 채로 한숨을 크게 내쉬었다. 물론 아까 그 여자는 내가 맘에 들어서 번호를 달라고 한 건 아닌 것 같다. 나는 그다지 미남형도 아니고 길 가다 흔하게 볼 수 있는 그런 평범한 외모다. 그런데 그 여자가 내 앞에서 그토록 운 것은 뭔가 사연이라도 있는 모양이다.

그러고 보니 혼자 이 집에 산 지도 반년이 다 되어간다. 마지막 여자친구는 반년 전까지 이 집에서 함께 살았다. 비록 작은 원룸이지만 우리는 그런대로 잘 지냈다. 그녀가 나에게 바람난 걸 들켜서 쫓겨나기 전까지는.

어찌됐든 나는 아까 그 여자에게 연락처를 알려주고 집으로 돌아왔다. 어쩔 수 없이 줬다는 표현이 맞을 것이다. 연락처를 안 줬으면 왠지 내가 너무 사람을 막 대하고 온 것만 같아서 찜찜할 것 같았기 때문이다. 하지만 이제 와서 생각해보니 연락처를 준 게 더 찜찜한 느낌이 든다.

나는 직장 동료에게서 빌려온 〈워킹 데드〉 DVD를 플레이어에 넣고 침대에 누웠다. 인적이 드문 죽은 도시에 그르렁거리는 좀비의 목소리가 하나 둘 늘어나다가 곧이어 큰 괴성이 들리면서 좀비 떼가 등장했다. 이제부터 본격적으로 나만의 여가생활이 시작되는 것이다. 하지만 나는 드라마를 보면서도 종종 핸드폰을 힐끔 쳐다보곤 했다. 그 여자에게서 연락이 오는지 안 오는지 은근히 신경 쓰였기 때문이다. 성가신 일을 늘린 것 같았지만 솔직히 말하면 나는 그 여자에게 어떤 사연이 있었는지 궁금했다.

드라마 한 편이 끝난 후, 나는 테이블을 앞에 두고 앉아 편의점 도시락을 까먹기 시작했다. 시청하면서 밥을 먹기에는 비위가 상할 만한 장면이 자주 나오기 때문이다. 밥을 먹으면서도 나의 시선은 계속해서 핸드폰에 가 있었다.

그리고 드라마를 연이어 세 편째 봤을 때쯤, 눈이 스르륵 감겨오기 시작했다.


 얼마나 잤을까. 저절로 눈이 떠졌다. 핸드폰 시계를 보니 오전 7시였다. 평일에 항상 일어나는 시간이다 보니 주말에도 습관적으로 눈이 떠졌다. 여전히 그 여자에게서 온 연락은 없었다. 나는 다시 눈을 감았다.

 그리고 다시 눈을 뜨니 오전 10시 반쯤이었다. 다른 사람들에게서 온 메시지는 있었지만 여전히 그 여자에게서 온 연락은 없었다. 연락이 오면 더 성가시게 될 텐데 왜 이렇게 은근히 신경이 쓰이는 걸까. 하지만 나는 이제부터 완벽한 나만의 주말을 즐기고 싶었기 때문에 오히려 연락이 아예 안 왔으면 좋겠다는 생각도 들었다.

 그리고 그 여자에게서 연락이 온 것은 간단히 아침을 때우려고 밥그릇에 씨리얼과 우유를 다 붓고 난 직후였다.


 - 어제 연락처 부탁드린 사람입니다. 주말인데 정말 실례지만 혹시 오늘 오후에 잠시 뵐 수는 없을까요?

 혹시 종교인은 아닐까 하는 의심은 여전히 지워지지 않았다. 나는 씨리얼을 한 숟가락 입에 집어넣은 후 우물거리며 답장을 보냈다.

 **- 오후에 비어있긴 하지만 무슨 용건이시죠?**


환생

– 드리고 싶은 말씀이 있어요. 부탁드립니다. 제가 그쪽으로 갈게요. 잠깐이면 되는데 언제 시간 괜찮으세요?

**– 음... 알겠습니다. 그러면 오후 세시쯤 괜찮으신가요?**

– 네, 저는 언제든 괜찮아요. 어디쯤인지만 알려주세요.

나는 여자에게 오피스텔과 가장 가까운 카페를 알려주고 약속을 잡았다. 조금 성가셨지만 어떤 사연이 있기에 그렇게 울면서 나를 붙잡았는지 한번 들어보고 싶었다.


약속 시간에 맞춰 집 근처 카페로 들어가니 구석 자리에 어제의 그 여자가 앉아있는 것이 보였다. 나는 그쪽으로 천천히 다가가 인사를 건넸다.

"안녕하세요…"

"아, 와주셨네요. 주말에 이렇게 번거롭게 해드려서 정말 죄송해요. 제 이름은 김유경이에요. 김지훈 씨라고 하셨죠?"

그녀는 내 이름을 정확히 기억하고 있었다.

"네, 맞습니다."

그리고 여자는 어제보다는 좀 더 정돈되어 보였다. 그렇다고 누구한테 잘 보이려고 꾸미고 온 듯한 느낌은 아니었다.

"혹시 종교인은 아니시죠? 하하."

나는 자리에 앉으며 어색하게 웃어보였다.

"네, 아니에요."

여자가 정색하며 대답한 후 잠시 동안의 정적이 흘렀다.

"...어제 일은 정말 죄송했습니다."

여자는 허리를 굽히고 나에게 정중히 사과했다.

"그래서 어떤 용건으로 연락을 주셨는지…."

"그냥… 좀 말씀드리고 싶은 게 있어서요."

여자는 슬퍼 보이는 표정이었다. 그리고 나와 눈이 다시 마주쳤다. 그녀는 믿을 수 없다는 듯한 눈동자로 나를 빤히 쳐다보며 입을 열었다.

"어쩜 이렇게 똑같이 생길 수가 있죠...?"

"누구랑요? 어제 말씀하신 그 분이요?"

"사실 제가 어제 착각한 민우 씨라는 사람은… 제 친한 언니의 죽은 남편이었어요."

아, 역시 이런 사연이 있었군.

"아 이제 알겠어요. 그래서 저한테 왜 죽은 척 했냐고 한 거군요."

"네. 얼굴뿐만 아니라 키, 체형, 걷는 폼, 분위기까지 한눈에 봐도 민우 씨랑 완전히 똑같아서 착각했던 것 같아요."

"그랬군요."

"그런데 목소리는 살짝 다르시네요. 민우 씨가 조금 더 굵고 낮아서 감미로웠거든요."

나는 그 말을 듣고 살짝 웃어버렸다. 나도 모르는 사람에게

환생

비교당한 것이 살짝 불쾌할 뻔도 했으나 왠지 우습기도 했다.

"실례지만 나이가 어떻게 되세요?"

웃음기가 다 가시지 않은 나에게 여자가 물었다.

"저는 서른두 살입니다."

"그러면 민우 씨보다는 두 살 어리시네요. 언니와는 동갑이시고…."

"그런가요."

"민우 씨 사진이에요."

여자는 내가 묻지도 않았는데 핸드폰을 꺼내어 나에게 들이밀었다. 그리고 나도 그 사진을 보고 한동안 멍해졌다. 사진의 인물은 내가 봐도 나를 누군가가 찍어 준 듯이 나와 닮아 있었기 때문이다. 이렇다 할 것 없는 내 얼굴의 특징을 애써 꼬집어보자면 쌍꺼풀 없는 눈과 연한 눈썹, 살짝 튀어나온 광대뼈와 보통 사람보단 높고 큰 코인데 이것들뿐만 아니라 정말 모든 생김새와 특징이 사진 속의 남자와 똑같았다. 하지만 머리 스타일은 내가 일반적인 짧은 회사원 머리라면, 사진 속의 인물은 약간 더 길었다. 그래도 얼굴은 나의 **도플갱어** 수준이었다. 내가 듣기로는 도플갱어는 서로 마주치면 한쪽이 죽는다는데, 이 사람이 먼저 죽어서 안심이다 하는 철없는 안도감까지 들 정도였다.

"본인이 보시기에도 정말 많이 닮았죠? 저도 어제 길에서 딱

보자마자 너무 놀랐어요. 그래서 저도 모르게 붙잡고 말았던 거예요."

"네, 정말 많이 닮았네요. 제가 봐도⋯."

나는 여전히 놀란 표정을 감추지 못한 채 여자에게 핸드폰을 돌려주었다.

"민우 씨가 죽은 건, 딱 작년 이맘때쯤이었어요."

"조의를 표합니다."

나는 고개를 살짝 숙이며 말했다.

"그리고 언니와 저는 어릴 때부터 소꿉친구였기 때문에 정말 친해요. 그래서 언니가 결혼하고 나서도 저는 언니와 민우 씨와도 자주 만나곤 했어요."

여자는 말을 계속 이어갔다.

"민우 씨는 요리사였고, 동네에서 작은 레스토랑을 운영하고 있었어요. 굉장히 성실했고, 성격도 모난 곳 하나 없이 젠틀하고 부드러운 사람이었어요. 언니와는 대학 시절부터 10년 가까이 교제하고 결혼했는데, 여태 단 한 번도 둘이 싸운 걸 본 적이 없어요."

그렇다면 내 성격은 어떨까. 나도 순한 편이라는 말은 자주 들어왔다. 여자의 말을 들으며 속으로 나를 되짚어 보기도 했다.

"그리고 민우 씨는⋯ 친구들과 바다에서 배를 타고 낚시를 하러 갔다가 심한 파도에 휩쓸렸어요. 그리고 그중에서 민우 씨만 실종되고 말았어요."

여자는 한숨을 내쉬었다.

"그럼 시신은 되찾았나요?"

"우여곡절 끝에 3주 정도가 지나서야 찾기는 찾았는데, 신원을 알아볼 수 없을 정도로 훼손이 너무 심했어요. 저도 신원을 확인할 때 언니와 같이 동행했는데… 알아볼 방법이 치아 정도밖에 없었어요. 그래서 언니는 아직도 민우 씨의 죽음을 믿지 못하고 1년째 폐인처럼 죽지 못해 살고 있어요. 결혼한 지 몇 달 만에 이렇게 되어버렸으니까요. 차라리 자기가 미워서 속이고 도망친 거라도 좋으니 어디에선가 살아있었으면 좋겠다고까지 말할 정도예요. 언니는 민우 씨를 정말 많이 사랑했어요. 민우 씨도 언니를 많이 사랑했구요."

"서로 많이 사랑했었는데 그런 비극이 생겼다니 안타깝네요."

"옆에서 쭉 지켜봐온 제가 봐도 둘은 최고의 파트너이자 부부였어요. 10년이라는 시간이 지나도 서로 변함없이 진심으로 사랑하는 게 눈에 다 보였거든요."

듣는 나도 마음이 많이 불편해서 한숨을 쉬었다. 여자도 슬픈 눈으로 찻잔을 멍하니 바라보았다. 그리고 곧 다시 입을 뗐다.

"…힘들 수도 있다는 거 알고 여쭤보는 건데요."

"네?"

"혹시 언니를 만나주실 수는 없을까요?"

그 말을 하는 여자의 눈빛에는 애절함이 담겨 있었다. 계속 듣고 있다 보니 왠지 이런 부탁이 나올 것 같은 예감이 들긴 했다. 그렇지만 이건 조금 난처한 부탁이었다. 나와 닮은 전 남편을 잃은 여자를 만나는 건 아무래도 부담스러운 일이기 때문이었다. 나는 잠시 고민한 후 다시 입을 열었다.

"죄송하지만 저와 그 언니분이 만난다고 해서 좋아질 일은 없을 것 같아요. 그분께서 저를 보시게 되면 전 남편분이 다시 떠올라서 더 슬픔에 빠질 수도 있잖아요. 하루 빨리 마음의 정리를 하시는 게 좋지 않을까 싶습니다만…."

내가 그렇게 말하자 여자는 잠시 동안 말없이 어두운 표정을 지었다. 나도 미안한 마음이 들어 아래만 내려다보았다.

"저는… 언니마저 제 곁을 떠날까 봐 항상 불안에 떨고 살아요."

여자가 말을 이었다.

"언니는 그 이후에 몸이 많이 약해져서 집 밖으로 나오지 않더니 극심한 우울증에 걸려서 자살시도를 몇 번 했어요. 스스로 손목도 긋고, 목도 매달고요. 그나마 언니 집을 자주 들락날락하던 저한테 발견되어서 망정이지, 제가 조금만 늦었어도 언니가 이 세상 사람이 아닐 뻔한 일이 종종 있었어요."

"……."

그 말을 들은 나는 순간 무슨 말을 입에 담아야 할지 몰랐다.

"언니는 부모가 없는 저를 친동생처럼 챙겨주고, 제가 사회인이 될 때까지 도와준 제 은인이에요. 물론 이건 저희의 개인적인 사정이긴 하지만, 지훈 씨를 끌어들여서라도 언니에게 조금이나마 희망을 주고 싶어요. 그냥 한 번이라도 언니를 만나주실 수는 없을까요...?"

"제가 그분께 도움을 드릴 수 있을지 잘 모르겠는데…"

나는 한숨을 크게 내쉬며 말했다.

"...이렇게 부탁드릴게요. 한 번이라도 좋으니 언니를 만나주셨으면 해요."

여자는 그렇게 말하고 테이블에 닿을 만큼 고개를 숙였다.


다시 집으로 돌아왔다. 결국 나는 어쩔 수 없이 여자의 부탁에 또 승낙하고 말았다. 이름이 유경이라고 했던가, 그 여자. 사람 돕는 일 해서 나쁠 건 없다고, 사정도 많이 딱하고 해서 봉사하는 마음으로 그 언니분과 만나보기로 한 것이다. 그리고 남편을 잃은 그녀는 몸이 많이 허약한 상태라 내가 직접 그 사람이 사는 집으로 찾아가기로 했다. 약속한 날은 내일 오후였고, 유경이 내 집까지 차로 데리러 오겠다고 했지만 나도 차가 있으니 그냥 내가 알아서 가겠다고 했다. 나는 그녀의 집주소를 받아놓았다. 그곳까지는 내가 사는 곳에서 차로 삼십 분 정도 걸릴 것으로 예상되는 거리였다.

나는 편한 옷으로 갈아입고 침대에 앉아 엄마에게 전화를 걸었다. 몇 번의 신호음이 울렸다.

"여보세요. 어, 지훈아."

"응, 엄마."

"웬일이야, 둘째 아들이 오랜만에 전화를 다 하고?"

"있잖아, 혹시나 해서 물어보는 건데… 나 형이 또 있어? 아니면 쌍둥이 형제라도."

"갑자기 전화하자마자 무슨 소리야 이게? 니 똑 닮은 니네 친형 하나 있잖아."

"아, 형은 나보다 키도 훨씬 작고 인물도 좀 그렇잖아."

"얘가 형한테 무슨 말버릇이야. 형 들으면 서럽겠다, 야!"

"있어, 없어? 혹시… 있었어?"

"없어, 없어. 만약 있었다가 입양이라도 보냈으면 너 스무 살쯤 되면 말해줬겠지? 그리고 우리 집이 찢어지게 가난한 집도 아니었는데 애를 뭐 하러 입양을 보내겠어?"

"정말로 없었지?"

"그래, 진짜 없었어. 왜, 무슨 일 있어? 갑자기 엄마한테 그런 건 왜 묻는데?"

환생

"아니 그냥 뭐… 나랑 똑같이 생긴 사람이 있었대서."

"있었대서…? 왜 과거형이야?"

"지금은 죽고 없대."

"그래? 딱하네…."


 다음 날이 되었고, 회사원에게는 너무나도 소중한 일요일이
었지만 나는 두 번째 주말도 타인에게 시간을 내어주게 되었
다. 솔직히 말하면 조금 성가시다는 생각도 들었지만 약속은
약속이니 이제 와서 어쩔 수 없었다. 출근하는 날도 아니지만
나는 나름 격식을 차린다고 정장을 챙겨 입었다. 나는 집 앞
에 있는 작은 마트에서 과일 바구니를 하나 사들고 차에 탔
다.

 주소를 받은 곳에 도착하니 조금 허름한 아파트가 보였다.
그리고 유경이 주차장에 서서 기다리고 있었다.

"여기까지 와 주셔서 감사해요."

"약속했으니 와야죠."

"이런 것까지 안 챙기셔도 되는데…"

 내 손에 들려있는 과일 바구니를 본 모양이었다. 유경이 그
렇게 말하자 나는 겸연쩍게 웃어보였다. 그 후 나는 유경을
따라 아파트 안으로 들어갔다. 유경은 엘리베이터에 올라탄
후 버튼을 눌렀다. 엘리베이터 안에는 잠시 어색한 공기가 맴

돌았다. 유경이 먼저 입을 열었다.

"언니한테 오늘 지훈 씨가 오신다고 얘기해 뒀어요. 그런데 민우 씨랑 지훈 씨가 많이 닮았잖아요. 혹시라도 언니가 격한 반응을 보여도 너무 부담스럽게 생각하지는 말아주세요."

"알겠습니다."

9층에 내린 후 유경은 문 앞으로 다가가 벨을 눌렀다.

"언니, 나 왔어."

유경은 잠시 가만히 멈춰서 인기척을 느끼더니 곧이어 비밀번호를 능숙하게 누른 다음 현관문을 열었다.

"언니, 집에 있지? 지훈 씨랑 같이 왔어."

문이 열리자마자 현관 앞에 퀭한 몰골의 한 여자가 힘없이 서 있는 것이 눈에 들어와 흠칫 놀랐다. 여자의 얼굴빛은 회색이라고 해도 될 만큼 한눈에 봐도 상태가 많이 좋지 않았다. 그래도 긴 머리는 한번 정갈하게 정리한 티가 났다. 그녀는 마치 살아있는 시체처럼 보였다.

"아… 안녕하세요. 처음 뵙겠습니다. 저는 김지훈이라고 합니다. 동생분의 부탁을 받고 찾아오게 되었습니다."

그녀는 경직된 목소리로 인사하는 나를 빤히 바라보았다. 그리고 서서히 나에게 다가왔다. 당황한 나는 손에 있던 과일 바구니를 그녀에게 들이밀며 말했다.

"몸이 편찮으시다고 하셔서 과일을 좀 사왔는데 드시…"

환생

"여보…?"

그녀의 눈빛이 서서히 또렷해졌다. 나는 시선을 그녀에게 고정한 채 과일 바구니를 잠시 바닥에 내려놓았다.

"언니, 이 분은 민우 씨가 아니야."

하지만 그녀는 유경의 말도 들은 체 않고 계속해서 나에게 다가왔다. 나는 살짝 오싹해졌다. 꼼짝 않고 서 있던 나는 그녀에게 와락 안겼다.

"여보… 여보 맞지… 민우 씨 맞지…?"

그 순간, 해골에게 안긴 느낌이었다. 그녀는 피골이 상접해서 굉장히 딱딱하게 느껴졌고 사람의 온기라고는 느껴지지 않아 차디찼다. 나는 어쩔 줄을 몰랐다. 그렇다고 뿌리칠 수도 없었다.

"아… 저기… 저, 저는 민우 씨가 아니고 김지훈이라고 하는 사람입니다."

그러나 그녀는 나를 껴안은 채 통곡하기 시작했다. 엊그제 거리에서의 일이 다시 떠올랐다. 그리고 그녀에게서는 태어나서 처음 맡아보는 오묘한 향기가 났다.


우리는 식탁에 마주 앉았다. 그녀는 아까보다는 좀 진정된 듯 보였다. 거실에서는 유경이 과일을 깎고 있었다. 나는 앉은 채로 집 안을 두리번거렸다. 이십 평이 안 돼 보이는, 소박

하고 아담한 집이었다. 집안에는 한여름인데도 조금 찬 공기가 맴돌았다. 식탁 바로 옆 벽에는 남자가 생전에 여자와 함께 찍은 사진들이 걸려 있었다. 그 사진에 있는 남자의 모습들은 다시 봐도 나와 꼭 닮아있었다.

"아까는 죄송했어요. 제가 요즘 제정신이 아니라서…"

그녀는 눈동자와 코끝이 여전히 붉게 물든 채 힘없는 목소리로 말했다.

"동생분께 얘기 들었습니다. 상심이 크시죠."

내 입에서는 형식적인 어투가 나왔다. 다른 말이 딱히 떠오르지 않았다.

"죄송한데 성함이…."

그녀가 물었다. 아까 분명히 그녀에게 내 이름을 말했지만 기억하지 못하는 듯 했다.

"김지훈이라고 합니다."

"저는 최연희라고 해요."

우리는 서로 어색하고 가볍게 목 인사를 했다. 그리고 그녀는 다시 나를 빤히 바라보았다.

"어쩜 이렇게 닮았지. 거짓말 같아요."

"저도 혹시나 해서 저희 어머니께 여쭤봤더니, 저한테 쌍둥이가 있거나 다른 형제가 더 있는 건 아니라고 하셨어요. 그리고 저는 고인 되시는 분보다 나이가 더 어리구요."

나는 그렇게 말을 하면서도 그녀의 쇄골에 저절로 눈길이 가고 말았다. 살면서 저렇게 노골적으로 드러나는 쇄골은 처음 봤기 때문이었다. 나는 시선을 황급히 다른 곳으로 두며 말했다.

"많이 힘드실 텐데 어떻게 위로를 드려야 할지 모르겠습니다."

"아니에요⋯."

그녀는 고개를 떨구었다.

"그 일이 뉴스에도 나왔었어요. 제가 사랑하는 사람이 실종자가 돼서 티비에 나오니까 정말 미치겠더라구요. 그리고 얼마 후에 시신을 발견하고 나서는 더더욱⋯"

그녀는 잠시 짧은 한숨을 내쉬며 호흡을 가다듬었다.

"신은 왜 제 남편만 골라서 데려갔는지, 세상이 너무 원망스러웠어요. 민우 씨가 죽었다는 게 아직도 믿기지가 않아요."

유경이 식탁 위에 정갈하게 깎은 과일들을 올려놓았다. 하지만 그것을 집어먹을 만한 분위기는 아니었다.

그리고 그녀는 고인에 대한 추억을 말하기 시작했다. 그녀는 대학교에 입학함과 동시에 동네의 작은 레스토랑에서 아르바이트를 시작했는데, 그곳의 요리사가 민우 씨였다고 한다. 당시 그녀는 갓 스무 살이었고 민우 씨는 그녀보다 두 살 위였다. 서로 연인이 된 후 둘이 함께 간 장소, 함께 경험한 일들… 그녀는 사사로운 것까지 내게 말했다. 나는 아무리 그녀를 위로하러 왔다고 해도 황금 같은 주말에 이게 무슨 고생인가 싶은 이기적인 생각이 들며 살짝 지루하기도 했다. 그녀는 그에게 프로포즈를 받았을 때의 얘기를 하다가 다시 흐느끼기 시작했다. 나는 문득 지루하다는 생각을 한 것이 괜히 미안해졌다. 유경이 바로 달려와 그녀를 안아주었고, 그녀는 안긴 채로 서럽게 울었다. 나는 그 앞에서 난처한 표정을 짓는 것 말고는 할 수 있는 일이 없었다.

 그녀가 다시 진정된 후에 나는 집으로 돌아갈 준비를 했다. 그녀는 집 밖으로 나오지 않고 현관 앞까지 나를 배웅해 주었다. 유경은 과일 몇 개를 내가 가져갈 수 있도록 비닐에 담아 건네주었다.

"오늘 와 주셔서 정말 고마워요."

 그녀가 힘없는 웃음을 지어보이며 말했다.

"아닙니다. 빨리 상태가 호전되시길 빕니다. 저는 이만 가볼게요."

 나는 정중히 인사를 한 다음 현관 문고리를 잡고 나가려 했다.

"저기, 지훈 씨…"

 그녀의 부름에 다시 뒤를 돌아보았다.

"정말 실례인 거 알지만… 가끔 만나주기라도 하면 안 될까요? 그래야 어떻게든 제가 살아갈 수 있을 것 같아요. 마치 꼭 남편이 살아 돌아온 것 같아서…."

나는 잠시 고민하다, 결국 고개를 끄덕였다. 그리고 유경과 함께 밖으로 나왔고, 우리는 내 차 앞에 섰다.

"오늘 언니를 만나주셔서 정말 감사했어요. 주말에 푹 쉬셔야 하는데, 죄송해요."

"괜찮아요. 저분을 보니 마음이 많이 안 좋네요."

유경은 내 말을 듣고 잠시 뜸을 들이더니 다시 입을 열었다.

"…솔직히 말하면 언니가 일 년째 저런 상태로 있으니 저도 많이 지친 건 사실이에요. 제가 옆에서 아무리 언니를 돌봐줘도 언니는 상태가 나아질 기미가 안 보였거든요."

지칠 만도 하다. 저렇게 우울해하는 사람과 계속 함께 있다 보면 나에게까지 우울함이 옮아붙을 게 분명했다.

"유경 씨도 고생이 많으셨겠어요."

"…정말 앞으로도 가끔 언니를 만나주실 수 있으세요?"

"제가 정말로 저분께 조금이라도 위로가 되는 게 맞다면 가끔은 만나드리도록 해 볼게요."

유경은 내 말을 듣고 안심한 미소를 지어 보이더니 나에게 허리를 굽혀 인사했다.

"조심히 가세요."

백미러에 유경이 그 집으로 다시 들어가는 것을 보며 나는 아파트 주차장을 빠져나왔다. 그리고 그녀의 움푹 팬 볼, 과하게 드러난 쇄골뼈, 그리고 그녀의 흐느끼는 얼굴이 머릿속에 맴돌았다. 뜬금없지만 나는 그녀가 예전에는 꽤 미인이었을지도 모르겠다는 생각이 들었다. 하지만 아까 본 모습은 당장이라도 신경쇠약으로 숨져도 이상하지 않을 몰골이었다. 그녀의 상태는 확실히 심각해 보였다. 나는 갑자기 복잡한 숙제를 받은 듯한 기분이 들었다.


나는 사옥에서 수많은 빌딩들을 내려다보며 회사 동기인 민규와 함께 담배를 피우고 있었다.

"DVD는 다 봤어?"

민규가 물었다.

"아, 맞다. 다 봤어. 내일 돌려줄게."

"그래서 그 과부는? 예뻤어?"

"너는 지금 남편이 죽어서 죽지 못해 살고 있는 여자한테 예뻤냐고 물을 때냐?"

솔직히 나도 그녀가 예뻤을 것 같다는 생각을 하긴 했지만.

"예쁘면 네가 다시 데려 가라."

그가 실실 웃으며 말했다.

"그리고 과부라는 표현 쓰지 마라. 옛날도 아니고."

환생

"남편 죽으면 그게 과부지 뭐야. 근데 정말 사정이 딱하긴 하네."

"야, 그런 말 하지 말라니까."

"그래서? 이제부터 가끔 만나주기로 한 거야?"

"응, 너무 안돼보여서 그렇게 하기로 했어. 내가 지금 애인이 있었으면 이런 일도 힘들었겠지만 뭐….'

"괜히 귀찮은 일 만든 건 아니고?"

"모르겠다, 나도."

나는 담배를 한 모금 빨아들인 후 허공에 내뱉었다. 구름과 담배연기가 겹쳐졌다.

며칠 후, 유경에게서 언제 또 시간이 되냐는 연락이 왔다.


평일 목요일 저녁. 나는 퇴근 후 그녀의 집으로 가서 그녀와 다시 만났다. 우리는 식탁에 앉아있었고, 유경은 부엌에서 분주히 움직이고 있었다.

"오늘도 집까지 찾아오시게 해서 정말 죄송해요. 제가 여전히 몸이 안 좋아서 밖으로 나가기가 힘들었어요. 미안해요."

"괜찮습니다. 아프신데 애써 밖으로 안 나오셔도 돼요."

"아직 저녁 안 드셨죠? 저녁이라도 여기서 드시고 가세요."

"식사라니요, 그렇게 신경 안 써 주셔도 괜찮습니다."

나는 손사래를 쳤다. 하지만 저녁을 먹고 온 게 아니었기 때문에 약간 허기진 상태이긴 했다.

"그래도 꼭 대접하고 싶어요. 이미 저녁식사 하신 게 아니라면 드시고 가세요."

"그래요. 제가 언니 대신 맛있게 차려드릴 테니까 부담 갖지 마시고 먹고 가요."

그렇게 우리는 셋이 함께 저녁 식사를 했다. 된장국과 몇 가지 반찬이 차려졌다. 이윽고 식탁에는 수저와 그릇 부딪히는 소리만이 들렸다. 확실히 남의 집밥은 엄마가 해주시던 밥맛과는 살짝 이질적인 느낌이 들었지만 뭔가 따스한 맛이었다. 밥을 느릿느릿 먹는 그녀는 여전히 야위어 있었다.

"밥 더 드릴까요?"

유경이 물었다.

"아, 예. 죄송합니다…"


식사를 끝낸 후에는 바로 집으로 돌아가기가 좀 뭐했다. 나는 부엌 바로 옆에 있던 고인의 방이 궁금한 척을 해보았다.

"이 방은 고인 되신 분의 방인가 봐요?"

"네, 맞아요. 들어가 보셔도 돼요."

그녀가 대답했다. 나는 조심스럽게 그의 방으로 걸음을 옮겨 두리번거렸다. 방 벽지는 탁한 하늘색이었다. 벽에는 그의 작업복으로 보이는 조리사 가운과 앞치마가 걸려있었고, 책상

환생

위에는 그의 영정사진이 있었다. 그 사진이 마치 내 영정사진인 듯 느껴져서 살짝 오싹했지만 그러기엔 그는 너무 따스한 미소를 짓고 있었다. 책꽂이에는 요리 관련 책들이 다양하게 꽂혀 있었고 그 앞에는 아이들과 찍은 사진이 담긴 액자들이 여러 개 놓여 있었다.

"그 아이들은 남편의 조카들이에요. 남편이 아이들을 무척 좋아했거든요."

방 문턱에 선 그녀가 벽에 머리를 기댄 채 말했다.

"정말 좋은 분이셨나 봐요."

"네, 정말 좋은 사람이었어요. 그런데… 남편이 떠나고 나서 충격으로 하혈을 심하게 한 적이 있는데, 그때 임신 사실과 유산 사실을 동시에 알았어요. 그렇게 아이를 좋아하던 사람이 자기 아이의 존재도 모르고 간 게 너무 안타까워요…."

둘 사이에 아이가 있었다는 것은 방금 알게 된 사실이었다. 남편에 아이까지 잃은 그녀는 무슨 죄가 있어서 그토록 심한 벌을 받아야 했을까. 내 어떤 말도 그녀에게는 위로가 되지 않을 것 같아서 액자만 바라본 채 그냥 아무 말도 않고 있었다. 그리고 잠시 후 입을 열었다.

"저는 이만 가 볼게요. 오늘 밥 정말 잘 먹었습니다."


그로부터 일주일 정도가 흘렀을 무렵, 나는 유경의 연락을 미리 받고 퇴근 후 차를 몰아 유경이 알려준 곳으로 향했다. 그날은 웬일로 그녀가 유경의 차를 타고 밖으로 나와있었다.

"저녁 드셨어요?"

차창을 내리는 그녀가 내게 미소를 지으며 물었다. 그녀는 여전히 야위어 있었지만 왠지 모르게 아주 살짝 더 혈색이 도는 것처럼 보였다. 지난번처럼 산송장 같은 느낌은 크게 들지 않았다.

"아니요, 아직 안 먹었습니다."

"그럼 저랑 저녁이라도 같이 먹어요. 제가 아는 곳으로 안내할게요."

하지만 그녀는 여전히 힘없이 느릿느릿 걸었다.

우리가 들어간 가게는 고인의 절친한 친구가 운영하는 이탈리안 레스토랑이었다. 어쩐 일로 밖으로 나왔냐며, 그녀에게 반갑게 인사하던 그의 친구도 그녀 뒤에 있던 나를 보고 소스라치게 놀란 듯했다. 그녀는 그에게 차분히 자초지종을 설명했다.

나는 파스타를 주문했고, 그녀는 칼조네를 주문했다. 음식을 기다리는 동안 우리 사이에 흐르는 어색한 정적을 깨기 위해 내가 먼저 입을 열었다.

"유경 씨는요?"

"우리가 식사하는 동안 잠시 볼일 보고 오겠대요."

"그렇군요."

"정말… 아무리 봐도 닮았어요. 사람들이 보고 놀라는 걸 봐도…."

그녀는 살짝 슬픈 미소를 띠며 말했다.

"이렇게 매번 설명하셔야 한다면 좀 귀찮으시겠어요."

내가 그녀에게 말했다.

"그래도 마냥 좋아요."

나와 만나고 있는 것을 민우 씨와 다시 만난다고 생각하고 있는 걸까. 아무래도 그녀는 나와 함께 있는 것만으로도 조금이나마 위로가 되는 듯 보였다. 하지만 나는 그녀의 죽은 남편은 아니었다. 나는 멀쩡히 살아있는 사람이니까.

곧 테이블에 주문한 음식이 도착했다. 직접 음식을 가져다준 사람은 아까 나를 보고 놀랐던 그 사람이었다.

"맛있게 드세요."

그는 음식을 내려놓으면서도 나를 계속 신기한 듯 힐끔힐끔 쳐다보고는 다시 돌아갔다.

"저는 별로 좋아하진 않는데, 민우 씨가 이 음식을 제일 좋아했어요."

그녀가 자신이 주문한 칼조네를 바라보며 말했다.

"그렇군요."

나는 내가 주문한 파스타에 올려진 치즈 덩어리들을 포크로 푹 찌르며 그녀에게 대꾸해 주었다.

"...지훈 씨는 어떤 음식 좋아하세요?"

"저는 정말 아무거나 다 잘 먹어요."

"그럼 이거 한입 드셔보세요."

그녀는 그가 제일 좋아했다는 칼조네를 포크로 조금 잘라낸 후 내 얼굴에 들이밀었다. 나는 잠시 머뭇거리다가 결국 받아 먹었다. 맛있긴 했지만 내가 제일 좋아할 정도의 맛은 아니었 다. 그리고 그녀는 여전히 힘이 없는지 식사하는 내내 음식을 느릿느릿 먹었다. 나는 먼저 다 먹고 나서 그녀가 다 먹을 때 까지 기다렸다. 그러는 동안 나는 그녀를 힐끔 보았다. 확실 히 그녀는 건강 상태가 조금 나아졌다는 걸 얼굴에서 보여주 고 있었다. 나는 그녀와 눈이 마주치기 전에 시선을 다른 곳 으로 돌렸다.

얼마 후 그녀가 식사를 마친 듯 식기를 가지런히 테이블 위 에 두며 말했다.

"제가 여태 남편 얘기만 해서 죄송했어요. 이번에는 지훈 씨 얘기도 들어보고 싶어요."

"저요...? 저는 딱히 흥미로울 만한 인생은 아닌데… 그냥, 정말 큰 굴곡 없이 평범하고 무난하게 살아왔어요."

나는 그 말을 한 후 잠시 당황했다. 내 앞에 앉아있는 그녀는 지금 큰 굴곡에 시달리고 있는 처지였기 때문이다. 하지만 그녀의 표정 변화는 딱히 보이지 않았다.

"그런 평범한 얘기라도 좋으니 해주세요."

"음…"

나는 그녀에게 나에게는 세 살 위의 형이 있고 형은 나와 외모가 많이 다르게 생겼다는 것, 부모님은 두 분이서 함께 가구점을 운영하며 그럭저럭 잘 살아가고 계신다는 것, 학창시절은 무난하게 보내왔고 공부를 그다지 잘 하는 편이 아니었지만 운 좋게 2지망이었던 대학에 아슬아슬하게 합격한 것, 군대도 너무 힘들지 않은 곳으로 가서 무난하게 잘 보내다 온 것, 지금 다니는 회사도 무난히 합격해서 4년째 무난하게 다니고 있는 것, 여자친구는 스무 살 이후부터 여태 딱 세 번 사귀어 봤는데 바로 전 여자친구는 반년 전에 바람이 나서 나를 떠난 것, 마침 나도 권태를 느끼던 참이라 큰 감정의 변화를 느끼지 않았던 것 등 이런저런 사사로운 얘기를 늘어놓았다. 워낙 무난한 인생이라 간단하게만 말하고 끝날 줄 알았는데 사람의 인생 얘기란 게 한번 시작하니 나도 모르게 끝없이 늘어놓게 되었다. 나는 얘기가 너무 길어지는 것 같아 적당히 마무리를 지었고, 그녀는 그런 내 얘기를 경청해주었다.

나는 잠시 그녀에게 화장실에 다녀온다고 한 후 카운터로 향했다. 계산하려고 카드를 내밀자 오너인 그의 친구는 내 손을 막았다.

"식사비는 정중히 사양할게요. 맛있게 드셨다면 됩니다."

"아니에요, 받으세요. 맛있게 먹었으니 정당한 대가를 드려야죠."

"...대신에 제가 포옹 한 번만 해도 될까요? 죽은 제 친구랑 너무 똑같이 생기셔서 마치 민우랑 다시 만난 기분이거든요."

나는 차마 거절할 수가 없어 승낙했고, 그는 나를 꼭 안은 다음 등까지 두드려 주었다. 나는 이게 무슨 상황인가 싶기도 했지만 친구를 잃은 그의 마음도 이해하기로 했다.

우리는 레스토랑에서 나온 후 유경을 기다리는 동안 근처에 있던 작은 공원을 걷기로 했다.

"오늘도 같이 있어줘서 고마웠어요. 말씀 듣는 것도 즐거웠구요."

그녀가 말했다.

"저도 오늘 또 식사를 얻어먹은 거나 다름없어요. 오너분께서 돈을 안 받으셨잖아요."

"그랬죠. 그분도 민우 씨랑 다시 만난 기분이었나봐요."

"아, 맞다. 그러고 보니 안색이 저번보다 더 좋아지신 것 같아요."

"그래요? 지훈 씨 덕분이에요."

그녀는 미소를 지어보였다.

"오늘은 용기를 내셨네요. 밖으로 다 나오시고."

그때, 크락션 소리가 나는 쪽을 보니 유경의 차가 우리 앞에 와 있었다. 창 너머로 유경이 꾸벅 하고 인사하는 게 보였다.

"지훈 씨, 조심해서 가요. 우리 다음에 또 식사해요."

그녀가 유경의 차를 타고, 나도 내 차에 타고 각자의 집으로 돌아갔다.


회사 근처에 있는 냉면집은 점심시간을 맞이한 직장인들의 떠드는 소리로 가득했다. 나는 민규와 함께 이곳에서 점심을 해결하기로 했다.

"그 여자, 아무래도 너랑 계속 만나보고 싶은 거 같은데?"

그가 젓가락을 든 손을 나에게 까딱이며 말했다.

"나랑 만나보고 싶은 게 아니라 내 얼굴을 보면서 죽은 남편이라고 생각하고 위안 받는 것 같던데?"

"불쌍하기도 하고, 어떻게 보면 좀 무섭기도 하고."

"무서운 건 딱히 모르겠어. 그리고 처음 만난 날보다 안색이 좀 좋아졌더라고."

"있잖아, 그 여자가 너 세뇌시켜서 다시 자기 남편으로 만들려는 건 아닐까?"

"뭐, 그런 생각도 안 든 건 아니야. 그럴 수도 있겠지."

"만약 그게 맞다면 넌 어떻게 할 건데?"

민규는 젓가락을 내려놓고 눈을 치켜뜨며 물었다. 그런 그에게 나는 대수롭지 않다는 듯 대답했다.

"그러라 해~"

그녀와 나는 그 후로도 일주일에 한두 번씩은 함께 식사하는 시간을 가졌다. 연락은 항상 유경을 거쳐서 그쪽에서 먼저 왔다. 그리고 그녀는 나를 만나면 만날수록 조금씩 생기와 혈색을 되찾아가는 듯했다. 그러면 그럴수록 그녀의 미모도 점점 더 아름다워졌다. 창백한 유리알 같은 아름다움이었다. 그녀는 가끔 내 꿈속에도 나타나기 시작했다. 꿈에서 깨고 난 후에는 그녀의 얼굴과 가녀린 몸매가 눈앞에 아른거리며 내 몸에 야릇한 기운을 감돌게 했다.

어느 날 나는 용기를 내서 유경에게 그녀의 연락처를 물어보았고, 우리는 직접 연락을 하기 시작했다.

그날은 낮부터 내리던 비가 저녁까지도 멈출 기미를 보이지 않았다. 차 안에는 거센 빗줄기가 차체를 두드리는 소리와 와이퍼가 반복적으로 움직이는 소리가 들렸고, 에어컨 바람 때문에 찬 공기가 돌았다. 오늘은 내가 그녀를 직접 데리러 갔었고, 밖에서 함께 저녁식사를 했다. 그리고 식사를 마친 직후 내 차에서 함께 빗줄기가 약해지기를 기다리고 있었다.

"춥진 않아요? 에어컨 끌까요?"

내가 그녀에게 물었다.

"저는 괜찮아요."

그녀는 여름에 입기에는 조금 두꺼운 카디건을 입고 있었다.

"아직 여름인데 가을 옷을 입고 나오셨네요."

"원래 평소에 추위를 잘 타긴 해요."

그녀가 대답하고 나서 차 안은 한동안 적막에 휩싸였다. 나는 눈앞의 유리창에 빗방울이 계속 떨어지는 것에 시선을 고정한 채 그녀에게 다시 말을 걸었다.

"...전 괜찮으니까 민우 씨라고 불러도 돼요."

"어떻게 그래요. 그럴 수는 없어요."

"이미 저를 민우 씨로 생각하고 있는 거 아니었어요?"

그렇게 묻자 그녀는 잠시 아무 말이 없었다. 여전히 빗소리와 와이퍼 소리가 적막을 채워 주려고 노력하는 것처럼 느껴졌다. 잠자코 있던 그녀가 잠시 후 입을 열었다.

"...솔직히 말씀드리면 민우 씨였으면 좋겠다는 생각도 들어요."

"...닮았으니까 그럴 수 있죠. 이해해요."

내 대답에 그녀는 침묵했다.

"비도 오는데 집까지 바래다 드릴게요."

"고마워요. 지훈 씨."

나는 시동을 걸고 차를 움직였다. 우리가 함께 식사를 한 곳이 그녀의 집에서 그다지 멀지 않은 곳이라 십 여분 만에 금방 도착할 수 있었다. 나는 그녀의 집 앞에서 차를 멈췄다. 그녀도 차에서 내릴 준비를 했다.

"식사도 같이 해 주시고, 바래다 주셔서 정말 고마워요."

"우산 갖고 있죠? 잘 들어가요."

　내가 인사를 했지만 그녀는 차에서 내리지 않고 잠시 뜸을 들였다.

"...지훈 씨."

"네?"

"솔직히 저 좀 불쌍하지 않으세요?"

"갑자기 왜요?"

"저도 제 처지가 불쌍하거든요."

　그녀는 슬픈 표정을 지으며 고개를 떨구었다.

"솔직히 말하면 안됐긴 하죠."

　그렇게 말한 후 그녀에게 시선을 돌리니 그녀의 어깨가 미세하게 떨리는 것이 보였다. 왠지 내가 또 울린 것 같아 당혹스러워졌다.

"아… 이젠 안 울고 싶은데… 죄송해요."

　그녀가 손으로 눈물을 찍어냈다. 나는 그녀에게 휴지를 뽑아서 건네주며 말했다.

"그렇다고 제가 연희 씨를 동정심으로만 만나고 있는 건 아니에요. 제가 너무 직설적으로 말했나 봐요. 미안합니다."

"아니에요, 제가 죄송해요."

그녀는 휴지를 받고 눈물을 닦았다. 그리고 몇 분 정도 지나자 그녀는 조금 진정된 듯 보였다. 나는 잠시 뜸을 들이다 안전벨트 클립을 풀었다. 그리고 그녀의 입술에 내 입술을 붙였다. 그녀는 가만히 있었다. 나는 잠시 후 입술을 뗐다.

"...지금 제가 돌아가신 남편 분한테 몹쓸 짓 하는 거죠?"

그 말을 들은 그녀는 잠시 말이 없다가 한번 웃어 보이더니 우산을 펼치고 차에서 내렸다. 문을 닫은 후 나에게 창문을 살짝 내려 보라는 시늉을 했다.

"다음에는 오랜만에 집밥 드시러 오세요. 맛있는 거 준비해 놓을게요."


수요일 저녁이었다. 나는 그녀와 이 날로 미리 약속을 잡고 퇴근 직후 그녀의 집으로 찾아갔다. 그 집으로 직접 들어가는 것은 조금 오랜만이었다. 나는 엘리베이터를 타고 9층 버튼을 눌렀다. 문득 그녀를 이 집에서 처음 본 날이 떠올랐다. 그때의 그녀는 말로 표현하기도 힘든 몰골을 하고 있었던 것이 새삼스럽게 느껴졌다.

엘리베이터에서 내리자 복도에 맛있는 음식 냄새가 희미하게 풍겨왔다. 따뜻한 가정의 냄새가 이런 것일까, 하고 생각하며 초인종을 눌렀다. 잠시 후 문을 열어주는 그녀의 모습이 내 시야에 들어왔다. 그녀는 이제 완전히 혈색이 돌아온 아름다운 얼굴로 활짝 웃으며 나를 맞이했다. 처음 봤을 땐 잘 몰랐지만 그녀는 역시 빼어난 미모를 지니고 있었다. 그녀는 남편을 잃은 후 산송장이 될 만큼 너무나도 괴로웠던 모양이다.

집에는 나와 그녀뿐이었다. 안에는 음식 냄새로 가득 차 있었고, 나는 그녀가 차려둔 음식을 보고 감탄사를 연발해 주었다. 식탁 위에는 여러 반찬이 각 그릇에 정갈하게 담겨 있었다. 그녀는 유경 없이도 요리를 곧잘 하는 모양이었다. 우리는 식탁에 마주 앉아 함께 저녁을 먹었다.

"좀 쉬다 가셔도 돼요."

밥을 다 먹고 나서는 이제부터 어떻게 해야 할지 잠시 고민하던 나에게 그녀가 말했다.

"시간도 늦었고… 이제 연희 씨가 쉬셔야 할 텐데요."

"좀 불편할 수도 있겠지만 이제는 여기를 지훈 씨 집처럼 편하게 생각하셔도 돼요."

그녀는 그릇을 정리하며 말을 이었다.

"거실에서 잠깐 텔레비전이라도 보고 계실래요? 저는 뒷정리 좀 하고 있을게요."

"아뇨, 저도 같이 먹었으니 도울게요."

"괜찮아요, 저희 집은 부엌이 좁아서요. 재밌는 거 보고 계세요."

결국 나는 거실 소파에 앉아 케이블 방송의 개그 프로그램을 보고 있었고, 그녀는 그릇 부딪히는 소리를 내며 설거지를 하고 있었다. 내 원룸 집과는 전혀 다른 따스함과 안정감이 느껴졌다. 나는 문득 죽은 그녀의 남편이 떠올랐다. 죽은 그는 살아생전 매일 이런 분위기를 느끼고 있었을 것이다. 왠지 내가 그의 자리를 꿰차고 있는 것 같아 미안한 마음이 들었다. 그리고 혹시 그가 망령이 되어 이 집에서 우리를 지켜보고 있는 것은 아닐까 하는 불안감도 들었다.

"저… 지훈 씨."

"네?"

"혹시 괜찮다면 오늘 여기서 주무시고 갈래요? 제가 거실에 이불 깔아드릴게요."

그녀가 설거지를 다 마친 듯 물기 묻은 두 손을 앞치마에 닦으며 말했다.

"어… 저는 내일 출근해야 해서 힘들 것 같습니다. 갈아입을 옷도 안 가지고 왔고…"

"아, 아무래도 그렇겠죠…? 미안해요."

그녀는 살짝 민망한 표정을 지어보였다.

"그럼 저는 이만 슬슬 가보겠습니다. 다음에 또 놀러올게요."

나는 안고 있던 쿠션을 내려놓고 리모컨으로 티비 전원을 끈 다음 소파에서 일어났다. 사실 집으로 돌아가고 싶지 않았다. 그녀와 더 오래, 함께 있고 싶었다.

"오늘도 정말 감사했어요."

윗옷을 챙겨 입는 나에게 그녀가 다가와서 말했다.

"저도 오늘 식사 정말 맛있게 했습니다."

나는 그녀에게 미소를 지으며 말했다. 그리고 그녀는 저번처럼 나를 현관 앞까지만 배웅해 주었다.

"조심해서 다녀와요."

그녀가 그렇게 말하는 순간, 나는 그녀가 정말 내 아내가 아닌지 착각할 정도로 이 상황이 자연스럽게 느껴졌다. 나는 잠시 동안 그녀의 얼굴을 빤히 바라보았다.

"뭐 깜빡한 거 있으세요?"

나는 그녀의 말이 끝나기도 전에 그녀에게 다시 입을 맞추고 말았다.

입을 뗀 후, 그녀가 약간 놀란 듯 눈을 크게 뜨고 나를 올려다보았다. 나는 다시 그녀에게 입을 맞췄다. 그리고 그 상태로 우리는 약속이라도 한 듯이 안방으로 몸을 움직였다.

그리고 그날 밤, 그녀는 몇 번이고 나를 '민우 씨'라고 애타

게 불렀다.

 그날 밤, 꿈을 꾸었다. 나는 깊고 새파란 바다에서 자유롭게
헤엄치고 있었다. 바닷속은 매우 아름다웠다. 물고기떼가 내
몸을 통과하며 지나갔다. 그런데 곧이어 상어 한 마리가 다가
올 것만 같은 불안감이 느껴졌다. 나는 다른 곳으로 몸을 피
하기 위해 헤엄쳤다. 곧 물 밖으로 나갈 수 없을지도 모른다
는 두려움이 엄습해 오기 시작했다. 서서히 숨이 차오르는 것
같았다. 최대한 빨리 물 밖으로 나가려고 애썼다. 헤엄치고
헤엄쳤다. 하지만 좀처럼 물 밖으로 나갈 수 없었다. 숨이 한
계에 도달했다. 나는 격하게, 필사적으로 헤엄쳤다. 겨우 물
밖으로 얼굴을 간신히 내밀고 숨을 크게 들이쉬었다. 그리고
분명 아까는 깊은 바다였는데 어느새 내 몸은 따뜻한 모래사
장에 떠밀려져 있었다. 햇빛이 강렬하게 나를 비추고 있었다.

 눈을 감아도 눈부신 아침햇살 때문에 잠에서 깼다. 내 옆에
는 아무도 없었다. 이미 날이 밝은 것을 보니 회사에는 지각
인 것이 분명했다. 황급히 핸드폰을 찾았지만 침대 주변에는
보이지 않았다. 안방 밖으로 나가 보니 그녀가 부엌에서 분주
하게 움직이고 있는 것이 보였다.
 "일어났어요? 아침 먹고 가요."

"회사에 늦은 것 같은데, 지금 몇 시죠?"

"별로 그렇게 늦은 시간은 아니에요. 지금 여덟 시 좀 안 됐을 거예요."

나는 소파 앞에 놓인 내 가방을 뒤져 핸드폰을 꺼냈다. 오전 7시 57분이었다. 지금부터 출발해서 집에 들렀다가 회사에 가도 이미 많이 늦을 게 뻔했다. 나는 어쩔 수 없이 상사에게 오늘 몸이 안 좋아서 월차를 쓰겠다는 메시지를 보냈다.

"오늘 어떻게 하기로 했어요? 지금 바로 출근하셔야 돼요?"

그녀가 여전히 분주하게 움직이며 내게 물었다.

"월차 쓴다고 얘기해 놨어요."

"그럼 아침 드시고 가실 수 있겠네요."

나는 그녀가 차려 준 아침을 먹다가 잠시 죽은 남편의 방을 바라보았다. 여전히 책상 위에는 그가 미소 짓고 있는 영정 사진이 보였다.

'죄송합니다, 민우 씨. 그다지 죄책감이 들지 않아서 죄송합니다.'


식사를 마친 후 나는 나갈 채비를 마치고 현관으로 향하며 그녀에게 말했다.

"신세 많이 졌습니다. 오늘 아침도 잘 먹었어요."

"더 쉬다 가셔도 되는데. 그래도 집이 더 편하시겠죠?"

"이제 가 봐야죠."

"아. 잠시만요."

그녀는 잠시 고인의 방으로 황급히 들어가더니 손에 향수 하나를 들고 나왔다.

"이거 가지세요."

그녀가 나에게 향수를 내밀며 말했다. 액체는 3분의 2 정도가 남아있었다. 나는 뚜껑을 열고 향기를 맡아보았다. 감미로운 향의 남성용 향수였다.

"잘 쓸게요."

나는 향수를 받아들었다.

운전석에 앉아 그녀가 건네준 향수를 살펴보았다. 물어보나 마나 이 향수는 고인이 생전에 뿌리던 향수일 것이고, 그녀는 내가 이걸 뿌리고 다녔으면 하고 바라는 것이다.


나는 내 오피스텔로 돌아왔다. 새삼 내 집에서 내 집만의 냄새가 난다는 것을 알았다. 하루 외박한 것뿐인데 왠지 모르게 평소보다 어색하게 느껴졌다.

나는 샤워를 하고 나와 수건으로 머리를 털며 침대에 앉았다. 욕실의 뜨끈한 온기와 동시에 공허함이 내 몸과 집 안을 맴돌았다. 나는 다시 그녀를 떠올렸다. 실은 아침을 먹고 난 후에도 그녀와 더 함께 있고 싶었다. 나는 나도 모르는 사이 그녀를 사랑하게 된 것 같았다. 그리고 그녀에게서 지속적으로 사랑을 받고 싶다는 욕구가 들었다. 회사에 가지 않고 집 안에 있는 내내, 그녀의 몸이 계속 그리웠다. 그녀에게 다시 찾아가고 싶었지만 불과 오늘 오전까지 계속 그녀와 함께 있었으니 참기로 했다.

그날 저녁, 엄마로부터 걸려온 전화를 받았다.

"아들, 잘 있어?"

"응, 나는 잘 있어."

"회사는 어때?"

"매일 똑같지, 뭐. 근데 오늘은 월차 써서 좀 쉬었어."

"이 야박한 놈아, 부모한테 전화 좀 하고 살아라. 애인 생겼어?"

"어… 그냥 만나는 사람은 있어."

"어머나, 언제 생겼어? 어떤 사람이야?"

"만난 지 그렇게 오래 안 됐어. 그냥 순한 사람이야."

"그래? 흐음. 나중에 엄마도 보여 줘."

"응. 보고."

"...그런데 이거 아들 목소리 맞아?"

"왜?"

"목소리가 예전이랑 좀 다른데?"

"어떻게 다른데?"

"음… 목소리가 좀 낮아지고 차분해진 것 같네. 훨씬 부드럽고 좋다."

나는 그날도 퇴근 직후에 그녀의 집으로 갔다. 그녀는 지난 번처럼 반갑게 나를 맞아주었다.

"회사 잘 다녀왔어요?"

"네, 밥 하고 있었어요? 오늘도 냄새 좋네요."

"지훈 씨한테 내가 좋아하는 향기 나네요."

그녀는 그렇게 말하면서 내 가슴으로 파고들어 안겼다. 나는 그녀의 머리를 조심스럽게 쓰다듬었다.

그날 우리는 늦은 밤까지 잠들지 않고 안방 침대에 함께 누워 이런저런 얘기를 나누고 있었다. 침대 옆의 전등에서는 희미한 주황색 빛이 방을 미약하게나마 밝히고 있었다. 그녀가 내 팔을 베고 누운 채로 서로의 얼굴을 마주보았다. 어둠 속에서도 그녀의 얼굴은 아름답게 빛나는 것처럼 느껴졌다. 지금 이 순간이 행복했다.

"회사는 잘 다니고 있어요? 힘들지 않아요?"

그녀가 물었다.

"그럭저럭 잘 다니고 있어요. 왜요?"

"그냥, 힘들 텐데도 착실히 일하는 모습이 대단해 보여서요."

"뭐가 대단해요. 회사원들 다 이렇게 사는데."

그녀는 그렇게 말하는 내 볼을 손으로 매만졌다. 나는 그 가냘픈 손을 잡고 다시 말을 이었다.

"힘들지는 않지만 가끔 일상이 단조롭게 느껴질 때가 있긴 해요. 내가 엄청 좋아하는 일을 하고 있는 것도 아니라서요."

"그래요? 그럼 다른 거 하고 싶은 거 있어요?"

"음……."

그녀의 물음에 나는 곰곰히 생각해봐도 딱히 하고 싶거나 좋아하는 일이 떠오르지 않았다. 그러다 잠시 후 꺼낸 말은 그녀의 비위를 맞추기 위해 내뱉었는지도 모르겠다.

"...그나마 요리를 좀 해 보고 싶었던 것 같아요."

"정말요?"

내가 그렇게 말하자 그녀는 활짝 웃어보였다. 하지만 나는 요리에 대해서는 이것저것 주는 대로 먹는 것만 좋아하지, 거의 문외한이었다. 요리사가 되겠다는 꿈을 꾼 적도 없었다.

"요리라는 게 굉장히 즐거워요. 직접 밥을 해서 남에게 먹이는 것도 즐겁고, 내가 먹는 것도 즐겁게 느껴지거든요. 새로운 요리를 하나하나 배워서 시도하는 것도, 직접 만든 음식을 맛보면서 조금씩 실력이 늘어가는 걸 느끼는 것도 굉장히 재밌어요. 그래서 지훈 씨가 가끔 집으로 식사하러 오실 때마다 저는 굉장히 즐겁게 준비했어요. 아, 물론 저는 집밥 정도만 할 줄 알지만요."

 요리에 대해 조잘조잘 얘기하는 그녀의 모습은 정말 행복해
보였다. 나도 언젠가 그녀에게 직접 내가 만든 요리를 해 먹
인다면 그녀가 굉장히 기뻐할 것 같다는 생각이 들었다.


 얼마 후 나는 정말로 회사와 요리 학원을 병행하며 다니기
시작했다. 회사에 지장이 되지 않도록 주 3회 저녁 취미반 코
스로 등록했다. 나도 정말 이렇게 요리 학원에 다니게 될 줄
몰랐다. 그녀는 이왕 발 들이는 거 제대로, 즐겁게 배워 보라
며 나를 학원으로 떠민 것이다. 학원비도 적당했고 딱히 이렇
다 할 취미가 없었던 차에 할 게 생겨서 잘 됐다 싶기도 했다.
이 얘기를 민규에게 하자 그는 내가 우습다며 계속 웃어댔다.
 주부들이 압도적으로 많을 거라고 생각했던 학원은 생각보
다 다양한 연령층이 있었다. 중학생 정도 되어 보이는 여자
아이도 있었고, 젊은 청년도 있었고, 중년 남성도 보였다. 내
또래도 몇 있는 듯 했다.
 그렇게 나는 퇴근 후의 시간이 그녀를 만나는 것과 학원에서
보내는 것으로 채워졌다. 처음에는 학원의 낯선 분위기에 적
응하기 힘들었지만, 나는 점차 그 시간을 자연스럽게 느끼고
즐기기 시작했다. 큰 흥미 없이 시작한 것 치고는 나는 이상
할 정도로 요리에 매료되고 있었다.

그리고 오피스텔에 있는 날보다 그녀의 집에 있는 날이 점점 더 많아졌다. 퇴근한 후에는 당연한 듯 그녀에게 갔고, 요리 수업을 마친 후에도 그녀에게 갔다. 그녀는 두 가지 일을 병행하느라 고생한다며 매번 나에게 맛있는 저녁밥을 차려주었다. 나도 가끔은 그녀에게 요리 학원에서 배운 음식을 만들어주기도 했다. 그리고 우리는 가끔 야외 데이트를 즐기기도 했다. 나에게 있어 그녀와 함께 있는 시간이 가장 자연스러운 행복이었다. 그녀도 마찬가지였을 것이다. 그녀는 나와 함께 있는 순간에 많이 웃었다.

점점 더 그녀와 함께하는 시간이 늘어갔다. 얼마 후 나는 오피스텔을 처분했다.


"이게 뭔가?"

사장이 커다랗게 뜬 눈으로 내 얼굴과 내가 내민 봉투를 번갈아가며 보았다. 사장실에는 사장과 나, 단 둘만 있었다.

"그동안 신세 많이 졌습니다. 이렇게 갑작스럽게 말씀드려서 죄송합니다."

나는 정중하고 단호하게 말했다. 사장은 잠시 말이 없더니 시선을 아래로 고정한 채 입을 열었다.

"...그러고 보니 자네가 얼마 전부터 요리 학원에 다니기 시작했다는 얘기는 들었어. 그런데 그거랑은 별개로 뭔가 예전

부터 몸은 회사에 있는데 정신은 약간 다른 데 가 있는 것 같
다는 생각이 들긴 했는데, 갑자기 이렇게 될 줄은 몰랐네. 그
래도 그런 것치고는 업무는 나름 꾸준히 잘 해내더라고."

"죄송했습니다."

"다른 회사로 옮기는 건가? 나는 자네가 좀 아쉬운데."

"이직은 아닙니다. 경제활동은 잠시 접고 당분간 요리 공부
에 매진하려고 합니다."

"하긴 자네가 여기서 몇 년 간 착실하게 일하면서 적지 않게
벌었다고 생각해. 이제는 진심으로 좋아하는 일을 찾았길 바
란다."

"사장님 덕분입니다."

사표를 낸 그날 저녁, 이제 회사 동료가 아니게 된 민규와 집
근처에서 술을 마셨다. 우리는 둘 다 살짝 취기가 올라 있었
다.

"뭐, 결혼을 한다고?"

내 소주잔에 술을 따르던 민규가 놀란 듯이 물었다.

"응. 나 연희랑 결혼해."

내가 담담하게 대답하자 민규는 소주가 채워진 자신의 소주
잔을 말 없이 만지기만 했다. 나는 그런 그에게 다시 말을 걸
었다.

"반응이 왜 그래?"

"…너는 그 여자가 그렇게 좋았어?"

"앞으로 네 형수님 될 분인데 그 여자가 뭐냐."

"처음엔 그냥 불쌍해하기만 하는 것 같더니 점점 홀려버렸구
만."

민규는 그렇게 말한 후 소주잔을 들이켰다.

"틀린 말은 아닐걸. 뭐, 홀렸다고 말해도 인정해."

나도 따라 들이켰다.

"혹시 와이프… 임신했어?"

"아, 응. 3개월째야."

"역시 그랬구만. 축하한다. 혼인신고는 했고?"

"아직은 아니고 이제 같이 신고서 작성하려고. 너도 한번 볼
래?"

나는 오늘 출력해 둔 서류를 가방에서 꺼내 민규에게 자랑스
러운 듯이 내밀었다. 아직 다 작성하지 않은 혼인신고서였다.
민규는 신기한 듯 유심히 보더니, 잠시 후 나를 빤히 쳐다보
았다.

"…너 개명했어?"

"응, 했어."

"민우? 좀 흔한 이름 아냐? 왜 하필 이걸로 바꿨어?"

"그냥, 뭐. 이름이 남자답고 멋있길래."

"퇴사하면서 이름도 바꾸고, 네가 진짜 새 인생을 살아보고

싶었던 모양이구만."

"그리고 나 내 와이프한테 정말 좋은 남편 될 거야. 미안한데 오늘 늦게까지 마시진 못하겠다, 하하."

나는 혀가 살짝 꼬여 있었다.

"야 임마, 나도 너랑 늦게까지 마시기 피곤하거든."

민규가 받아치자 나는 호탕하게 웃고는 말했다.

"아무튼 오늘은 내가 쏜다! 나 집에 들어가기 전까지 이것저 것 많이 시켜."

"아무튼 결혼도 아기도 축하한다. 요리 공부도 열심히 해. 식 올리면 부르고."

"식? 우리 그냥 식은 안 올리기로 했어."

"왜? 평생 한 번 뿐인 결혼식인데."

"다 허례허식이야. 귀찮잖아. 와이프가 임신도 했고."


나는 기분이 살짝 좋을 만큼만 취한 상태였다. 엘리베이터를 타고, 9층을 누르고, 현관문 비밀번호를 눌렀다. 집에 도착해 보니 시간은 밤 11시가 조금 넘어 있었다. 그녀는 아직 잠에 들지 않은 채 집안일을 하고 있었다.

"친구랑 재밌게 놀고 왔어? 옷 지금 벗어서 나 줘요. 돌리 게."

나는 세탁기에 열심히 빨랫감을 넣고 있던 그녀에게 약간의 술냄새를 풍기며 아양을 떨었다.

"여보, 홀몸도 아닌데 왜 이렇게 집안일을 열심히 해."

"빨리 옷 주고 씻고 자. 내일도 아침부터 학원 가잖아."

그녀는 내 윗옷을 벗겨주었다.

"아, 여보. 우리 신고서 뽑아놨어. 같이 쓰자."

나는 가방에서 서류를 꺼내 식탁에 올렸다.

"이게 무슨 신고서인데?"

연희가 물었다.

"직접 봐봐. 그리고 나머지 빈칸은 자기가 채워넣으면 돼."

그녀는 그것을 집어들고 잠시 살펴보더니, 눈을 동그랗게 뜨
며 말했다.

"...혼인신고서를 왜 또 써? 우리 이미 다 돼 있잖아."

"응?"

"당신이 바다에 들어가기도 훨씬 전에 이미 다 절차 마쳤잖
아. 기억 안 나?"

그녀는 뭘 그런 당연한 걸 묻냐는 듯 나를 바라보며 말했다.

"...아, 맞다. 그랬지."

나는 멋쩍은 듯이 웃어보였다. 그리고 그녀에게 다가가 뒤에
서 안았다.

"여보, 술 냄새 나. 많이 마셨어?"

그녀가 간지러운 듯 웃으며 말했다.

"아니. 별로 많이 안 마셨어. 우리 아기는 잘 크고 있어?"

"응, 아빠 보고 싶었대."

 나는 살짝 나온 그녀의 배를 쓰다듬으며, 그 누구보다 행복한 가정을 이루겠다고 결심했다. 그리고 다시는 바다에 낚시 따위를 하러 가지 않으리라고 다짐했다. 그녀는 나를 사랑스러운 눈으로 바라보며 미소를 지었다. 나도 그녀에게 미소를 지어보이며 말했다.

"우리 아기도 이렇게 살아 돌아오고, 참 신기해. 그치?"

2

머무르다

눈을 떠보니 나는 내 방에 누워있었고, 햇살이 따스하게 나를 내리쬐고 있었다. 그러나 곧이어 온몸이 쑤셔오는 것을 느꼈다. 뼈의 마디마디가 끊어진 것 같은 극심한 고통이었다. 이 정도로 몸이 심하게 아픈 건 처음이었다. 나는 일어나지 못한 채로 신음소리를 내며 한동안 침대에 누워있었다. 다행히도 얼마 후 고통은 서서히 옅어졌다.

 일어나서 집 안을 둘러보았다. 집에는 아무도 없어 고요했지만 뭔가 어수선하다는 걸 알 수 있었다. 식탁 위에는 반찬들이 뚜껑도 닫혀있지 않은 채 말라붙어 있었고, 특히나 안방에는 엄마와 아빠의 옷들이 바닥에 너저분하게 흩어져 있었다. 형도 학교에 갔는지 보이지 않았다. 나는 거실 소파에 털썩

앉았다.

오늘이 무슨 요일이지? 몇 월 며칠이지?

떠올려보려고 해도 떠오르지 않았다. 무슨 단기 기억상실증이라도 걸린 걸까. 아무리 애써도 오늘이 어떤 날인지 알 수가 없었다. 잠시 소파에 멍하니 앉아 있는데 아파트 단지 근처의 초등학교에서 아이들이 재잘거리는 소리가 들려왔다. 아무래도 평일인 듯 했다. 시계는 오전 열한 시를 가리키고 있었다. 이미 학교에는 지각이었다.

왜 아무도 나를 깨워주지 않은 거지?

나는 다시 방으로 들어가서 바닥에 널브러져 있는 고등학교 교복을 주섬주섬 챙겨 입고 아파트 밖으로 나왔다.

어쩌다 늦잠을 자게 된 걸까. 그리고 왜 나는 아무것도 기억을 못하는 걸까. 내가 누구한테 맞기라도 했나? 대체 어제 무슨 일이 있었지?

스스로 아무것도 기억을 하지 못하는 이 상황에 의아해하며 나는 등굣길을 걸었다. 봄인지, 여전히 햇살은 따스했다. 거리에도 한낮의 평온함이 감돌았고, 세상이 옅은 노란 빛으로 물든 것 같았다.


학교에 도착했을 때는 마침 쉬는 시간이어서인지 복도가 소란스러웠다. 그런데 다른 반에는 학생들이 있었지만 우리 반에는 아무도 없었다. 아마도 외부 수업을 하고 있는 것 같았다. 반장이 깜빡했는지, 교실 앞문은 잠겨있었지만 뒷문이 열려있었다. 교실로 들어온 나는 내 자리를 찾으려 했다. 반은 잘 찾았지만 이상하게도 내 자리가 어디였는지 기억이 나지 않았다. 그런데 어느 책상 위에 꽃 한 다발이 놓여 있는 것이 보였다. 어디서 많이 보던 광경이었다. 이런 건 반에서 누군가가 죽으면 가져다 두는 것으로 알고 있었다. 나는 그곳으로 가까이 다가갔다. 그리고 그 책상 위에 쓰인 낙서가 눈에 들어왔다. 누군가가 장난과 야유, 그리고 저주를 담아 네임펜으로 날려 쓴 글자.

자살해 임승욱

그것은 내 이름이었다. 그제야 나는 떠올렸다.

아, 나는 어제 죽었지. 어젯밤 내 방에서 뛰어내렸구나.


뛰어내리기 직전까지 나는 내 방 안에서 가족들 모르게 혼자 숨죽여 울었다. 너무나도 비참하고, 답답하고, 외로웠다. 이렇게 괴로울 바에는 그냥 죽는 게 더 편할 거라는 확신이 들었다. 우는 와중에도 내 머릿속에는 나를 지겹도록 괴롭힌 무리의 얼굴들이 떠올랐다. 증오스럽고 역겨운 얼굴들. 무엇보다 그놈들 때문에 나는 위축되었고, 극도로 우울해졌다. 그리고 점점 살고 싶은 의지보다 죽고 싶은 의지가 강해졌다. 그저 내가 죽어야만 이 고통이 끝날 것 같았다.

 내 방에서 뛰어내린 당일, 그러니까 어제도 나는 그놈들에게 괴롭힘을 당했다. 쉬는 시간이었다. 나는 반 아이들의 떠드는 소리가 귓가에 울리는 것을 애써 무시하며 엎드려 있었다. 남자들의 고함 소리, 여자들의 깔깔대며 웃는 소리… 그 소리가 크면 클수록 나는 더 초라해지는 것 같았다. 친구가 없는 나는 쉬는 시간에 딱히 할 게 없었다. 그저 엎드린 채로 쉬는 시간이 끝나기를 기다리는 것 말고는. 그런데 역겹도록 익숙한 목소리가 나를 기분 나쁘게 툭툭 치며 깨웠다.

"야, 일어나 봐."

"……."

"일어나 보라고. 확인할 게 있어."

 상대해주고 싶지 않았으나 나는 어쩔 수 없이 허리를 펴고 일어났다. 나를 깨운 것은 역시나 무리 중 한 놈이었다.

"뭔데."

 나는 퉁명스럽게 대답했다. 놈은 입가에 비열한 미소를 띠며 말했다.

"너 같은 애도 달려 있긴 한지 확인 좀 해 보게. 크크큭."

"……."

 그 말을 들은 나는 못들은 척 하며 다시 엎드렸다.

"어쭈? 이 새끼 봐라?"

대꾸할 가치도 없었기에 나는 여전히 엎드려 있었다.

"너 지금 사람 말 무시하냐?"

"...나 그냥 좀 잘게."

그러자 그놈은 엎드려 있던 내 어깨를 붙잡고 거칠게 위로 들추며 말했다.

"이 새끼가 진짜… 사람 말이 말 같지가 않냐?"

나는 인상을 쓴 채로 눈을 감고 있었다.

제발 나 좀 가만히 냅둬. 너희들이랑 엮이고 싶지 않아.

퍼뜩, 불길한 예감이 들기 시작했다.

"...이 새끼 양팔 잡아!"

그놈이 소리치자 무리 놈들이 내 주위를 에워싸더니 내 양팔을 결박하며 자리에서 끌어냈다.

"뭐, 뭐하는 거야?"

"말을 안 들으면 강제로 하는 수 밖에 없지."

"놔! 놓으라고!"

정신이 아찔해진 나는 양팔이 붙들린 채 다리를 마구 휘저으며 저항했다. 그러나 다른 놈들에 의해 다리까지 결박당하고 말았다.

"얘들아! 일로 와 봐!"

놈은 떠들고 있던 반 아이들에게 주위를 끌었다. 그러자 순식간에 수십 개의 시선들이 내 쪽으로 쏠렸다.

"하지 말라고! 놔!"

아무리 몸부림쳐도 허사였다. 내 양팔과 양다리를 꽉 잡고 있는 여러 개의 팔 힘이 너무나도 세서 공포스러웠다. 그리고 놈은 순식간에 내 교복바지 버클을 풀어 아래로 싹 내렸다. 그 순간 하반신에 한기가 돌면서 이성이 마비되는 것만 같은 아찔한 감정이 몰려왔다. 끓어오르는 분노와 치욕스러움에 몸이 벌벌 떨렸다.

"우와, 이 새끼도 달리긴 달렸네. 근데 몸집이 좆만해서 여기도 좆만한가 봐!"

"그래도 여자는 아니었네?"

"푸하하하하!"

"꺄악! 이 변태새끼야!"

여자애들은 얼굴을 가리는 척, 도망가는 척 하면서도 나의 그 부분을 쳐다보았다. 혐오스러운 벌레를 본 듯한 눈빛이었다.

"야! 시끄러워! 너네, 선생님한테 이른다."

지켜보고 있던 반장이 놈들에게 말했다. 그 말을 들은 놈들은 배실배실 웃으며 내 몸을 결박하던 손에 힘을 뺐다. 나는 곧바로 바닥에 엎드려 급히 바지를 챙겨입었다. 심장이 미칠 듯이 요동치고, 여전히 몸이 바들바들 떨렸다. 이 순간이 꿈이길 바랐으나, 꿈이 아닌 현실이라는 것이 더욱 나를 비참하게 만들었다.

 나는 그 교실 안에서 바퀴벌레만도 못한 존재였다. 차라리 인간이 아닌, 강력한 독과 날카로운 이빨을 가진 바퀴벌레가 되어 반에 있는 모두를 물어 죽이고 싶었다. 아니, 세상 모든 사람들을 죽이고 싶었다. 그렇지만 세상 모든 사람들을 죽이는 일은 불가능할 테니 차라리 내가 죽는 게 맞는 것 같았다. 나는 그 시간 이후로 조퇴 허락도 받지 않고 집으로 돌아갔다. 평소보다 일찍 돌아온 나를 보고 무슨 일 있었냐고 묻는 엄마에게는 몸이 아프니 오늘 하루는 건드리지 말라고 차갑게 내뱉었다. 나는 방문을 잠그고 이불 속에서 흐느끼고, 부들부들 떨기도 했다. 악몽 같았던 오늘 일은 아무리 머릿속에서 지우려고 애써도 자꾸만 그때의 공포감이 떠오르며 내 정신과 온몸을 옥죄었다. 나를 노리개처럼 가지고 논 그 놈들, 벌레 보듯 쳐다보던 눈들…

 얼마나 울었을까. 나는 죽어야겠다는 확신이 들었다. 그들에게 대항할 용기는 없었으나 죽을 용기는 있었다. 내 방에는 내 허리보다 조금 높은 곳에 창문이 있었다. 나는 창문을 열고 계속 흐느끼며 아래를 내려다보았다. 이곳은 8층이다. 이미 해가 진 어두운 단지 안에 가로등 몇 개가 불을 밝히고 있었고, 자동차들이 다닥다닥 붙어 있는 것이 보였다.

 아프겠지. 아플 거야. 그렇지만 아픈 건 잠깐이야. 잠깐만 아프면 계속 편해질 수 있을 거야.

 그렇지만… 내가 죽으면 우리 가족은 어떡하지?

 순간 엄마, 아빠, 형의 얼굴이 아른거렸다. 그러나 곧 나는
마음을 고쳐먹었다. 어차피 나는 가족 안에서도 가족 구성원
취급을 받지 못했다. 공부를 잘하는 형과 항상 비교를 당해왔
고, 칭찬이나 예쁨을 받은 기억도 거의 없다. 항상 나는 찬밥
신세였다. 순간, 문제집으로 내 머리를 있는 힘껏 내리치던
아빠의 모습이 떠올랐다.

 그래, 죽을 거야. 나 같은 자식은 필요도 없을 거야. 학교에
서도 집안에서도 무시당하는 인생은 더 이상 살고 싶지 않아.

 게다가 나는 지금까지 살아오면서 행복했던 적이 없었다. 어
릴 때는 그런 일들이 있었을지도 모르지만, 당장은 떠오르지
않았다. 오직 괴롭고 치욕스러운 기억들만이 내 머릿속을 꽉
채우며 헤집었다. 특히 나를 죽음으로 내몰고 간 그놈들은 절
대 용서할 수 없었다.

 엄마, 아빠, 형… 미안해. 아무래도 사는 것 보다 죽는 게 더
편할 거 같아. 유서를 쓰고 싶은 마음도 없어. 그냥 이대로 죽
어버릴 거야.

 나는 한쪽 다리를 들어 창문 난간에 올렸다. 양손으로 창문
틀을 잡고 나머지 한쪽 다리도 올려서 뛰어내릴 자세를 잡았
다. 나는 방바닥에 서 있는 것이 아니라 창문틀에 서 있었다.

서늘한 바람이 내 몸을 에워쌌다. 나는 아래를 내려다보지 않은 채 눈을 질끈 감았다. 더 이상 망설이지 않고, 나는 그 바람에 몸을 내던졌다.


 나는 내 책상 앞에 서서 국화꽃을 멍하니 바라보고 있었다. 이제야 모든 게 떠올랐다. 그렇다면 나는 지금 살아있는 사람이 아닐 것이다.

 아, 그러면 지금 혹시 내 장례식을 치르고 있는 것은 아닐까. 나는 곧이어 우리 동네 안에 있는 큰 병원으로 향했다. 학교와 집에서 그리 멀지 않은 거리에 있어 충분히 걸어서도 갈 수 있는 곳이었다. 아마 내 장례식을 치른다면 그곳에서 할 게 뻔했다. 나는 나의 죽음을 눈으로 확인하고 싶었다.

 역시나 장례식장의 전광판에는 주황색으로 내 이름과 나이, 빈소 번호가 선명히 적혀 있었다. 내 빈소로 가까이 다가가자 사람들의 웅성거리는 소리 사이에서 엄마의 흐느끼는 소리가 들리는 듯 했다. 그 소리는 절규와 비슷했다. 아니, 엄마는 절규하고 있었다. 안으로 들어가 보니 검은 상복을 입은 가족들의 모습이 보였다. 엄마는 금방이라도 쓰러질 듯 비스듬히 선 채 하염없이 울고 있었고 아빠도 코끝이 빨개진 채 눈물을 흘리며 엄마를 부축하고 있었다. 형은 옆에서 고개를 푹 숙인 채 서 있었다.

울지 마. 다들 뭐가 그렇게 슬프다고 울어.

빈소의 한가운데에는 검은 띠가 양쪽으로 둘러진 내 영정사진이 있었다. 나는 그 앞으로 다가갔다. 정면을 바라보며 경직되어 있는 내 얼굴. 이 사진은 한 달 전쯤 주민등록증을 발급하기 위해 찍은 사진이다. 솔직히 나는 이 사진을 찍을 당시에 영정사진이 될 수도 있다는 걸 생각하지 않은 건 아니었다. 고등학교에 입학한 후 세 학기동안 줄곧 괴롭힘과 따돌림을 당해왔었기에 이미 상처받을 대로 받고 지칠 대로 지친 상태였기 때문이다.

또 우리 할아버지, 할머니, 친척들도 보였다. 그들은 모두 울고 있었다. 처음 보는 사람들도 보였다. 그리고 우리 반 아이들도 보였다. 그중에는 나를 괴롭혔던 무리도 있었다. 그 얼굴들을 보자마자 다시 어제의 기억이 되살아나며 몸이 부들부들 떨렸다. 이렇게 혼령이 되어서까지 겁을 먹고 있는 내 자신이 비참했다. 그 더럽고 이기적인 반 아이들은 다들 풀죽은 얼굴로 연기를 하고 있었다. 가식적이어서 토가 나올 것만 같았다.

사탄이 있다면 그건 바로 너희들일 거다. 여기가 어디라고 와. 내가 어제 뛰어내린 이유는 너희들 때문인데.

나는 내가 괴롭힘을 당해왔다는 사실을 가족들에게 알리지 않았기 때문에 가족들은 아무것도 모른 채 조문 온 반 아이들에게 연신 머리를 조아리고 있었다. 나를 죽음으로 내몬 놈들에게까지도 말이다.

나는 고등학교에 진학한 후에도 키가 작고 공부를 못한다는 이유로 반 아이들로부터 무시를 당해왔다. 말수가 적고 삐쩍 마른 것 또한 그 이유에 포함될 것이다. 그리고 나를 괴롭히던 무리는 내가 대들지 못한다는 걸 약점으로 삼아서 종종 나를 폭행하며 괴롭혔다. 게다가 엄마와 아빠는 명문대 의대에 진학한 세 살 터울의 형에게만 온갖 관심과 애정을 쏟고 있었다. 그 반대인 나는 부모가 포기한 것과 다름없는 존재였다. 학교와 가족에게서 버림받은 나는 세상에서 버림받은 것과 같았다. 그래서 나는 이 세상을 떠나고 싶었다. 하지만 내 예상과는 다르게 나는 이 세상에서 떠나지 않고 있다. 지금 내가 내 장례식장에 있는 걸 보면 말이다.

나는 내 영정사진을 등지고 양반다리를 하고 앉았다. 반 아이들이 하나 둘 앞으로 다가와서 내 영정사진 앞에서 절을 두 번씩 했다. 나는 팔짱을 끼고 그 광경을 바라보고 있었다. 특히나 나를 괴롭힌 무리들이 절을 할 때는 하도 어이가 없어서 피식 하고 코웃음을 쳤다.

내가 너희들한테 복수를 못하고 죽은 게 한이다.

하지만 복수할 용기는 없었다. 나는 겁 많은 패배자일 뿐이었다. 사람들이 내 영정사진에 절을 하는 모습을 지켜보고 있으니 서서히 분노가 일기 시작했다. 아무런 힘도 없는 내 자신에 대한 분노와 나를 죽음으로 내몬 놈들에 대한 분노였다. 나는 도중에 자리를 박차고 일어나 다시 집으로 돌아왔다. 그리고는 다시 내 방 침대에 누워 이불을 머리끝까지 덮어씌웠다.

 장례식 따위 될 대로 되라지.


 현관문이 열리는 소리에 잠에서 깼다. 모두 장례식장에서 밤을 샐 줄 알았는데 엄마와 아빠는 집으로 돌아온 것이었다. 아마도 형이 내 빈소를 지키는 모양이었다. 창밖은 이미 어두운 밤이 되어 있었고 나는 침대에서 일어나 내 방 문턱에서 엄마와 아빠의 모습을 가만히 지켜보았다. 엄마는 여전히 몸을 잘 가누지 못해 계속해서 아빠의 부축을 받았고, 아빠는 그런 엄마를 소파에 눕힌 다음 엄마 옆에 힘없이 주저앉았다. 엄마는 계속해서 오열했다. 한숨을 내쉬는 아빠의 눈도 여전히 충혈되어 있었다. 잠시 고개를 숙이고 있던 아빠는 자리에서 일어나 정수기에서 물을 떠 와서 엄마에게 건넸다. 하지만 엄마는 본 체도 않고 계속 흐느꼈다. 아빠는 그 컵을 거실 테이블에 내려놓더니, 곧 내 방으로 성큼성큼 걸어왔다. 그리고 문턱에 서 있던 내 옆을 훅 지나갔다. 아빠는 내 책상의 책꽂이에 꽂힌 문제집들을 마구 꺼내더니 바닥에 세게 내팽개쳤다. 책이 책꽂이에서 전부 빠질 때까지 계속하더니, 이제는 바닥에 주저앉아 그것들을 손으로 북북 찢었다.

"이 놈의 공부가, 성적이 뭐라고!"

분노를 이기지 못하던 아빠는 얼마 후 고개를 푹 숙이고는 흐느끼기 시작했다. 바닥에 몇 방울의 핏자국이 튀어 있었고 아빠의 손에는 피가 묻어 있었다. 종이에 베인 모양이었다. 나는 그렇게 서럽게 우는 아빠의 모습을 태어나서 처음 보았다. 잠시 후 아빠는 안방에 들어가 침대에 앉아서 멍하니 아래만 쳐다보고 있었다. 나도 내 방 침대에 앉아서 종이 파편이 된 문제집들과 아빠의 핏자국을 멍하니 바라보았다.

얼마 후, 누워있던 엄마도 내 방으로 들어왔다. 엄마는 내 방 옷장에 있는 옷들을 마구 뒤지더니 한움큼 꺼내서 거실로 가지고 나갔다. 그리고 거실에 주저앉은 채로 계속 흐느끼며 내 옷들 하나하나 냄새를 맡고 끌어안기도 했다. 나는 가만히 그 광경을 바라보고 있었다.

이제 와서 후회해봤자, 나한테 사랑을 주려고 해봤자 늦었어.

아빠와 엄마의 망연자실한 모습을 지켜보던 나는 답답함을 느껴 집 밖으로 나왔다. 그리고 내가 떨어진 곳으로 가까이 다가가 들여다보았다. 나는 아스팔트 바닥에 떨어졌다. 그 부근에는 아직도 핏자국이 연하게 남아 있었다.

죽기 직전의 순간에는 지금까지의 인생이 주마등처럼 스쳐지나간다고 했던가. 그렇지만 삶을 포기하기로 마음먹고 실행에 옮긴 나의 머릿속에는 괴롭힘을 당한 것과 가족들에게도 멸시받은 기억만이 빠르게 스쳐지나갈 뿐이었다.

역시 내 선택에 후회는 없어.

몇 초도 지나지 않아 나는 아스팔트에 착지했다. 다리가 아닌, 얼굴부터 말이다. 그 순간의 아픔은 말로 표현할 수 없었다. 앞으로 살아있을 시간이 몇 초도 남아있지 않다는 사실을 스스로도 여실히 알 수 있을 정도로 아팠다. 차갑고 우둘투둘한 아스팔트에 닿아 뭉개진 내 얼굴 한쪽도, 머리도, 폐도, 허리도, 팔다리도, 온몸이 으깨져 아프지 않은 곳이 없었다. 스스로 내 몸을 이 바닥으로 떨어뜨린 나에게는 단 몇 초도 호흡할 자격이 주어지지 않았다.

빨리 내 숨이 끊어졌으면 좋겠다… 너무… 아파…

도와줘……


나는 단지 안의 놀이터 그네에 앉았다. 죽는 순간의 기억을 되새기니 머리가 찔했다. 즉사할 줄 알았건만 땅에 닿은 후 나는 몇 초간 살아있었다. 그래서 그 고통스러운 기억을 이렇게 떠올릴 수 있나 보다. 그러고 보니 나는 자살한 주제에 숨이 끊어지기 직전에 도움을 구하려 했었다. 아프긴 정말 아팠으니까. 그렇지만 어제의 일은 충동적이었다기보다는 오랫동안 고민하고 고민한 끝에 내린 결정이었다. 얼마 전 학교에서 한 심리검사에서 나는 심각한 우울증을 앓고 있다는 결과를 받았다. 학교에서도, 집에서도 기쁜 일이 단 하나도 없었으니 당연한 결과였다. 그런데 떨어진 그 후로 나는 어떻게 된 것일까. 누가 발견했고, 가족들이 언제 내가 죽은 사실을 알게 되었는지는 알 길이 없었다. 물어볼 사람도, 알려줄 사람도 없었다.

 나는 발을 땅에 딛고 모래를 차며 그네를 움직였다. 그리고 고개를 들어 밤하늘을 바라보았다. 움직이는 시야 속에서 몇 안 되는 별들이 반짝였다. 왜 나는 저 하늘에 있지 않고 지금 이 땅에 있는 걸까. 스스로 목숨을 끊은 사람은 지옥에 간다던데 왜 나는 지옥이 아닌 우리 동네에 있는 걸까. 살아있는 게 지옥에 떨어진 것보다 더 괴로워서였을까? 그렇다면 나는 이미 지옥에 다녀 온 것일지도 모르겠다. 그렇다고 천국에 갈 명분은 없으니, 이곳에 머무르고 있는 걸까. 어두운 보랏빛의 하늘은 답을 내려주지 않았다.

 유령이 되었지만 나도 추위를 느끼는구나 싶어 집으로 다시 돌아오니, 거실에서 엄마는 여전히 내 옷의 냄새를 맡으며 울고 있었다. 아빠는 다시 장례식장에 갔는지 보이지 않았다.

나는 내 방으로 돌아가서 다시 침대에 누웠다. 엄마의 흐느끼는 소리를 뒤로 하고 나는 잠이 들었다.


해도 뜨지 않은 다음날 새벽, 아빠가 다시 집에 돌아왔는지 엄마를 깨우는 소리가 들렸다. 나도 침대에서 일어나 내 방 문턱에 섰다. 눈을 멍하니 뜬 채로 소파에 누워있는 엄마를 아빠가 일으켜 앉힌 후 말했다.

"여보, 나갈 준비 해. 애 보내야지."

엄마와 아빠가 차에 몸을 실었다. 나도 따라서 뒷자리에 앉았다. 모두 아무 말이 없었다. 그리고 우리는 얼마 지나지 않아 장례식장에 도착했다.

내 몸은 곧 화장터로 옮겨졌다. 화장하기 전, 내 시신은 우리 가족들에게 마지막으로 보여졌다. 관에 담긴 나는 눈을 감은 채 연노랑빛이 도는 상복에 정성스럽게 묶여 있었다. 내 몸 뚱이를 내가 모르는 사이에 언제 저렇게 정성스럽게 포장했을까. 그리고 분명 내 상태가 많이 좋지 않았을텐데, 내 얼굴은 생각보다 깨끗했고 평온해 보였다. 장의사들은 역시 프로구나 하는 생각이 들었다. 엄마는 자신의 얼굴을 누워있는 내 볼에 맞대며 오열했다. 아빠도 내 몸을 계속 쓰다듬으며 울었고, 형도 인상을 쓰며 울었다. 나는 옆에서 그 광경을 가만히 바라보고 있었다.

오늘은 반 아이들의 모습이 거의 보이지 않고 담임 선생님과 다른 반 선생님들이 보였다. 교장, 교감 선생님도 보였다. 담임 선생님은 평소에 나에게 크게 신경을 써 준 적이 없어서 그리 반가운 얼굴은 아니었다. 조금 더 나쁘게 말하자면 학생들 모두에게 무관심한 인간이었다.

나는 많은 사람들이 지켜보는 가운데 내가 불에 타는 광경을 딱히 보고 싶지 않아서 밖으로 유유히 빠져나왔다. 화장터 근처에 있던 벤치에 앉아 하늘을 바라보았다. 하늘은 유난히 푸르고 맑았다.

그리고 얼마 후, 사람들의 겹쳐진 울음소리 위로 엄마의 찢어지는 듯한 절규 소리가 들려왔다.


나는 가족들과 함께 차를 타고 납골당으로 이동했다. 내가 어디에 안치되는지 궁금했기 때문이다. 아빠는 운전을 하고, 엄마는 조수석에서 창에 머리를 대고 계속해서 흐느끼고 있었다. 형은 내 유골함을 품에 안고 있었다. 나는 형 옆자리에 앉아 휙휙 지나가는 나무들을 바라보았다. 납골당까지는 조금 시간이 걸렸다.

그런데 참 신기하다. 살아있을 때의 풍경과 죽은 후의 풍경은 거의 다른 게 없네.

얼마 후 내 유골은 납골당의 어느 비어있던 칸에 안치되었다. 엄마는 내 유골함을 매만지며 흐느꼈다. 아빠는 가방에서 내 어릴 적 사진이 담긴 액자를 꺼내어 내 유골함 바로 앞에 올려두었다. 계속해서 흐느끼는 엄마 옆에서 아빠와 형도 어두운 표정으로 내 유골함을 멍하니 바라보았다. 나도 가족들 바로 옆에서 그 모습을 지켜보았다.

아니야, 나는 그 안에 없어. 사실 나는 지금 당신들 옆에 있다고.

나도 가족들도 이제 와서 후회해봤자 소용 없다. 나는 이미 죽었고, 더 이상 가족들과 소통할 수 없으니까. 죽고 나서야 가족들에게 관심을 받는 것 같아서 기분이 언짢았다.


저녁이 다 되어 우리는 다시 집으로 돌아왔다. 집 안 분위기는 여전히 우울하고 슬픈 분위기로 가득했다. 아빠는 엄마를 부축하며 안방으로 함께 들어갔다. 그리고 나는 형에게 가보았다. 평소에도 나에게 별 관심이 없던 형이 지금 어떤 마음인지 한번 지켜보고 싶었다. 오자마자 벽을 보고 침대에 누운 형은 잠드는가 싶더니 곧 다시 일어나서 가방 구석에서 뭔가를 꺼내고는 잽싸게 주머니에 넣고 방에서 나와 현관으로 향했다. 나는 형을 뒤따라갔다. 형은 문을 열고 나와 엘리베이터를 타고 제일 꼭대기층으로 향했다. 그리고 옥상 문을 열고 난간으로 터벅터벅 걸어갔다. 그리고 형은 주머니에서 담배를 꺼내 물었다. 나는 형이 평소에 담배를 피우는 줄 전혀 몰랐기 때문에 조금 놀랐다. 부모님한테도 계속 숨긴 모양이었다. 형은 아래를 내려다보며 담배 연기를 뿜어댔다. 나도 형 옆으로 다가서서 한번 아래를 내려다본 후 다시 형의 옆모습을 바라보았다. 내가 떨어진 그 자리를 형은 줄곧 멍하니 바라보고 있었다.

다음 날 아침, 학교 갈 준비를 마친 형이 소파에 누워있는 엄마에게 다가갔다. 나는 내 방 문턱에 서서 그 모습을 지켜보고 있었다. 형은 무릎을 굽히고 엄마에게 말했다.

"엄마, 승욱이 몫은 앞으로 내가 다 할게. 그리고 공부 열심히 해서, 돈 많이 벌어서 엄마 아빠 기쁘게 해 줄게."

그러나 엄마는 듣고도 가만히 허공을 바라보고 있었다. 형은 엄마를 빤히 바라보더니 한숨을 한번 내쉰 후 현관으로 갔다. 잠시 후 엄마가 입을 뗐다.

"아니야, 승욱이가 죽었는데 다른 사람 살리는 의사가 무슨 소용이야… 그냥 네가 하고 싶은 대로 아무 일이나 하고 살아도 돼. 죽지만 말아줘."

형은 대꾸없이 신발을 신더니 다녀오겠습니다, 하고 말한 뒤 문을 열고 밖으로 나갔다.

며칠 후부터는 아빠도 정상적으로 회사에 다시 나가기 시작했고 엄마도 집안일을 다시 하려는 것 같았다. 형도 여전히 학교에 다녔다. 나는 내 방에 누워 엄마가 저녁을 준비를 하는 소리를 듣고 있었다. 내 장례식 이후 처음으로 듣는 소리였다. 얼마 후 학교에서 형이 돌아왔고, 또 얼마 지나지 않아 아빠도 회사에서 퇴근하고 돌아왔다. 여전히 가족들의 얼굴에는 생기가 감돌지 않았다.

"여보, 식사해. 얘들아, 밥 먹어."

엄마의 목소리가 들리고, 이어서 아빠와 형이 식탁으로 걸어가서 의자를 당기고 앉는 소리가 들렸다.

"...이 밥은 뭐야?"

아빠의 목소리였다.

"이거 승욱이 밥이잖아. 승욱아, 빨리 와서 밥 먹어."

나는 엄마의 목소리를 듣고 방에서 나와 식탁으로 다가가 보았다. 식탁에는 내 밥과 수저까지 놓여 있었다. 심지어 내가 앉을 수 있도록 의자까지 빼 두었다.

"왜 둘째 밥까지 차려?"

"그런 걸 왜 물어? 승욱이도 밥 먹어야지."

"당신, 정신 차려. 둘째는 얼마 전에 보내고 왔잖아. 얼른 마음의 정리를 해야지."

"아니야, 나는 승욱이가 계속 이 집에 있는 것 같아."

엄마는 단호한 표정으로 말했다.

"엄마, 왜 그래. 승욱이 죽었잖아."

형마저 아빠를 거들자 엄마는 새어나오려는 눈물을 참으며 식탁에 앉았다. 나도 가족들의 눈치를 살피며 내 자리에 앉았다.

"내 잘못이야, 내 잘못…. 어릴 땐 그렇게 예뻐했는데 왜 크고 나서는 예뻐해 주지 못해서… 맨날 애를 혼내기만 하고… 관심도 못 주고…."

기어이 엄마의 울음이 터졌다.

"당신 탓 만이 아니야. 우리 가족 모두가 잘못했어."

아빠가 엄마를 달랬다. 형은 고개를 숙이고 있었다.

"밥을 먹어야 기운을 차리지. 밥 먹어, 밥."

아빠가 울고 있는 엄마의 손에 숟가락을 쥐어주었다. 엄마는 한 손에는 숟가락을 쥐고 한 손으로는 눈물을 닦았다. 그리고 가족들은 꾸역꾸역 밥을 먹기 시작했다. 나도 함께 밥을 먹었지만 내 밥은 아무리 먹어도 줄어들지 않았다.


그날 밤 엄마는 내 남방을 입은 채로 거실 바닥에서 잠들어 있었다. 나는 다가가서 엄마를 가만히 바라보았다. 엄마의 얼굴은 평소보다 훨씬 야위어 있었다. 내 장례식장에서 가장 크게 오열하던 우리 엄마, 여전히 내 밥을 차려 주는 우리 엄마.

그러고 보니 내가 아빠에게 맞을 때마다 엄마가 옆에서 아빠를 말리던 것이 생각났다.

'그렇다고 애를 그렇게 때리면 어떡해? 당신 자식이기 전에 내가 배 아파 낳은 자식이야!'

그렇지만 내가 죽으려고 마음먹은 날, 엄마가 조금 더 관심을 기울이고 나에게 조퇴한 이유를 물어봐 줬다면 그날 나는 뛰어내리지 않았을지도 모른다. 나에게 무관심한 것은 엄마도 마찬가지였다.

…아니, 잠깐만. 건드리지 말라고 엄마한테 차갑게 말한 건 나였어.

그때, 내 싸늘한 말을 듣고 경직되던 엄마의 표정이 머릿속을 스쳐갔다. 그리고 내가 방에서 울고 있을 때 밖에서 엄마의 흐느끼는 소리가 희미하게 들렸던 것도 떠올랐다. 갑자기 엄마에게 미안한 마음이 들었다.

엄마, 나도 그동안 정말 힘들었지만 지금 이렇게 엄마를 힘들게 해서 미안해.

나는 누워있는 엄마의 어깨를 만지려고 손을 뻗었다. 그런데 그 순간, 엄마가 내 손을 덥석 잡았다. 엄마의 눈은 여전히 감겨 있었다. 예상 외로 엄마의 따스한 촉감이 느껴져서 흠칫 놀랐다.

"승욱이니..?"

"······."

"승욱아… 엄마가 정말 잘못했어. 엄마는 엄마 자격도 없어…."

엄마는 눈을 감은 채로 속삭이듯 말했다.

"엄마가… 어떻게 용서를 구해야 할까…"

"…아니야, 엄마."

엄마는 내 목소리를 들었는지, 눈을 감고 내 손을 잡은 채로 가만히 있었다.

"엄마. 내가 그날 차갑게 말해서 미안해. 그런데 나 정말 사는 게 너무 힘들었어. 가족들한테도 말하고 싶지 않을 정도로. 아무도 나를 사랑하지 않았으니까."

"아니야… 엄마는 너를 정말 사랑했어. 아빠도 형도 너를 사랑했어. 그렇지만 다들 표현을 못했어…."

"그럼 조금만 더 나한테 관심을 가져 주지 그랬어."

"…엄마는 어렴풋이 알고는 있었지만… 괜히 네 상처를 들쑤시게 될 것 같아서 네가 말해 줄 때까지 기다렸어… 그런데 그러지 말아야 했어. 엄마가 먼저 도와줬어야 했는데…."

"······."

"승욱아, 네가 떠나고 나서 우리 가족은 더 이상 정상적인 생활을 할 수가 없게 됐어. 네 빈자리가 너무 커… 엄마는 너무 괴로워서 죽고 싶어. 그게 더 편할 것 같아…."

"엄마, 안 돼. 죽는 건 안 돼… 엄마까지 그러지 마. 아빠랑 형이 있잖아."

"그치만 엄마는 너무너무 슬프고 힘들어…"

감고 있던 엄마의 눈에서 눈물이 새어나오는 것이 보였다.

"엄마, 나 계속 이 집에 있을게. 그러니까 죽으려고 하지 마."

"…정말 이 집에 계속 있어 줄 거야? 다른 곳 안 가고…?"

"응….

"이제 엄마가 정말 잘 할게… 엄마가 그동안 정말 잘못했어….

엄마는 나를 끌어당겼다. 나는 어린아이처럼 엄마 품에 안겼다. 엄마 품에 안기는 건 초등학교 저학년쯤 이후로 처음이었다. 그리고 엄마는 내 등을 토닥이기 시작했다. 나는 엄마 품에 폭 파묻혔다. 순간 어린 시절이 떠올랐다. 아주 어렸을 때 엄마 등에 업힌 채 엄마가 불러주는 자장가를 들으며 졸던 때, 엄마가 해준 밥을 엄마가 한 입씩 직접 먹여주던 때, 엄마의 한쪽 팔을 베고 동화책을 읽어주는 엄마의 목소리를 듣고 있을 때, 엄마 손을 잡고 유치원에 등교하던 때, 회사에서 집으로 돌아온 아빠가 내 생일 선물로 변신 로봇을 불쑥 내밀던 때, 형의 손을 잡고 함께 초등학교에 등교하던 때, 중학교 입학식 날 온 가족이 함께 맛있는 고기를 먹었을 때… 순간 가족들과의 행복했던 기억들이, 사랑받던 기억들이 주마등처럼 스쳐 지나갔다. 눈시울이 뜨거워지고 목이 메기 시작했다. 곧이어 나는 복받쳐 오르는 감정을 참지 못하고 엄마 품 안에서 아이처럼 엉엉 울었다. 집이 떠나가라 울었다.

엄마, 나 죽지 말았어야 했을까. 떠올려보니 행복한 기억도 많은데. 차라리 엄마 아빠에게 말을 해서 전학이라도 시켜 달라고 할 걸. 아마 어떤 다른 해결 방법이 있었을지도 모르는데. 나는 왜 돌이킬 수 없는 짓을 저질렀을까. 엄마, 나 너무 슬퍼. 너무 억울해. 너무 후회돼. 원래대로 돌아갈 수 없다는 게 정말 미치겠어….

그러나 이제 와서 그 선택을 한 것을 후회해봤자 이미 늦었다. 이미 나는 살아있는 존재가 아니게 되었다. 그렇지만 엄마는 여전히 내 등을 토닥이고 있었다. 나는 꽤 오랜 시간을 울다 엄마의 가슴에 얼굴을 묻은 채 스르르 잠이 들었다.

다음 날은 아침부터 집에 외할머니가 찾아오셨다. 엄마를 위로하러 오신 것 같았다. 나는 내 방에서 두 사람의 모습을 가만히 지켜보고 있었다. 엄마는 비틀비틀 움직이며 안방 장롱에서 앨범들을 꺼내왔다. 내 어릴 적 사진들이 담긴 앨범이었다. 그리고는 외할머니에게 하나 하나 손가락으로 가리키며 보여주었다.

"엄마, 이것 봐. 이거 승욱이 어릴 때. 이때 정말 예뻤지? 그리고 이거, 욕조에 승현이랑 들어간 것 봐. 이때 얘네 둘 한꺼번에 씻기느라 얼마나 힘들었는지…"

"이런 건 시간이 좀 지나고 봐라."

외할머니는 앨범을 덮으려 하며 말했다. 하지만 엄마는 아랑곳 않고 앨범을 한 장 한 장 천천히 넘겼다.

"지금 보면 마음만 더 아파진다니까. 나중에 봐."

그 말을 들은 엄마는 잠시 멍하니 앨범을 바라보더니, 어깨를 들썩이며 흐느끼기 시작했다.

"어제 꿈에 승욱이가 나와서 계속 울길래 안아서 달래줬는데 그 촉감이 너무 생생해… 나는 아직 우리 승욱이가 죽었다는 게 실감이 안 나. 계속 우리 집에 있는 것 같아…."

엄마는 외할머니에게 안긴 채로 울며 말했다. 외할머니는 엄마를 끌어안고 토닥여 주었다. 나는 여전히 내 방 문턱에 서서 그 모습을 바라보고 있었다.


엄마, 맞아. 나는 계속 우리 집에 있어.

엄마를, 아빠를, 형을 여기서 지켜보고 있어.

그러니까 가끔은 어제처럼 나를 안아 줘.

머무르다

3

이별령

– 사실 그동안 많은 생각을 해왔어. 어제부터 잠도 안자고 계속 고민하고 생각했어. 솔직히 말해서 민영이 너와는 미래가 보이지 않아. 내가 너를 미워하는 건 아니지만 우리는 여기에서 마무리를 짓는 게 좋을 것 같아. 먼저 이런 얘기 꺼내서 미안해. 너는 좋은 사람이니까 나보다 더 성격도, 가치관도, 취미도 맞는 사람 만날 수 있을 거야. 그동안 고마웠어. 잘 지내.

아침에 잠에서 깨어 핸드폰을 확인하니 이런 메시지가 와 있었다. 5년을 만났던, 가장 믿고 의지했던 연인 석민에게서 온 갑작스러운 이별 통보였다. 그것도 월요일 아침에 메신저로 말이다. 그는 최근까지도 이런 갑작스러운 결말을 던지려는 내색을 보이지 않았고, 나조차도 그런 낌새를 알아차리지 못했다. 어젯밤 잠들기 전 내가 그에게 요즘 답장 속도가 느리다며 타박한 것이 원인일까. '연락이 잘 안 될 거면 그냥 연애하지 말라'는 내용의 메시지로 그에게 쏘아붙였고 그는 회사나 친구 문제로 여러 가지 힘든 일이 많아서 그랬다며, 이제는 그러지 않겠다고 답을 해왔다. 나는 그 메시지를 읽고 답을 하지 않은 채 바로 잠들었다. 그리고 그의 헤어짐을 결심한 메시지가 오전 4시 35분에 온 것을 보니 정말 그가 밤을 새고 고민했다는 것을 알 수 있었다. 나는 당혹스러움과 충격으로 지금 이 상황이 현실인지 구분이 되지 않았다. 그리고 그 당혹스러움은 곧 분노로 바뀌었다. 나는 분노를 주체하지 못하고 그 감정을 꾹꾹 눌러담은 답장을 보냈다.

— 그래, 알았어, 네 마음이 그렇다면 어쩔 수 없지. 그런데 지금까지 우리가 만난 5년을 이렇게 한순간에 망쳐줘서 참 고맙네. 그것도 월요일 아침에 메시지로 말이야. 네가 연인에 대한 배려는 눈꼽만큼도 없는 이기적인 사람이란 걸 이제야 알게 됐네. 그렇지만 그동안 여러 가지로 고마웠고 미안했어. 잘 지내.

— 미안해, 너도 잘 지내.
그것이 석민에게서 온 마지막 메시지였다.

나는 프리랜서 디자이너로, 출퇴근을 하지 않고 내가 혼자 살고 있는 원룸에서 일을 하고 있다. 오늘은 예외적으로 점심 즈음에 충무로의 어느 회사에서 업무적인 미팅이 있는 날이었다. 나는 잠시 침대 위에서 멍하니 앉아 있다가 억지로 몸을 이끌며 얼떨떨한 기분으로 씻고 나갈 준비를 했다. 아직까지도 실감이 나지 않았다. 단 몇 줄의 문장으로 우리가 끝이 났다는 사실이.

도착한 미팅 자리에서도 대화가 머리에 들어오지 않아 나는 형식적인 대답만 하곤 했다. 외주 계약은 잘 성사되었지만, 몰려오는 공허함에 이제부터 어떻게 해야 할지 막막했다. 나는 미팅을 마친 후 근처 편의점에서 담배 한 갑을 사고 비닐을 뜯어 한 개비를 입에 물었다. 나는 한 달에 고작 한 갑 정도만 피우기에 흡연자라고 하기에도 애매한 사람이다. 담배 냄새를 극도로 싫어하는 석민 때문에 담배를 피울 기회가 그리 많지 않았던 탓일까. 나는 기껏해야 가끔 친구들과 술자리에서나 피웠고, 일이 계획대로 잘 진행이 되지 않아 머릿속이 터질 것 같을 때나 가끔 담배를 찾곤 했다. 오랜만에 피우는 담배에서 빨아들인 연기는 가슴 언저리를 훑고 난 뒤 마치 내 한숨처럼 눈앞에서 어지럽게 부유하다 사라져버렸다. 이대로 집에 돌아가기에는 싫어서 편의점에서 그리 멀지 않은 어느 카페로 들어가 커피 한 잔을 주문했다. 나는 김이 피어나는 커피잔을 앞에 둔 채로 그곳에 고인 검은 우물을 멍하니 바라보았다.

 석민은 대학교 시절 동아리 동기였던 성현의 소개로 인해 만나게 되었다. 성현의 군대 동기이자 친구였던 석민은 군 제대 후 만나는 사람이 없어 외로워하던 차에 성현에게 여자 소개를 부탁했고, 성현은 자신의 SNS 목록에서 한 명을 고르면 그 사람이 애인이 없는 이상 소개를 시켜주겠다고 했다. 그렇게 해서 석민이 고른 사람이 바로 나였고, 마침 나도 애인이 없었던 데다 석민이 싫지는 않아 성현의 만남 제안에 응하게 된 것이었다.

 우리가 연인이 된 지 얼마 되지 않았을 때의 석민은 감정이 고스란히 보이는 사람이었다. 내가 좋아서 어쩔 줄 몰라 하는 것이 눈에 그대로 다 보였고, 나와 만날 때마다 꽃을 한 송이씩 사다주곤 했던 로맨틱한 사람이었다. 꽃을 사오지 않은 날은 젤리나 초콜릿을 내 손에 쥐어주었다. 내가 조금만 심기가 불편해져도 쩔쩔매며 진심으로 사과하면서 내 기분을 풀어주었고, 모든 것을 나에게 맞춰주던 사람이었다. 초반에는 석민에게 큰 감정이 없었던 나도 그런 그에게 점차 마음을 열고 사랑이라는 감정을 느끼게 되었고, 우리는 서로 그 누구보다 가까운 사람이 되었다. 그러나 그의 말처럼 두 사람이 함께

이별령

하는 시간이 많으면 많아질수록 많은 부분이 서로 맞지 않다는 것을 알게 되었다. 나는 책 읽는 것과 전시회, 문화생활을 즐겼지만 그는 그런 것에 전혀 관심이 없었다. 그리고 그는 컴퓨터나 휴대폰 등 기계에 관심이 많았지만 반대로 나는 그런 것에 전혀 흥미가 없었다. 또한 부모님의 뜻보다 내 의견이 우선인 나와는 반대로 그는 부모님을 가장 우선시하며 부모님의 말은 무조건 따르는 사람이었다. 무엇보다 서로 가장 맞지 않았던 것은 결혼에 관한 가치관이었다. 그는 늦지 않게 결혼을 해서 최대한 빨리 자신의 아이를 보고 싶어 했다. 자신의 꿈이 좋은 아빠, 좋은 가장이 되는 것이라고 말하던 그였다. 하지만 그와는 반대로 나는 결혼이라는 제도에 얽매이고 싶지 않았고, 집안과 집안이 맺어진다는 점도 부담스러웠다. 결혼은 될 수 있으면 늦게 하고 싶었고, 나는 아이를 좋아하지 않았던 데다 내 일에 대한 열정이 컸으므로 되도록 아이를 낳지 않는 쪽으로 생각하고 있었다. 부부끼리만 알콩달콩하게 지내는 것도 좋지 않을까 싶었다. 그리고 임신과 출산을 겪지 않아도 되는 석민의 입장에서 오히려 더욱 아이를 원한다는 것이 서운하게 느껴졌다. 결코 쉽지 않은 과정인 임신과 출산 이 두 가지는 오롯이 여자의 몫이기 때문이다. 게다가 육아 또한 대부분의 부부가 그렇듯이 여자의 몫이 되는 경우가 많지 않은가. 내 주변만 봐도 대부분 그랬다. 나는 그렇게 살고 싶지는 않았다. 이렇게 결혼과 아이에 대한 대화를 석민과 나눌 때마다 서로 합의점을 찾지 못해, 이 주제는 둘 사이에서 거의 금기어였다. 그렇지만 서서히 결혼을 생각해야 하는 나이에 가까워지면서 자연스럽게 나는 석민과 결혼하게될 것이라고 믿고 있었다. 2세에 대한 것도 시간이 지나면 내 마음이 조금은 바뀌겠거니 했다. 아직 석민의 부모님과 대면한 적은 없지만 가족 관계가 된다면 며느리로서 잘 해드리려는 마음이었다. 석민을 사랑했으니까, 석민을 낳아 주신 부모님이니까 내 가족이 될 사람들과 석민과 나의 미래에 대해서 유연하게 생각하려고 노력했다. 그리고 석민이 그것을 모른 것도 아니었다. 그런데 갑자기, 대체 왜…

 그러고 보니 지난주 석민의 집에서 하루 묵었을 때 그가 아침에 먼저 출근한 후 나는 그의 집을 청소한 다음 그의 노트를 한 장 찢어, 요즘 서로 예전 같지 않은 기분이 드니 다시 예전처럼 변함없이 잘 해 보자는 내용의 편지를 썼다. 그리고는 그것을 책상 서랍에 넣어두고 집을 나온 후 서랍에 편지를 두고 온 것을 그에게 알렸다. 하지만 며칠이 지나도 그에게서 편지에 대한 언급이 없기에 내가 편지에 대해 묻자, '아 맞다. 그거 어디 뒀어? 아직 안 봤는데.'라는 대답이 돌아와 서운한 감정이 들었던 적이 있다. 아무래도 그것이 나에 대한 마음이 소원해졌다는, 나에게 헤어짐을 통보하려는 예고편 같은 것

이별령

이었을까.

 이런저런 생각을 하다 카페에서 멍하니 앉은 지도 벌써 세 시간 가까이 흘렀다. 서서히 노을이 지고 있었고, 여태 고작 커피 한 잔만을 주문한 채 넋 나간 사람처럼 오랜 시간을 가만히 앉아 있었기에 카페 주인의 눈초리가 뒤늦게 신경이 쓰이기 시작했다. 나는 입술을 잘근잘근 깨물었다. 아무래도 안 되겠다 싶었다. 그와 나는 이대로 헤어질 수 없었다. 그와 얼굴을 맞대고 직접 얘기를 나눠보고 싶었다. 아니, 그를 붙잡아야 했다. 이대로 이별하기에는 내 마음이 변치 않은 상태였기 때문이다. 혹시 모른다. 내가 진심으로 애원하면 석민의 마음을 다시 돌릴 수 있을 지도. 나는 얼마 남지 않은 커피가 담긴 잔을 카운터에 반납한 뒤 서둘러 카페를 나왔다. 나는 곧장 석민이 사는 곳으로 가는 버스를 타기 위해 강남역으로 향했다.

 그의 동네로 향하는 버스 안에서 나는 울다가 그치기를 반복했다. 그의 집은 서울에서 버스로 한 시간 남짓 걸리는 곳에 있었다. 옆 사람이 보든 말든 나는 하염없이 흘러내리는 눈물을 가방 속에 있던 휴지로 계속해서 훔쳐냈다. 갖고 있던 모든 휴지가 전부 축축해져 너덜너덜해져도 눈물은 멈추지 않았다. 아침에 이별 통보를 받고, 버스를 타고 그를 붙잡으러 가는 이 상황이 과연 현실이 맞는 것일까. 악몽을 꾸고 있는 건 아닐까. 너무 많은 눈물을 흘린 탓에 머리가 어지러웠다. 우리가 만나는 날 중 대부분은 그가 내가 사는 쪽으로 와주었다. 하지만 이번에는 내가 절박한 심정으로 그에게 찾아가고 있었다. 아마도 그는 이 시간이면 집에 있을 시간이었다. 오랫동안 만나왔으니 그의 생활 패턴은 내가 가장 잘 알고 있었다. 그러나 그의 이별 통보만큼은 예상하지 못했다.

그가 사는 오피스텔 앞에서 올려다보니 창문 너머로 그의 방에 불이 환하게 켜져 있는 것이 보였다. 그가 퇴근하고 집으로 돌아온 모양이었다. 나는 입구에서 비밀번호를 누르고 그의 집 문 앞으로 향했다. 그리고 잠시 망설이다 초인종을 꾹 눌렀다. 잠시 후 안에서 부스럭거리는 소리가 들리더니 문이 열리며 그가 모습을 보였다. 그는 내가 올 것을 예상하지 못했는지 당황해하는 눈치였다.

"...연락도 없이 왜 왔어?"

"직접 대화를 하고 싶었어."

나는 그 말을 하고 울음을 터뜨렸다. 그런 내 앞에서 그는 그저 가만히 서있을 뿐이었다. 예전 같으면 내가 울면 안아주고 등을 토닥여주며 달래주었을 그였다. 울음 섞인 목소리로 나는 그에게 물었다.

"우리 정말 이대로 끝나야 해? 나는 받아들일 수 없어. 싫어."

"일단 우리 다른 데 가서 얘기하자."

그는 나를 오피스텔 근처에 위치한 작은 공터로 이끌었다. 앞서 걷는 그의 어깨가, 걸어가는 두 다리가, 뒷모습이 낯설었다. 공터에는 벤치 두 개가 있었다. 그는 나를 먼저 벤치에 앉게 한 다음 그 옆의 벤치에 앉았다. 불과 며칠 전까지만 해도 함께 살을 맞대고 서로의 따뜻한 체온을 느끼면서 사랑을 속삭이던 우리였다. 어떻게 이렇게 갑자기 우리 사이에 메울 수 없는 거리가 생겨버린 것일까. 잠시 동안의 침묵 후 그가 먼저 입을 열었다.

"미안해."

"뭐가 미안해? 왜 이렇게 갑자기 끝내야 해...?"

내가 애원하듯 묻자 그가 잠시 망설인 후 대답했다.

"우리는 하나부터 열까지 맞는 게 없었잖아. 아무리 서로 사랑한다고 하더라도 두 사람의 성격이나 취향, 가치관이 맞아야 서로가 계속 함께할 수 있는데, 우린 아니었어. 각자의 취미나 취향, 식성까지 너무 달랐고 특히 결혼에 대해서도 생각이 많이 달랐잖아? 나는 아이를 원하지만 너는 아이를 절대 원하지 않았어. 그래서 우리가 만나면 만날수록 그런 여러 가지 차이점이 계속 신경이 쓰여서, 더 이상 우리 둘의 미래가 보이지 않았어. 그래서 각자 조금이라도 빨리 서로 맞는 사람 만났으면 좋겠다는 결론이 났던 거야. 이젠 둘 다 정말 결혼을 해야 하는 나이가 되었으니까."

그의 말은 매우 현실적이었고, 냉철했기에 더욱 내 가슴을 후벼 파는 듯 했다.

"맞는 게 없어도, 서로 사랑하면 되잖아? 서로 맞추고 같이 노력하면 되잖아. 나도 앞으로 많이 맞춰주려고 노력할게."

나는 여전히 애원하듯 말했다. 원치 않는 이별 앞에서는 자존심이고 뭐고 없었다.

"...미안해."

"왜 자꾸 미안하다고 하는 거야...?"

울음 섞인 내 물음에 그는 잠시 망설이는 기색을 보이다 다시 입을 열었다.

"이제 더 이상 너를 사랑하지 않는 것 같아."

그 말을 듣자, 가슴 언저리에서 무거운 무언가가 쿵, 하고 내려앉는 듯 했다. 절망이라는 추상적인 단어의 구체적인 실감이 이런 기분일까. 그래, 그 말은 절망적이었다. 그리고 이어서 한 가지 의혹이 떠올랐다.

"혹시 다른 여자가 생긴 거야? 그렇다면 솔직히 말해줘. 그렇다면 내가 더욱 빠르게 단념할 수 있을 것 같아."

그 말을 들은 그는 한숨을 내쉰 후 대답했다.

"그건 정말로 아니야. 부디 오해하지 말아줬으면 해."

"그런데 왜 이렇게 갑자기 나한테 이러는 거야? 나는 도저히 이해가 안 돼. 어젯밤에 내가 너한테 뭐라고 했던 게 그렇게 상처였어? 그랬다면 내가 사과할게. 그런데 나도 요즘 네가 답장이 늦고 연락도 바로바로 안 되는 게 속상해서 그랬어."

그 말을 들은 그는 다시 한숨을 푹 내쉬었다.

"서로 안 맞는 부분이 많다보니까 우리가 언젠가 결혼을 하더라도 행복할 거라는 확신이 들지 않았어. 너도 가끔 그랬잖아. '우리는 정말 맞는 게 너무 없어서 결혼해도 얼마 안 돼서 이혼하는 거 아니냐'고."

"그건 당연히 농담이라는 거 너도 알잖아."

"농담이라고 해도 항상 너의 그 말에는 뼈가 있었어. 그런 농담을 여러 번 들으니까 나도 정말 그렇게 되는 거 아닌가 하고 생각했고."

"그래, 그건 내가 잘못했어. 농담으로도 그런 말을 하는 게 아니었는데. 지금이라도 네 마음 불편하게 했던 거 사과할게."

내 사죄와 애원에도 여전히 그는 굳건해 보였다.

"...그리고 이 말까지는 안 꺼내려고 했는데, 하아…."

나는 불안한 마음으로 그에게서 이어질 말을 기다렸다.

"사실 우리 부모님도 너와 결혼하는 걸 그리 좋아하지 않으셨어."

그 말을 들은 나는 말문이 막혔다. 그랬지. 여태 지켜봐온 이 사람은 부모님의 말씀이라면 껌뻑 죽는 사람이었지. 나보다 자신의 부모님이 더 소중하다며, 가족이 더 우선이라며 항상 나를 서운하게 했던 이 사람.

"내가 너를 지금까지 만나면서 너희 부모님을 한 번도 안 만나뵈서 그러시는 거야? 아니면 내 직업이나 벌이가 별로 맘에 안 드신대?"

애원하면서도 따지듯 석민에게 묻자 그는 착잡한 표정으로 허공을 바라보며 대답했다.

"그냥, 그런 걸 다 떠나서 나랑 더 맞는 사람이랑 만나서 결혼했으면 좋겠다고 하셔. 손주도 보고 싶어 하시고."

"왜… 왜 당신 부모님은 우리 사이에 관여하시는 거야?"

나는 이렇게 말하고도 잠시 말실수를 한 것 같아 움찔했다.

"내가 우리 부모님 아들이니까…."

그 말을 들은 나는 잠시 침묵했다. 부모님을 끔찍이도 사랑하고 아끼는 남자와 결혼하면 그만큼 아내는 뒷전이 된다는 얘기쯤은 당연한 사실처럼 알고 있었다. 하지만, 그런 건 지금 상관이 없었다. 나는 여전히 석민을 잃고 싶지 않았다.

"네가 아기를 원하면 낳을게. 나도 좀 더 시간이 지나면 남들 따라 아이를 갖고 싶어질 수도 있어. 그리고, 당신 부모님께도 잘 할게. 아직도 내가 너를 너무 사랑해서 그런 이유들 때문에 이대로 헤어질 수가 없어."

그 말을 꺼내는데, 마음 속 깊은 곳에서 다시 울분이 터져올랐다. 내가 이토록 나를 버려가면서까지 이 사람을 붙잡고 있다는 것과, 반대로 이 사람은 더 이상 나에게 마음이 없다는 것을 확인하고 있는 것 같아 절망적이었기 때문이다.

"아니. 사람은 절대 안 변해. 내가 5년 동안 지켜봐온 너는 그렇게 쉽게 변할 사람이 아니야. 그런 네 모습에 나도 얼마 전부터 조금씩 마음 정리를 해온 것 같아."

그의 냉정한 말에 나는 더 이상 우리에게 가망이 없다는 것을 느꼈다. 이 사람의 결심이 워낙 굳어, 이제는 정말로 포기를 해야 할 것 같다는 생각이 들었다.

"...그래, 알겠어. 계속 떼써서 미안해. 그럼 나 이제 가볼게."

나는 가방 안에 있던 휴지를 꺼내 눈물을 훔쳐낸 후 가방을 챙겨 자리에서 일어났다. 하지만 쉽게 발걸음이 떨어지지 않았다. 억지로 걸음을 옮겨 공터 밖으로 나가려는 순간, 그가 뒤에서 흐느끼는 소리가 들리기 시작했다. 나는 다시 뒤돌아 그를 바라보며 말했다.

"왜 네가 울어?"

"있잖아… 마지막으로 한 번만 안아보면 안 될까?"

석민이 눈물을 뚝뚝 떨어뜨리며 말했다. 그의 우는 모습을 직접 마주하는 일은 처음이었다. 무슨 일이 있어도 절대 울지 않던 그였는데. 그 얼굴을 보니 더욱 억장이 무너지는 것 같았지만 나는 애써 냉정한 척하며 말했다.

"헤어지는 마당에 나를 왜 안아보겠다는 건지 모르겠다. 그냥 이제 갈게."

마음을 다잡으려 했지만 역시나였다. 몇 발자국도 못가서 나는 다시 뒤를 돌아 그에게 다가갔다. 그리고는 아이처럼 엉엉 울며 그에게 안겼다.

"왜 우리가 헤어져야 돼? 나는 헤어지기 싫어. 제발 헤어지자고 하지 마…."

그토록 어린아이마냥 운 건 내 법적인 나이가 어른이 된 이후로 처음이었다. 나는 울면서도 그의 등과 허리를 꽉 붙잡고 있었지만 그는 나를 안아주지 않은 채 가만히 서있을 뿐이었다. 그리고 얼마 지나지 않아 내 울음이 점차 진정되자, 그가 나를 천천히 떼어내며 말했다.

"정말 미안해. 건강하게 잘 지내야 돼."

그 말을 들은 나는 뒤도 돌아보지 않고 그곳을 빠르게 떠나왔다. 다시 버스를 타고, 전철을 타고 집으로 돌아오는 내내 나는 넋이 나간 사람처럼 멍하니 허공만 바라보고 있었다. 나와 석민과의 5년이라는 세월, 그동안 행복했던 추억, 둘 사이에서의 크고작은 일들, 서로 주고받은 물건들, 그가 처음 나에게 고백했던 순간, 서로 처음 입을 맞추던 순간, 서로 처음 다투고 화해한 순간, 그가 내어 주던 팔베개, 그의 버릇, 습관, 말투, 잠꼬대, 그의 눈동자, 입술, 어깨, 손가락, 살결, 체온… 그에 대한 그런 모든 것들이 아직도 내 머리와 마음속에 나의 또다른 자아처럼 진득하게 박혀 있는데, 앞으로 어떻게 그것들을 다 지워내고 도려내야 하는 걸까. 도저히 엄두가 나지 않았다.

사실 이년 전 석민과 나는 오해와 성격 차이로 인해 한 차례 헤어진 일이 있었다. 하지만 그날 당일 서로 도저히 헤어질 수 없다며, 서로 전화기를 붙든 채 흐느끼면서 서로를 붙잡았고, 그날로 인해 둘 사이가 더욱 돈독해지는 계기가 되었다고 생각했다. 하지만 이번엔 달랐다. 석민의 마음이 나에게서 완전히 떠나버린 것을 확신했다. 그런데 그가 마지막에 눈물을 흘리며 나를 안아보고 싶어 했던 것은 대체 어떤 감정이었을까. 일말의 미련이었을까. 그렇지만, 결국 그는 다시 나를 냉정하게 떼어냈다. 마치 차가 이따금씩 쌩 하고 지나가는 한적한 고속도로에 버려진 유기견이 된 기분이었다. 그렇게 비참하게, 나는 석민에게서 버려졌다.


그 이후로 도저히 몸에 밥이 들어가지 않았다. 무언가를 먹어야겠다는 마음이 전혀 들지 않았다. 식욕은 물론 모든 일에 대한 의욕도 사라져버렸다. 하루 세 끼를 꼬박꼬박 먹던 내가 하루에 비타민 한 알과 우유 한두 잔으로 때우는 일이 허다 했다. 그것도 혹시 이러다 내가 쓰러져 버릴까 봐 억지로 입에 털어 넣는 것이었다. 외주로 받은 일들은 정해진 기간 안에 전달해야 했기에 어떻게든 억지로 해냈지만 일에 대한 흥미도, 내 주위를 둘러싼 모든 것들에 대한 흥미도 전부 사라져버렸다. 내가 왜 석민에게서 버림받아야 했는지, 내가 왜 이 세상에 존재하는지, 왜 내가 군이 이렇게 살아 숨쉬면서까지 이 고통을 느껴야 하는 건지 알 수 없었다. 내 존재 자체까지 부정하게 하는 이별의 고통은 생각보다 매우 괴로웠다. 내 가족이 죽는다면 그 고통과 지금 이 고통이 비슷하겠지 싶었다. 석민은 나에게 가족과 다름없었던 존재였으니까. 대학생 시절에 잠시 몇 달 정도 만난 사람과 이별했을 때에도 그때 당시에는 정말 힘들다고 느꼈었는데, 5년이나 만난 석민과의 이별은 체감상 그에 비해 몇 배는 더 힘들게 느껴졌다. 무엇 보다 나를 이토록 괴롭게 만든 채 방치하고 있는 석민이 너무 나도 원망스러웠고, 그에게서 버려진 내가 너무나도 측은했 다. 밤이 되면 혹시 그가 술에 취해 전화를 걸어오지 않을까 하고 내심 그의 연락을 기다렸다. 그리고 밤마다 혼자 흐느껴 울었다. 하지만 며칠이 지나도 그에게서는 문자 한 통 없었다. 석민과는 이제 더 이상 연락을 하지 않게 되었지만 내 머릿속에서 석민이 떠오르지 않는 순간은 거의 없었다. 그렇기에 매 순간이 고통스러웠다. 육체적인 통증에는 진통제가 있던데 마음에도 진통제가 있을까. 생전 한 번도 가지 않았던 정신과에라도 찾아가면 될까. 그러면 내가 필요한 약을 처방해 줄까. 사무치는 공허함과 외로움, 괴로움, 비참함에 나는 짧은 날 동안 무수히 앓는 시간을 보냈다.

석민과 이별한 후 2주 정도가 지났다. 나는 여전히 석민을 잊으려고 노력했지만 아무리 지워내려 해도 다시 빠르게 피어오르는 벽의 곰팡이처럼 그는 다시 내 정신을 피폐하게 만들었다. 그동안 석민이 꿈에 나타나지 않은 적은 거의 없었다. 석민은 꿈속에서만큼은 여전히 나를 따뜻하게 안아주고 나에게 사랑을 속삭여주는 내 연인이었기에, 꿈에서 깨고 나면 냉정한 현실의 공허함이 소리 없는 해일처럼 밀려왔다. 그러면 나는, 석민과 나는 하나부터 열까지 맞지 않았다, 지금 내가 이별의 아픔을 겪고 있는 것은 그를 여전히 사랑해서가 아니라 가장 가까운 사람이 한순간에 없어진 것에 대한 외로움일 뿐이다, 석민과 결혼한다고 하더라도 그 생활은 행복하지 않았을 것이다, 마지막에 석민은 나를 놓았고, 배신했고, 버렸다, 그는 이기적인 사람이다, 나는 진심으로 그를 사랑했던 게 아니라 그와 연애하는 것 자체를 좋아했던 것이다… 아무리 이성적으로 그와의 이별을 합리화하고 애써 잊으려고 노력해도 신의 짓궂은 장난처럼 석민은 매일 내 꿈에 나타났다. 잠깐의 낮잠에도 그가 나오기 일쑤였다. 잠들기 전 두 손을 모은 채 제발 그가 꿈에 나타나지 않기를 빌고 잠들어도 허사였다. 아무래도 신은 없는 걸까. 그날 밤도 나는 잠들기 전 두 손을 모으고 허공에 속삭였다.

"제발 이렇게 빌게요. 그 사람 좀 꿈에 안 나오게 해주세요. 제발요….”

막 연인이 된 석민과 나는 어느 포장마차에서 떡볶이를 함께 먹는다. 그곳은 우리가 자주 가던 곳. 석민이 오뎅국물을 종이컵에 담아서 나에게 건네준다. 나는 그것을 홀짝이며 마시고, 석민도 홀짝이며 마신다. 그리고 우리는 근처 공원을 돌았다. 날씨는 아직 조금 쌀쌀했지만 석민이 내 어깨를 감싸주고 있기에 그리 춥게 느껴지지 않는다. 뛰어노는 아이들, 강아지와 산책하는 사람, 비둘기 떼, 인공 분수를 바라보며 우리는 벤치에 함께 앉아 있다. 나는 석민의 목에 얼굴을 파묻는다. 석민의 목덜미는 부드럽고 따뜻하다. 석민이 두 팔로 나를 감싸안는다. 그리고 내 볼에 입맞춤을 해 준다. 우리는 잠시 주변을 살핀 후 서로의 입에 입맞춤을 한다. 누가 볼세라 얼른 뗀 후, 서로 부끄러운지 피식 웃는다. 그리고 석민이 나의 손을 꽉 잡아준다. 석민이 다정한 눈빛으로 나에게 무언가 말을 하는데, 들리지가 않는다.

 신은 역시 오늘도 내 기도를 들어주지 않았다. 잠에서 깨어보니 아침은 환했고, 내 얼굴과 베개는 눈물로 범벅이 되어 있었다. 핸드폰 시계를 보니 오전 아홉 시가 조금 지나 있었고, 몇 달 전부터 결혼을 준비하던 친구에게서 메시지가 와 있었다.

 – 민영아! 잘 지내? 나 다다음주에 결혼하는 거 기억하고 있지? 네가 와주면 정말 기쁠 거야. 우선 모바일 청첩장 보낼게. 종이 청첩장은 만나서 준다. 얼렁 날 잡자!

 졸업하고서도 친하게 지내던 대학교 동기 수영이었다. 남자친구와 행복하게 연애하는 모습을 SNS에서 자주 보였던 아이인데 결국 결혼식을 올리는 모양이다. 그 둘은 아마 결혼해서도 계속 연애하듯 예쁘게 살 것 같았다. 나는 그런 수영이 미치도록 부러웠다. 어떻게 해서 그토록 자신을 사랑해주는, 또 자신이 사랑하는 남자와 만나 결혼하는 것일까. 내가 석민과 사귄 기간보다 그들이 훨씬 짧게 만났는데도 어쩜 그렇게 서로를 신뢰하고 사랑할 수 있었는지. 아무리 친한 수영이지만 군이 이런 내 상황을 알리고 싶지 않았다. 한창 결혼 준비하느라 바쁠 아이에게 내 어두운 상처를 드러내서 위로받고 싶지 않았기 때문이다. 행복한 사람에게 받을 위로는 위로도 아닐 것이며 내가 더 비참해질 것이라는 것을 알고 있었다. 나는 그런 수영의 결혼식에 미친 듯이 가기가 싫었다. 하지만 친한 친구인 수영이 서운해 할 것을 생각하면 그럴 수 없었다. 2주 후라면 그땐 아무래도 좀 괜찮아져있을 것이다. 나는 수영에게 답장을 보냈다.

**- 수영아, 난 잘 지내. 그런데 굳이 종이 청첩장은 안 줘도 괜찮아.**
**너 많이 바쁠 테니까. 식장에서 보자. 결혼준비 잘 하고~**

가끔 안부를 묻기 위해 걸려오는 부모님의 전화도 피하고 싶었다. 잘 있냐고 묻는 물음에는 매번 거짓말을 해야 했다. 석민의 근황을 묻는 물음에도 그냥 잘 있지, 하고 거짓말로 대답했다. 부모님이 쓸데없는 걱정을 하시는 게 싫었기 때문이다.

그날 밤, 석민과 나는 보드라운 침대 위에서 서로 아무것도 걸치지 않은 채 껴안고 누워 있었다. 그 꿈속의 순간만큼은 우리가 헤어졌다는 사실이 오히려 꿈이었는지도 몰랐다. 나를 꼭 안아주는 석민의 품 안에서 안도하듯 말했다.

"보고 싶었어. 다시는 나한테 그러지 마…"

그리고 눈을 감았다 떠보니 나는 홀로 누워 있었다. 기도하고 자는 것을 깜빡해서일까. 또다시 몰려오는 공허함에 허탈하기까지 했다. 침대 옆을 더듬어 눈을 찡그린 채로 핸드폰 시계를 보니 새벽 네 시 반이었다. 나는 다시 핸드폰을 끄고 잠에 들려 했다. 아직 해가 뜨지 않아 방 안은 어두웠다.

다시 잠을 청하려고 천장을 보고 누운 찰나, 침대 맞은편 장롱 옆에 원래 없던 것이 세워져 있는 것 같은 이질감이 들었다. 암흑 속에서 그것이 잘 보이지 않아 눈에 힘을 주고 살펴보았다. 곧 어둠에 적응이 된 내 시야에 어떤 것이 가만히 서서 나를 응시하고 있는 것이 보였다. 그것을 발견하고 나는 소스라치게 놀라 비명도 내지르지 못했다. 순간 온몸의 털이 곤두서고, 아무런 말도 내뱉을 수 없을 정도로 내 모든 것이 순간 마비되어 버렸다. 나는 침대에 누워 두 손으로 이불을 꽉 쥔 채 그대로 얼어붙어 있었다. 혹시 도둑일까, 아니면 나를 범하러 온 사람일까 하고 그 존재를 살펴보았지만 나는 머지않아 그 존재를 알아차리고는 망연자실함을 느꼈다.

**그것은 바로 석민의 모습이었다.**

나는 침대에서 벌떡 일어나 다시 가만히 앉은 채로 그 존재를 살펴보았다. 석민은 실오라기 하나 걸치지 않은 나체 상태였고, 얼굴에는 표정이 없었으나 어딘가 음울해보였으며, 그저 그 상태로 가만히 나를 바라볼 뿐이었다. 사실 그 존재를 알아차렸을 때부터 나는 직감했다. 나에게 보이는 저 존재는 내가 아직 꿈을 꾸고 있거나, 가위에 눌리고 있거나, 환영이 거나, 귀신이거나, 아무튼 실체는 아니라는 것을 직감적으로 느낄 수 있었다. 이건 꿈일까, 현실일까.

설마…

나는 새벽임에도 불구하고 바로 석민과 맨 처음 연결시켜주었던 성현에게 냅다 전화를 걸었다. 혹시 석민이 죽은 게 아닐까 싶었기 때문이다. 성현이 전화를 받지 않자, 나는 또다시 전화를 걸었다. 신호음이 몇 번 울린 후, 기어가는 목소리가 들려왔다.

"여보세요… 이 시간에 왜…."

"성현아, 자고 있었을 텐데 정말 미안해. 그런데 혹시나 해서 전화해 봤어. 혹시 김석민, 무슨 사고 났어? 아니면… 죽었어?"

"죽다니? 그걸 왜 지금 나한테 물어...? 별 일 없지 않나? 걔에 대한 건 네가 더 잘 알지 않아?"

성현은 석민과 내가 헤어졌다는 사실을 아직 모르는 눈치였다.

"…사실 우리 얼마 전에 헤어졌거든. 그런데 지금 불길한 예감이 들어서 그래."

"아, 헤어졌냐… 몰랐다. 그런데 걔가 사고 났거나 죽었다는 소식 같은 건 전혀 못 들었어. 갑자기 그건 왜 묻는데?"

차마 내 눈앞에 석민의 모습이 보이고 있다는 것은 그에게 말할 수 없었다.

"아무것도 아니야. 그냥 좀 불길해서. 내가 너한테 전화한 건 다 비밀로 해줘. 너 입 무겁잖아. 부탁할게."

"알겠어, 걱정하지 마. 그리고… 뭔가 괜히 좀 미안하네. 힘내라. 조만간 보자."

"네가 뭐가 미안해? 걔랑 내 문젠데. 아무튼 새벽에 정말 미안해. 다시 자. 끊을게."

전화를 끊고 나서도 석민은, 아니 석민의 모습을 한 존재는 장롱 옆 구석에서 가만히 서 있었다. 그토록 그리워했고 원망도 했던 석민의 모습이 막상 눈앞에 나타나있으니 아직도 내가 꿈을 꾸고 있는 거라는 생각이 들었다. 너무 괴로워서, 너무 그리워서 내가 헛것을 보고 있는 걸 거라고 말이다. 이상하게도 섬뜩하고 무섭다는 생각보다는 가슴이 먹먹해졌다. 아직 잠에서 덜 깨 몽롱한 기분도 들었다.

'그래, 나는 꿈을 꾸고 있는 거야. 너무 힘들어서 이러는 거겠지. 그냥 잠이나 자자.'

나는 이불을 머리끝까지 덮고 다시 잠을 청했다.

 핸드폰 알람 소리에 다시 눈이 떠졌다. 오전 아홉 시였다. 나는 알람을 끄고 다시 눈을 감았다. 석민과 헤어진 지도 어느 덧 3주가 지났지만 새벽에 꾼 꿈 때문에 기분이 영 좋지 않았다. 지금까지 꿈에 석민이 나온 경우는 아직 연인이었던 때의 모습이었는데, 아까 새벽에 꾼 꿈은 유독 어둡고 무거운 기분이 들었다. 아까는 무섭다는 생각은 들지 않았지만 다시 생각해보니 아무래도 조금은 섬뜩했다. 나체로 가만히 서서 나를 바라보던 석민의 모습. 이제 더 이상 석민의 꿈은 꾸고 싶지 않았다. 이제는 정말 이별의 아픔은 잊고 내 스스로와 일에 더 집중하고 싶었다. 진행하고 있는 외주 작업 기한이 앞으로 일주일도 남지 않아 얼른 노트북을 열고 작업을 해야 한다는 생각을 다잡은 후 나는 침대에서 일어나기 위해 이불을 들췄다.
 그러나 절망스럽게도 내 시야에는 여전히 아까 보았던 석민의 모습이 보였다.
 나는 또다시 침대 위에 앉은 채로 그대로 얼어붙고 말았다. 석민은 여전히 표정 없는 어두운 얼굴을 한 채 서서 나를 가만히 바라보고 있었다. 설마 내가 아직도 꿈을 꾸고 있는 걸까. 나는 몰려오는 당혹스러움에 몸 둘 바를 몰랐다. 나는 입을 열어 조심스럽게 그에게 물었다.

"너 진짜 석민이야...? 왜 계속 여기에 있어?"

하지만 그는 가만히 나를 바라보기만 할 뿐, 대답이 없었다.

"혹시 김석민 너, 죽은 거야? 혹시 죽어서 귀신이 된 거야?"

여전히 그는 대답이 없었다.

"대체 왜 네가 여기에 있는 거야? 우리 헤어졌잖아. 네가 헤어지자고 했잖아. 그런데 왜 내 앞에 있어...?"

나는 또다시 감정이 복받치는 것을 느꼈다.

"제발 나 너 잊고 싶어. 제발 꿈도 그만 꾸고 싶고, 지금 이것도 꿈이라면 깨고 싶어. 진짜 나 너무너무 힘들어…"

나는 아이처럼 엉엉 울며 침대 위에 앉은 채로 허리를 숙여 이불에 얼굴을 파묻었다. 울음이 서서히 멎은 나는 다시 고개를 들었다. 그곳에는 여전히 그가 내 앞에 서 있었다.


그날 오후, 나는 성현에게 다시 연락을 해서 석민에게 대신 안부를 물어봐 주길 부탁했다. 석민이 혹시 죽은 것은 아닌지, 지금 내 집 안에 있는 존재가 석민의 죽은 영혼인지 확인하기 위해서였다. 잠시 후 성현에게서 돌아온 대답은, 석민은 아무런 사고도 없이 멀쩡히 잘 살아 있으며 목소리가 조금 차분한 것을 빼고는 큰 차이가 없다는 것이었다. 또한 성현은 내가 대신 안부를 물어봐 주길 부탁한 것과 석민과 내가 헤어진 것은 절대 입 밖에 내지 않았고, 석민 역시 성현에게 나에 대한 이야기를 일절 언급하지 않았다는 것도 전해주었다. 그 순간에도 여전히 석민의 존재는 가만히 서서 나를 응시하고 있었다. 그런데, 대체 왜 석민의 또 다른 존재가 내 집 안에 있는 것일까. 이렇게 되면 잊고 싶어도 도저히 잊을 수가 없는데 말이다. 신의 장난일까, 아니면 석민의 저주일까. 지금 나는 벌을 받는 것일까? 벌을 받아야 하는 쪽은 오히려 나를 매몰차게 내친 석민이 아닌가. 나는 이미 잘못한 것도 없이 억울하게 벌을 받고 있는 것과 다름없는데 이중으로 벌이 내려진 것만 같은 억울한 기분이었다.

그리고 아무리 석민의 또 다른 존재에게 말을 걸어 봐도 그.는 대답이 없었다. 애초에 말이 통하는 존재가 아니었던 것이다. 얼마 지나지 않아 나는 그에게 대화를 청하는 것을 포기했다. 그러나 나는 절대 그 존재에게 가까이 다가가지 않았다. 다가가고 싶은 기분이 들지 않았다. 그저 빨리 내 눈앞에서 사라져주길 바랐다.

하지만 그는 내가 작업을 할 때에도, 밥을 먹을 때에도, 샤워를 할 때에도, 통화를 할 때에도 항상 조금 떨어진 상태로 내 곁에 존재했다. 혹시라도 아직 남아있는 석민의 물건을 처분하면 사라져 줄까 싶어 그가 내 집에 두고 간 그의 물건들과 그가 지금까지 나에게 써주었던 편지들을 전부 가위로 오리

이별령

고 그 잔해들을 집 근처 공터에 가서 태웠다. 하지만 가위로 오리는 그 순간에도, 종이 조각들을 불에 태우는 그 순간에도 그는 근처에서 나를 바라보고 있었다. 나는 그가 사준 옷, 신발, 장갑, 컵, 화장품, 인형 등의 잡다한 소품까지도 전부 지인들에게 나눠주거나 처분했다. 하지만 여전히 그는 내 곁에 있었다. 내 집에 있던 석민의 흔적을 모두 버렸다고 해도 이 집에서 함께 보낸 추억은 여전히 잊지 못해서일까. 이사를 가면 해결될 일일까. 하지만 내가 어딜 가든 뭘 하든 그림자처럼 들러붙어있는 것을 보면 이사로 해결될 일이 아닐 것 같았다.

나는 일부러 이전에 만났던 남자들에게 연락을 해보기도 했다. 물론 맨정신으로는 그럴 용기가 나지 않아 술을 한 잔 걸친 채로 말이다. 모두 20대 초반에 만났던 사람들이고 반 년 이상 만나지 않아 서로 깊은 감정을 가진 적도 없었을 것이다. 그렇지만 왠지 그들에게 말을 걸어 보고 싶었다. 내 상황을 토로하고도 싶었다. 억지로 술을 털어 넣고 정신이 조금은 몽롱해진 상태로 석민과 사귀기 전에 만났던 사람에게 전화를 걸었다. 아직 그의 번호는 남아 있었다. 신호음이 들린 후, 건너편의 목소리가 들려왔다.

"웬일이냐? 엄청 오랜만이네."

"내가 지금 술을 좀 마셨는데… 미안해. 갑자기 전화해서…"

"…만나던 사람한테 차였냐?"

"……."

"역시 맞나보네. 그런 일 아니면 이렇게 갑자기 한밤중에 전화할 리가 없지. 그런데 나 지금 만나는 여자 있다."

"나 너랑 다시 잘해보려고 전화한 거 아니거든?"

"그러면 왜 전화했는데?"

"그… 있잖아. 자꾸 그 헤어진 남자가 내 옆에 있어… 근데 이게 실제 사람이 아니라… 하아, 뭐라고 해야 하지… 아무튼 그래서 너무 힘들어…."

통화를 하는 와중에 나는 내 근처에 서 있는 존재를 노려보았다.

"무슨 말 하는 거야? 스토커야? 경찰 안 부르고 뭐해?"

"이게 경찰로 해결될 일이 아니거든."

"…아무튼 나는 지금 당장 도와주기는 좀 힘들다. 괴롭히는 사람이 있으면 가까운 경찰이 답이지. 대신 불러 줘?"

"됐어, 다 필요 없어. 갑자기 불쑥 전화해서 미안하다. 끊을게."

전화를 끊은 후 나는 더 전에 만났던 사람들에게도 전화를 걸어보려 했으나 전화번호가 없었다.

다음 날, 술이 깬 뒤 밀려오는 어젯밤의 기억에 나는 애꿎은

이별령

이불만 뻥뻥 찰 수밖에 없었다.

 그날도 나는 미팅을 위해 강남역으로 향했다. 강남역은 석민과 내가 자주 만나던 곳으로, 나를 만나기 위해 버스를 타고 서울로 오는 석민을 그곳에서 기다리기도 하고, 집으로 귀가해야 하는 석민이 버스에 올라탈 때까지 내가 배웅해주는 곳이기도 했다. 그래서 나는 강남역이 싫었다. 싫다기보다는 석민과의 기억이 더 되살아날까봐 두렵게 느껴지는 장소였다. 하지만 미팅 장소를 바꿀 수도 없는 노릇이었다.

 미팅을 마친 후, 다시 역으로 돌아가기 위해 강남 거리를 홀로 걸었다. 손을 맞잡고 다정히 걷는 연인들이 많이 보였다. 그런 풍경이 눈에 들어오니 더더욱 빨리 이곳을 떠나고 싶었다. 하지만 그때, 애석하게도 석민이 항상 타던 버스가 눈에 띄었다. 그와 함께 기다리던 정류장도 보였다. 그곳에서는 헤어질 때까지 그의 품 안에서 안겨 있는 내가 있었고, 그와 손을 맞잡고 있는 내가 있었고, 그를 집에 보내기 싫다며 아이처럼 울던 내가 있었다. 그리고 다정한 얼굴을 하고 옷 소매로 내 눈물을 닦아주던 석민이 있었다. 그곳을 멍하니 보고 있던 나는 서서히 호흡이 가빠지는 것을 느꼈다. 그리고 이어서 가슴에 통증이 왔다. 무언가 꽉 막힌 듯한 통증, 당장 소리치며 울고 싶은 답답한 느낌. 볼을 타고 쉴 새 없이 흘러내리는 뜨거운 눈물을 느끼며 나는 주먹으로 가슴을 내리쳤다. 너무나도 괴로웠다. 나는 머릿속이 아득해지는 것을 느끼다 걸음을 멈추고 그 자리에서 풀썩 쓰러져버리고 말았다. 스쳐지나가는 인파 속 한가운데에서 나는 볼에 닿는 차가운 감촉과 비릿한 아스팔트 냄새를 맡았다. 내 시야에는 사람들의 바삐 걷는 다리와 신발이 보였고, 이어서 침침한 색감의 하늘과 건물의 끄트머리들이 들어왔다. 그리고 사람들의 웅성거리는 소리도 들렸다. 계속해서 호흡이 가빠왔다.

"아가씨! 괜찮아요? 아가씨!"

그때, 어느 중년의 남성 한 명도 내 시야에 들어왔다. 그는 내 어깨를 잡고 흔들었다. 하지만 나는 곧바로 대답을 할 수 없었다.

"구급차 부를까요?"

내 또래로 보이는 여성도 걱정스러운 얼굴을 하며 나에게 다가오는 것이 보였다.

"괜찮아요… 죄송해요…."

그 두 명은 나를 일으켜 세우려고 했다. 그런데 그때, 내 시야에 들어오는 하나가 더 있었다. 바로 그였다. 여전히 나체를 한 그는 아무 표정 없는 얼굴로 한 발치 떨어진 곳에서 가만히 나를 내려다볼 뿐이었다.

끔찍했다.

두 사람은 나를 일으켜 세운 다음 근처에 있던 벤치에 앉혔다. 나는 힘없이 여자에게 기대고 있었다.

"아가씨, 정신이 들어요? 구급차 부를까요? 병원 갈래요?"

중년의 남성이 나에게 조금은 호통치듯 하면서도 걱정스러운 눈빛으로 물었다. 내 상태는 아까보다 조금은 나아진 듯했다.

"아니요… 그냥 택시 타고 집에 가면 돼요…."

나는 한손으로 머리를 감싼 채 힘없이 대답했다. 그런 나에게 여성도 걱정이 가득 담긴 표정으로 물었다. 그녀에게서 희미한 향수 냄새, 혹은 샴푸 냄새가 풍겼다.

"집이 이 근처에요? 그러면 택시 잡아 줄까요? 어디 큰 병 있는 건 아니에요?"

"네, 아니에요… 그냥 제가 요즘 뭘 먹지를 않아서 이런 것 같은데…."

"젊은 사람이 잘 좀 먹고 다니지, 왜 그래요. 내가 택시 잡아 줄게요. 얼른 집에 들어가서 푹 쉬어요."

남성은 그렇게 말한 후 잠시 다른 곳으로 가더니 얼마 지나지 않아 한 대의 택시 옆에 선 채 이리 오라고 손짓했다. 나는 여성의 부축을 받고 조금은 비틀거리면서 택시에 올라탔다. 나는 기사에게 집 주소를 말했고, 그 두 사람은 여전히 창문 너머로 나에게 걱정스러운 눈빛을 보내고 있었다. 나는 그들에게 연신 꾸벅거리며 말했다.

"감사합니다. 너무 죄송해요. 얼른 들어가세요."

"조심해서 들어가요."

"건강 잘 챙기고요."

정말 고마운 사람들이다. 개인주의가 팽배한 이 서울의 도심 한복판에서 이렇게 고마운 사람들을 만나 도움을 받다니. 아직 세상은 살 만한가 보다.

택시가 출발하고, 택시 기사 옆에 앉아있는 그를 발견한 후에는 이 세상은 살 만하지 않다는 것을 깨달아야 했다. 집에 도착한 나는 대충 옷을 벗은 후 침대 위에 쓰러지듯 누웠고, 그를 보지 않으려고 다시 이불을 머리끝까지 덮은 후 몸을 움찔거리며 흐느꼈다.


이러다간 정말 미칠 것 같아서 나는 두 군데를 찾아가기로 결심했다. 정신과와 점집이었다. 두 장소 모두 지금까지 살아오면서 한 번도 가본 적이 없는 곳이었다. 정신과의 경우는 정신에 문제가 있는 사람이나 심각한 우울증이 있는 사람이 가는 곳이라고 생각했다. 무당도 전부 달변가에 사기꾼이라고 여겨 그런 곳에 돈을 쓰는 사람들을 한심하게 생각했던 나였다. 하지만 그 두 장소 모두, 지금 제정신이 아닌 나에게는 반드시 가야만 하는 구원의 장소처럼 느껴졌다. 그곳에 가면

이별령

조금이라도 도움을 받을 수 있을 것 같았기 때문이다.


"아직 잊지를 못하시는 것 같아요. 많이 힘들 때네요. 너무 깊은 미련 때문에 심신이 지쳐서 헛것이 보이는 거예요."
나와 마주하고 있는 사람이 말했다. 부드러운 인상의 그녀는 흰 가운을 입고 갈색의 웨이브진 머리를 했으며 40대 중반 정도로 보였다.

"헛것은 아닌 것 같아요. 그렇다기엔 너무 선명한데요."

"환영이 보이는 증상은 보통의 가벼운 우울함에서는 나타나지 않아요. 민영 씨의 경우는 조금 증상이 심한 편이라고도 볼 수 있어요. 그게 촉감이 있나요? 만져지던가요?"

"...아니요."

그녀는 조금 안쓰러운 눈빛으로 대답을 대신했다. 나는 다시 그녀에게 질문을 던졌다.

"선생님도 지금의 저처럼 이별 때문에 힘들었던 적이 있으신가요?"

"누구나 다 그런 경험이 있죠. 없는 사람은 없을 거예요. 다만 고통의 정도나 극복하려는 의지는 사람마다 다르죠."

"저는 의지가 없는 게 아닌데⋯."

"민영 씨의 경우 그 사람을 정말 많이 사랑했나 봐요. 하지만 반대로 냉정하게 말하자면 그 상대는 민영 씨를 그만큼 사랑하지는 않았나 보죠. 그 사람이 자기중심적이고, 이기적이기 때문이에요. 자신과 더 결혼 조건이 맞는 사람을 찾으려고 민영 씨를 그렇게 놔 버린 사람이잖아요. 그 사람에게는 사랑보다는 조건이 더 중요한 거죠. 그런 사람 때문에 힘든 건 알겠지만, 민영 씨는 지금 배신감과 충격 때문에 힘든 거예요. 그런 이기적인 사람은 오히려 계속 붙잡고 있는 게 독이에요. 누구나 다들 그렇듯이, 시간이 지나면 지날수록 점점 괜찮아질 거예요. 그러니까 당분간은 좀 버텨 봅시다. 약 좀 처방해 드릴게요."

이렇게 병원까지 찾아와서 상담을 하면 뭐하나. 여전히 의사 선생님 뒤쪽의 서재 옆에는 그가 가만히 서 있었다. 약 한 시간 남짓한 상담 시간을 마친 후 나는 영수증에 적힌 금액을 보고 입을 벌리고 말았다.

그날 밤 나는 꿈을 꾸었다. 석민의 SNS 프로필에 새로운 여자와 함께 찍은 사진이 올라왔다. 여자의 눈은 보이지 않았지만 꿈에서는 그것이 크게 이상한 거라고는 생각하지 않았다. 그 여자와 함께 찍은 사진 속 석민의 표정은 여전히 다정한 미소를 짓고 있었다. 나는 그 사진을 보며 끓어오르는 분노를 참지 못하고 울부짖었다. 그렇게 나는 울부짖으며 잠에서 깼다. 변함없이 내 방 안에는 그 존재가 자리를 지키고 있었고, 나는 그를 노려보며 중얼거리듯 물었다.

"혹시 새로운 여자가 생긴 거야..? 그래서 나를 버렸니?"

하지만 그에게서 대답을 들을 리 만무했다. 그리고 얼마 지나지 않아 그 사진은 우리가 예전에 찍었던 사진과 비슷하다는 사실을 기억해냈다.


"생령(生靈)이구만. 살아있는 사람의 그거네. 그것도 아주 진득하게 들러붙었다, 쯧쯧."

매우 강렬한 화장을 하고 머리를 올백으로 가지런히 묶은 무당 여자는 우리 엄마뻘로 보였다. 그녀는 새빨갛고 두꺼운 입술로 걸걸한 목소리를 뱉어냈다. 그리고 그녀의 시선은 여전히 내 곁에 가만히 서있는 그 존재를 향해 있었다.

"선생님, 제 전 남자친구의 존재가 왜 계속 저한테 붙어 있는 거죠? 저는 귀신은 죽은 사람이나 되는 줄 알았지, 살아있는 사람이 이렇게 귀신이 될 줄은 몰랐어요. 저 지금 너무 힘들어서 미칠 것 같아요."

"자네가 가장 잘 알 텐데. 미련이 너무 강해서야. 자네의 강한 미련이 저런 혼령을 만들어 낸 거잖아."

"그럼 혹시 실존하고 있는 그 사람은 지금 어떻게 지내고 있을까요? 벌써 다른 여자가 생겼을까요?"

"저 사람도 마찬가지로 아마 반 죽은 거나 다름없는 상황일 거야. 지금 새로운 여자는 없어. 힘들어 미치겠는데 다른 여자를 만날 기력이 어디 있겠어?"

"그럼, 그렇게 힘들다면 왜 저를 그렇게 매정하게 내친 걸까요? 전 정말 이해가 안 돼요."

"서로 인연이 아닌 거지. 너희 둘의 인연은 네 얼굴만 보고도 바로 알겠다. 아마 너희는 결혼하더라도 금방 이혼하거나 한 사람이 아파서 몸져누웠을 거야. 그리고 자네, 아기 낳을 생각 없지? 만약 원치 않는 아기를 낳았다면 그 아기 때문에 자네 인생이 많이 뒤틀릴 거고, 또 아기 낳다가 자네 목숨이 위태로울 팔자야."

"역시 그렇군요…."

인연이 아니었다는 그녀의 말에 괜히 안심이 되다가도, 괜히 울적해졌다. 그렇게 서로 사랑했는데, 어느새 한 사람의 마음이 식은 걸 보면 역시 석민과 나는 역시 인연이 아니었던 건가 보다.

"그럼 저 존재를 어떻게 하면 더 이상 안 볼 수 있을까요?"

"자네가 아직 미련이 많이 남아있으니 빨리 마음을 다잡아서 잊으려고 노력을 해야지. 새로운 사람을 만나던지 해서. 그런데 아마 조만간 새로운 연이 생긴다고 해도 워낙 자네 심신이 지쳐서 잘 되긴 힘들 거야. 그리고 또 한 가지 방법이 있긴 한데…"

"그 방법이 뭔데요?"

이별령

"이걸 어쩔까…. 그런데 지금 자네 직업으로는 택도 없고만."

무당은 조금은 가소로운 듯한 표정을 지어보였다. 그 말을 들은 지 얼마 지나지 않아 나는 몇 장의 복채를 던지듯 건네주고 점집을 빠져나왔다. 역시나 그의 존재를 떼어내기 위해서는 많은 돈이 필요하다는 무당의 말이었다.

"이러니까 내가 무당을 안 믿지. 다시는 이런 데 오나 봐라! 말은 남들 다 해줄 수 있는 뻔한 말이나 늘어놓고, 사람 직업 무시하고. 아오 씨! 내 돈! 정신과나 무당이나 다 거기서 거기야."

나는 혼자서 구시렁거리며 불평을 늘어놓고는 그 근처 골목길을 찾았다. 인기척이 드문 것을 확인한 후 가방에서 담배를 꺼내 물었다. 그리고 여전히 내 근처에는 그가 서 있었다.

"…나 담배 피우는 거 처음 보지? 보기 싫지? 이게 다 너 때문이다. 그러니까 빨리 좀 내 앞에서 사라져 주라."

나는 보란 듯이 담배에 불을 붙이며 그에게 원망 반 조롱 반이 담긴 어조로 말했다. 여전히 그는 무표정을 한 채 가만히 있었다. 담배 연기를 빨아들이고 내쉬기를 몇 차례, 나는 담배를 한 손에 든 채 그에게 성큼성큼 걸어 다가갔다. 그에게 이렇게 다가서는 것은 처음이었다. 하지만 그럴수록 그는 무표정을 한 채 뒷걸음질 치며 딱 그만큼씩 나에게서 멀어졌다.

그 순간, 나는 참을 수 없는 분노를 느꼈다. 한을 품은 망령처럼 나를 지긋지긋하게 따라다니는 이 존재 때문에 내가 이토록 고생을 해야 하는 게 너무나도 억울했다.

"제발 내 앞에서 꺼져달라고! 제발! 왜 자꾸 내 옆에 있는 건데! 네 물건도 다 태웠다고! 나 진짜 이젠 좀 잊고 싶어! 나 진짜 너 때문에 정말 미쳐서 죽어버릴 것 같다고! 제발, 제발, 제발! 이젠 나도 좀 나답게 살자! 어!"

나는 그렇게 외친 후 담벼락에 등을 기댄 채 바닥에 주저앉았다. 인근 주민이 그 소리를 듣든 말든, 누가 쳐다보든 말든 그런 건 아무런 신경이 쓰이지 않았다. 그저 하루라도 빨리 그에게서 벗어나고 싶었다. 모두들 내 깊은 미련 때문에 항상 그가 내 곁에 있다고 말했지만, 그가 계속 내 시야에 있기 때문에 잊고 싶어도 잊을 수 없는 상황이었다. 미처 다 피우지 못한 담배가 바닥에 떨어진 채 혼자서 타들어갔다.

집에 돌아온 후에도 여전히 그는 내 집 안에 있었고, 나는 옷도 갈아입지 않은 채 바닥에 엎드려 흐느껴 울었다. 그동안 나는 너무 많은 눈물을 소비했다. 대체 왜 나는 이런 고통스러운 나날을 보내야 한단 말인가. 석민과 이별한 지 벌써 한 달이 더 지났다. 도저히 이 상태로는 수영의 결혼식에 갈 수 없어 나중에 사정을 다 말해주겠다는 말을 남긴 채 축의금만 보내야 했다. 수영의 서운함은 현재 피폐해질 대로 피폐해진 내 상황에 비해서는 아무것도 아니었다. 그동안 몸무게도 7킬로그램 이상 줄었다. 내 몸까지 피폐해지는 것은 내 눈에도 확연히 보였다. 대체 내가 그리도 잘못한 게 무엇일까. 왜 여전히, 이토록 고통스러워야 하는 것일까. 내가 석민을 사랑한 것이 그리도 잘못된 짓이었을까. 아니면 잊지 못하는 것이 잘못된 짓일까. 그렇다면 잊고 싶어도 잊을 수 없게 만드는, 눈앞에 끊임없이 석민의 존재가 보이는, 이 말도 안 되는 상황은 대체 그 이유가 무엇이며 누구의 장난이란 말인가. 나를 매몰차게 버린 석민을 저주하고, 믿지도 않는 신을 저주했다.

얼마나 시간이 지났을까. 하도 울어 머리가 어질하고 손끝이 저렸다.

나는 천천히 몸을 움직였다. 그리고 결심을 세웠다. 지금 당장 석민의 집에 찾아가기로 말이다. 만약 오늘 그와 만날 수 없다면 집 앞에서 기다려서라도 그를 만날 작정이었다. 무모하지만 그를 만나면 뭔가 해결책을 찾을 수 있을지도 모른다는 생각이 들었기 때문이다.

나는 눈물 자국과 엉망이 된 얼굴을 조금 다듬은 후 다시 밖으로 나와 그의 집으로 향하는 버스에 몸을 맡겼다. 역시나 석민의 또 다른 존재는 나를 따라 버스에 올라탄 후 빈 자리에 앉은 다음 고개를 돌려 계속해서 나를 바라보고 있었다.


　버스에서 내린 나는 그의 오피스텔로 찾아가 벨을 눌렀다. 우리가 이별한지 약 한 달 만에 다시 찾는 그의 집이었다.

"누구세요?"

　익숙한 그의 목소리가 들렸다.

"나야. 잠깐 얼굴 좀 볼 수 있어?"

　잠시 정적이 흐른 후 현관문 안으로부터 그의 당황스러운 목소리가 이어졌다.

"갑자기 연락도 없이 무슨 일이야?"

"오해하지 마. 다시 만나자고 말하러 온 거 아냐. 지금 나한테 조금 문제가 있어서 그래. 한 가지 해결하고 싶은 게 있어. 나 정말 지금 미치기 일보직전이야."

　나는 문에 얼굴을 가까이 대고 말했다. 잠시 후 도어락 장치가 해제되는 소리가 들리며 그가 문을 열고 모습을 드러냈다. 한 달 만에 보는 그의 모습은 살이 10kg 이상 빠진 것처럼 매우 수척했다. 낯빛도 건강한 사람의 낯빛이 아니었다. 그는 이미 퇴근한 지 조금 되었는지, 넉넉한 티셔츠와 실내용 바지를 입은 채였다.

"무슨 일이야?"

　그렇게 묻는 석민의 어깨 너머로 익숙한 실루엣이 보였다.

나는 순간 지난번처럼 또다시 온몸의 털이 곤두서는 느낌이 들었고, 내 눈을 의심했다. **그것은 바로 그의 집 안에 있는 나체의 내 모습이었다.** 내 모습을 한 그 존재는 역시 무표정을 하고 가만히 선 채 석민의 뒷모습을 응시하고 있었다.

"너도야...?"

나는 당황스러움을 감추지 못하고 눈을 크게 뜬 채 석민을 바라보며 물었다.

"역시, 너도 마찬가지구나…."

석민은 한 손으로 머리를 쓸어올리며 한숨 쉬듯 말했다. 그도 내 곁에 있는 자신의 또 다른 존재를 눈치 챈 듯 했다.

"나도 어디서 뭘 하든, 어딜 가든, 항상 네 환영이 나를 지켜보고 있었어. 솔직히 죽고 싶다는 생각까지 들었어. 너무 힘들어서. 쟤가 너에 대한 내 미련인지, 죄책감인지 뭔지는 나도 잘 모르겠다. 아무튼 나도 너를 잊으려고 노력해왔어. 그런데 쟤 때문에 정말 쉽지가 않더라."

석민은 체념한 얼굴로 힘없이 말했다. 그 말을 들은 나도 석민에게 말했다. 지금까지 참아온 것을 쏟아내듯이.

"네 또 다른 존재를 떼어내려고 정신과도, 무당한테도 다 가봤는데 결국 소용이 없었어. 너를 아무리 잊으려고 해도 네가 항상 내 앞에서 사라지지 않고 나를 지켜보고 있으니까 정말 미칠 노릇이더라. 그래서 도대체 어떻게 하면 좋을지 해결책을 찾아보려고, 너를 만나보면 조금이라도 이유를 알 수 있지 않을까 해서 찾아왔어. 나도 다시 우리가 만나자고 할 생각은 없어. 열심히 잊으려고 악착같이 노력하고 있으니까. 그런데 너도 나와 같은 상황이었을 줄은 몰랐어."

"응. 나도 똑같아. 너랑 똑같이 생긴 존재가 항상 지겹도록 내 옆에 있어. 나에게 말도 걸지 않고, 내가 말을 걸어도 대답하지 않으면서 말이야. 대체 무슨 존재일까? 계속 이대로 있다가는 나도 정말 미쳐버릴 것 같아."

"무당의 말로는 저게 생령이라고 했어. 살아있는 사람의 영혼. 내 미련이 너무 깊어서, 그 미련이 저런 걸 만들어 낸 거래. 그런데 나, 이제는 정말 너 잊고 싶거든? 잊으려고 아무리 발악해도 쟤 때문에 잊을 수가 없었어. 오히려 더 사람 미치게 만들어."

"미안해. 나도 이런 상황은 처음 겪어봐서 뭐가 어떻게 된 건지 잘 모르겠어. 나도 너를 정말 잊으려고 했는데…"

"나를 매몰차게 찬 건 너잖아. 이기적인 것도 너잖아. 그런데 왜 내가 이렇게 아직도 고통스러워해야 할까? 마치 저주받은 것 같아. 이제 제발 저것 좀 가져가. 나한테서 제발 사라져 줘."

"정말 미안해. 그렇지만 나도 비슷하게 힘들어."

그때였다. 석민의 집에 있던 나의 또 다른 존재가 집 안에서 현관 쪽으로 천천히 걸어 나오기 시작했다. 내 근처에 서있던 석민의 또 다른 존재도 나와 석민이 서있는 현관 쪽으로 천천히 걸어오기 시작했다.

나체 상태의 두 존재는 서로 점차 가까워지더니, 서로의 손을 맞잡고 포옹을 했다. 그리고 입맞춤을 이어갔다. 마치 나와 석민이 자신들의 행위를 지켜보란 듯이. 그 광경을, 나와 석민은 그저 멍하니 바라보았다. 그 둘은 더욱 격하게 입맞춤을 하고, 격한 스킨십을 했다. 서로 열렬히 사랑하는 모습을 우리에게 여과 없이 보여주고 있었다.

그리고 얼마 지나지 않아 그들은 서로의 손을 잡고 어디론가 걸어가기 시작했다. 한 쌍의 두 존재는 더 이상 우리에게 미련도 없다는 듯 뒤도 돌아보지 않고 계속해서 걸어갔다. 나와 석민은 계속해서 그 모습을 지켜보았다. 그들의 모습이 점점 멀어질수록 희미해지며 작은 점이 되어갔다.

그리고 머지않아 깨달았다. 저들은 실현될 수 없는 환상일 뿐이며, 우리는 현실이라는 것을. 나와 석민은 이 현실을 받아들이고, 서로 인연이 아니라는 것 또한 겸허히 받아들여야 한다는 것을.

둘의 모습이 이제 더 이상 보이지 않게 되자, 여태 무거운 돌덩이가 얹힌 것만 같던 내 마음이 한결 가벼워지는 기분이 들었다. 아마 석민도 마찬가지였을 것이다.

"...이제야 내가 너를 잊을 수 있을 것 같은 기분이 들어. 어디서 뭘 하든, 건강히 잘 지내."

나는 석민에게 씁쓸하고도 홀가분한 미소를 지어보이며 마지막 인사를 전했다.

"너도 많이 수척해진 것 같은데 다시 건강 잘 챙기고 행복해라. 그동안 미안했고, 고마웠어."

석민 또한 내가 지어보인 표정과 비슷한 얼굴을 보이며 나에게 마지막 인사를 건넸다.


나는 뒤도 돌아보지 않고 그곳을 빠져나왔고, 얼마 지나지 않아 문이 닫히고 도어락 장치가 잠기는 소리가 뒤에서 조그맣게 들려왔다.

4

기요틴

어느 날 갑자기 사형 집행일이 정해졌습니다.

그날은 오늘로부터 자정이 지난, 바로 다음 날입니다. 놀라거나 후회하진 않습니다. 이미 전부터 받아들이고 있었으니까요.

현재 독방에 있는 저는 사형을 구형받았습니다. 한 사람을 죽음으로 몰아넣었기 때문입니다. 그 사람도 지금 많이 위독한 상태이기 때문에 아마 제가 사형이 집행되는 시간과 비슷하게 목숨을 거두지 않을까 싶습니다. 그 사람에게 정말 미안한 일이지만 크게 죄책감은 없는 것 같습니다.

그런데 저는 특별히 자유를 허락받았습니다. 다른 사람들처럼 거리를 돌아다닐 수 있습니다. 다른 사형수들과는 다른 특

권이지요. 하지만 저는 밖으로 나가고 싶은 욕구도, 만나고 싶은 사람도 없습니다. 그래서 저는 잠시 제 삶을 돌아보고 정리할 시간을 갖기로 했습니다. 이 독방에서 말입니다.

 저는 어릴 때부터 그림을 잘 그린다는 말을 많이 들어왔습니다. 스스로도 뭔가 끄적대고 그리는 것이 가장 즐거운 행위였습니다. 그래서 이 재능이 신이 특별히 저에게만 내려 주신 선물이라고 생각했습니다. 집이 그리 어려운 형편도 아니었기 때문에 부모님은 내가 미술을 하는 것에 대해 반대하지 않고 적극적으로 지원해 주었습니다. 저도 그리는 것만이 나의 숙명이라고 굳게 믿고 그림만 그렸습니다.

 그런데 중학생 때부터 다니기 시작한 미술학원에서는 저보다 더 뛰어난 재능을 가진 사람들이 많다는 것을 느끼기 시작했습니다. 그래서 그들에게 뒤쳐지지 않으려고 노력했습니다. 이건 이렇게 해라, 저건 저렇게 해라 하는 명령에는 압박감이나 답답함을 느끼긴 했지만 그런 것들을 수용하거나 버티면 언젠가 내가 원하는 그림을 그릴 수 있는 밑거름이 될 거라고 믿고 견뎠습니다.

 그렇게 저는 꾸준히 미술학원을 다니다 자연스럽게 어느 대학교 미술과에 진학했습니다. 원하던 학교 중 한 곳이었습니다. 이제 드디어 내가 원하는 그림을 마음껏, 자유롭게 그릴 수 있겠구나 싶어 기뻤습니다. 여태껏 미술학원에서 배운 기법들을 모두 잊어버리고 나만의 화법을 개발하고, 표현하려고 했습니다. 그리고 나의 그림과 그 속에 담은 나만의 세계를 사람들이 알아주길 바랐습니다.

하지만 대학 생활은 기대와는 달랐습니다.

과 동기들은 제가 그린 그림을 보고 노골적으로 혐오스러움을 드러냈습니다. '무섭다' '더럽다' '토할 것 같아' '이런 건 그리지 마'라는 말을 하더군요. 교수님조차 동기들 앞에서 제 그림을 막대기로 탁탁 치면서 '이런 그림은 어디 가서 대접 못 받는다'고 말씀하셨습니다.

아무래도 제 그림들의 주제가 '죽음'이어서일까요. 저는 주로 죽은 자의 모습이나 동물의 사체 등을 그렸습니다. 사람이 죽은 현장이나 시체의 사진을 볼 수 있는 인터넷 사이트에서 자료를 찾아 참고하여 따라 그리기도 했습니다. 토막난 시체의 몸뚱이와 그 옆에 있는 머리, 다리를 벌리고 성기를 드러내고 죽은 여자의 시체, 뼈와 살가죽만 남은 고양이의 사체, 수많은 총탄을 맞고 죽은 고라니의 시체… 저는 그런 것들을 그리는 게 좋았습니다. 좋았다기보단 내켰습니다. 저는 죽음에 관한 것, 죽음 뒤에 남은 빈 껍질 등을 표현하고 싶었기 때문입니다. 사과를 칼로 깎아서 먹고 난 다음, 남아서 부분 부분이 갈색으로 변색된 사과 껍질이나 사체나 같은 게 아닐까요. 그들도 한때는 영혼을 가진 주체적인 존재였고 단지 그 영혼이 빠져나간 것 뿐인데, 왜 영혼을 상실한 껍질을 사람들은 혐오스럽게 생각하는 것일까요.

그림을 그리는 사람은 자신이 그리고 싶은 것을 그리는 게 맞다고 생각한 저는 주변의 질타와 비난에도 불구하고 계속 그러한 그림들을 그려냈습니다. 그리고자 하는 것을 그리려는 욕구는 제 스스로도 막을 수 없었습니다. 그것은 본능적인 욕구와도 같은 것이었습니다.

그런데 하루는 실기실 안의 제 자리에 있어야 할 그림들이 보이지 않아 주변을 살피며 찾아다녔습니다. 잠시 후 실기실 옆 쓰레기장에서 제 그림들이 발견되었습니다. 순간 저는 엄청난 분노를 느끼며 대체 누가 한 짓이냐며 소리를 질렀습니다. 그때 스스로도 대충 짐작은 하고 있었습니다. 그것은 과 동기들이 한 짓이었습니다. 분노에 가득 차 씩씩대고 있던 저에게 동기 몇 명이 다가와서는, '네 그림이 너무 혐오스럽고 재수 없어서 내다버릴 수 밖에 없었다'고 말했습니다. 그 말을 들은 저는 이성을 잃고 그 중 한 명의 멱살을 잡고 넘어뜨렸습니다. 그 뒤로는… 짐작이 되시겠지요. 저는 과에서 완전히 외톨이가 되었습니다. 안그래도 외톨이였지만, 모두가 저와 눈도 마주치지 않고 마치 시체 피하듯 피해다녔습니다. 주위 사람들이 저를 꺼려한다는 것은 나 본인이 가장 잘 알 수 있으니까요.

사실 저는 소심하고 내성적인 성격에다 그렇게 외모가 준수한 편이 아니어서 그랬는지 모르겠지만 어릴 때부터 친구도 많이 없었고 혼자 있는 시간이 많았습니다. 그래서 그림을 그리지 않는 시간에는 책을 읽곤 했는데 주로 죽음과 살인을 다룬 소설책을 많이 읽었습니다. 그 외의 주제가 아니면 흥미가 생기지 않았습니다. 그런 내용들이 굉장히 자극적이고 재미있었기 때문입니다. 그리고 그때부터 아직은 나와는 가깝게 느껴지지 않는, 먼 미래나 미지의 세계와도 같은 죽음의 세계를 동경하게 된 것 같습니다.

과연 죽음 뒤에는 무엇이 기다리고 있을까? 천국일까, 지옥일까? 죽는 건 아픈 것일까? 자연사는 어떤 느낌이고, 살해당하는 것은 어떤 느낌이지? 자살은 또 어떨까? 죽은 사람들은 어디에 머무르게 되는 것일까? 죽는 순간의 기분도 황홀할 수 있을까? 과연 죽음은 무엇일까?

이를 알게 된 부모님은 정서에 좋지 않다며 제 방에서 발견한 책들을 내다버리곤 했지만 저는 그런 책을 읽는 것을 멈추지 않았습니다. 나는 글을 쓰는 재주는 없으니, 이런 것들에 대한 그림을 계속해서 그려야겠다고 생각했습니다.

결국 저는 그날 이후 교수님에게 불려가 심리상담을 권유받기도 했습니다. 하지만 저는 화가로서 그리고 싶은 것을 그리겠다고 말하며 뜻을 굽히지 않았습니다. 굽히고 싶지 않았기 때문입니다. 그리고 휴학도 권고받았는데, 휴학을 할 바에는 차라리 자퇴를 하는 편이 낫다고 생각했습니다. 그리고 싶은 것을 강제로 막는 곳 따위에서 더 이상 머무르고 있을 이유가 없었기 때문입니다. 그렇게 저는 부모님의 만류에도 불구하고 대학교에 입학한 지 1년도 지나지 않아 자퇴를 했습니다. 학교에서는 붙잡는 사람이 아무도 없었습니다. 딱히 친한 친구도 없었고, 오히려 제가 하루라도 빨리 그 소속 안에서 사라져 주길 바랐겠지요. 그래야 그쪽이 평화로울 수 있으니까요. 그들에게 나 같은 건 고인 물을 오염시키는 벌레의 사체 같은 존재였을 것입니다.

그 후로 저는 내 방을 아뜰리에로 만들고, 많은 시간을 방 안에서 그림을 그리며 보냈습니다. 그리고 싶은 것을 그리는 행위는 계속할 수 있을 거라고 생각했으나, 이번에는 부모님이 제 그림을 보고 경악하고, 혐오스러워 하시더군요. 아버지는 제 앞에서 그림을 찢고, 붓을 부러뜨렸습니다. 어머니도 '큰 돈 들여서 미술 하게 해 줬더니 여태 이 따위 그림을 그리고 있었냐'며 제 앞에서 주저앉아 울부짖었습니다.

그러면 꼭, 살아있는, 아름답고 예쁘고 평화로운 것을 그린 그림만 그림인가요? 나는 당신에게도 묻고 싶습니다. 대답은 바로 듣지 못해도 좋습니다.

저는 그 뒤로 방에 틀어박혀 지냈습니다. 밖에도 나가지 않았습니다. 나를 막고, 가두려고 하는 이 세상이 증오스러워서, 내 스스로 갇혀 버리기로 했습니다. 그 이후로 부모님과의 대화마저 단절되었습니다.

하지만 저는 계속해서 그림이 그리고 싶었습니다. 그림을 그리는 것은 제 본능적인 욕구였으니까요. 하지만 캔버스와 붓은 모두 아버지가 내다 버리고 없었습니다. 그래서 없는 대로 노트에 연필이나 샤프로 그림을 그리기로 했습니다. 그리고 이미 죽음의 세계로 떠나 버린 빈 껍질들을 계속해서 그렸습니다. 하지만 뭔가 갑갑했습니다. 더 크게, 더 넓게… 죽음의 세계로 떠나고 남은 껍질만이 아닌, 바로 그 죽음의 세계를 그리고 싶었습니다. 내가 동경하던 세계를 말입니다.


꽤 오랜만의 외출이었습니다. 화방에서 물감들을 새로 산 다음, 저는 커다랗고 흰 캔버스 앞에 홀로 섰습니다. 이미 자퇴를 한 곳이지만 잠시 이 실기실을 빌리는 것도 나쁘지 않겠지요. 저에게 크나큰 아픔을 느끼게 했던 곳이지만 제가 한동안 머무르던 곳이기도 하니까. 겨울방학의 저녁이어서인지 실기실 안에는 아무도 없었습니다. 그리고 익숙한 물감 냄새와 공허한 냄새가 났습니다. 캔버스는 며칠 전 어느 화방에서 주문하여 실기실로 배달받은 것입니다. 그 캔버스는 제 키보다 크고, 양 팔을 벌린 것보다 더 넓었습니다. 이 흰 바탕이 삶이라면, 저는 이곳에 죽음의 세계를 표현하기로 마음먹었습니다. 그리고 죽음은 어떤 색인지 떠올렸습니다. 그리고 잠시 후, 저는 커다란 붓으로 온갖 물감을 다 칠했습니다. 제가 갖고 있던 모든 색의 물감을 다 짜내어 마구 발랐습니다. 빨간색 위에 초록색을, 노란색 위에 갈색을, 남색 위에 하늘색을…

시간이 흘러 정신을 차려 보니 캔버스 위에는 어지럽고 알록달록하게 어두운 세상이 펼쳐져 있었습니다. 저는 그것을 스스로 아름답다고 생각했습니다. 이곳이 내가 만든 죽음의 세계가 맞다면 그 속으로 빨려들어가고 싶었습니다. 저는 한동안 그 앞에 서서 그곳을 멍하니 바라보고 있었습니다. 그런데, 그 속에서 형체가 정확하지 않은 어떤 존재들이 조금씩 보이기 시작했습니다. 저는 제 눈을 의심했습니다. 당황스럽기도 하고, 한편으로는 기쁘기도 했습니다. 내가 창조한 세계에서 어떤 존재가 나타나다니! 마치 꿈을 꾸는 것 같기도 했습니다. 그들은 알 수 없는 몸짓을 하고 알 수 없는 소리를 내며 웅얼거렸습니다. 아마도 죽음의 세계에 존재하는 자들 같았습니다. 저는 그들이 진심으로 부러웠습니다. 그래서 그들에게 조심스럽게 물었습니다. "저도 그쪽으로 가고 싶은데, 어떻게 하면 갈 수 있나요?" 그러자 그 중 몇몇의 존재가 나를 바라보았습니다. 그들의 눈은 정확히 보이지 않았지만 나를 보고 있다는 건 느낌으로 알 수 있었습니다. 그리고 저들끼리 웅얼대더니, 저에게 손을 내밀어 주는 것이 아니겠습니까. 그 손도 정확한 형체는 보이지 않았지만 일단 저는 제 앞에 내밀어진 그 손들을 잡았습니다. 심장이 쿵쿵 뛰었습니다. 조금 설레는 기분도 들었습니다. 그리고 그 손의 감촉은 뭐랄까, 매우 차가우면서도 뜨거웠어요. 뭔가 앞뒤가 안 맞는 표현이긴 하지만 그렇게밖에 표현할 수 없습니다. 그리고 그들은 저를 그 세계로 넘어갈 수 있도록 당겨주었습니다. 그 저편에는 어둡지만 알 수 없는 흥분을 느낄 수 있을 것만 같은 곳이었어요. 보이진 않지만 아름다울 것 같았습니다. 지금 내가 살고 있는 이 세계보다도. 저도 그 손에 몸을 맡겼습니다. 그런데, 순간 쿵 하고 부딪쳤습니다. 차갑고 진득한 것이 얼굴과 온몸에 묻는 느낌이었습니다. 눈을 떠 보니 그들은 온데간데없고 앞에는 제가 캔버스에 바른 물감들만이 있었습니다. 그리고 내 몸과 부딪힌 자국이 남아 있었고 얼굴과 옷에는 물감들이 흠뻑 묻었습니다. 저는 허무했습니다. 그리고 극도의 분노를 느꼈습니다. 저편의 그들이 마치 저를 가지고 논 듯한 느낌을 받았기 때문입니다. 이 세계에 너 따위는 아직 들어올 수 없어, 하고 말한 뒤 비웃으며 도망가 버린 느낌. 저는 배신감에 울부짖었습니다. 넓고 천장도 높은 실기실은 울부짖는 제 목소리로 가득 차고 다시 메아리 되어 울렸습니다. 저는 흐느끼면서 근처에 있던 칼을 부여잡고 캔버스를 마구 찢기 시작했습니다. 분노와 허무함으로 가득한 마음은 아무리 캔버스를 찢어도 사그라들지 않았습니다.

 시간이 지나 힘이 다 빠진 저는 갈기갈기 찢긴 캔버스를 실기실에 그대로 두고 전철을 타고 집으로 돌아왔습니다. 얼굴과 머리카락, 옷 등 온몸에 묻은 물감도 지우지 않은 채 말입니다. 물감이 덕지덕지 묻은 제 옆에 앉는 사람은 아무도 없었습니다. 사람들의 수군대는 소리와 시선이 느껴졌지만 그런 것 따위 신경 쓸 기력이 없었습니다.


 그 후로 저는 깊은 우울감과 상실감에 빠졌습니다. 제 속은 폐허가 되고 말았습니다. 그림을 그리고 싶은 기분도 들지 않았습니다. 책도 읽고 싶지 않았고 식욕도 없었습니다. 내 방 침대에 멍하니 누워 천장만 바라보는 시간이 많았습니다. 하염없이 침대에 흡수되고, 흡수되어 땅으로 꺼지고, 완전히 사라지고 싶었습니다. 죽음의 세계에 대한 동경은 이제 오기와 증오로 변질되어 버렸습니다.

 그리고 내 방이 죄수의 독방처럼 느껴지기 시작했습니다. 그리고 내 스스로 사형수가 되어 살인죄라는 죄목을 붙였습니다. 오기로라도 그 증오스러운 세계에 가기 위해, 살인을 수

단으로 쓰기로 했습니다.

나는 나를 살해하기로 결심한 것입니다.


형은 밤에 집행하기로 했습니다. 아마 부모님은 모두 잠든 시간이겠지요. 나는 내 방 천장의 전등에 끈을 매달았습니다. 영화나 드라마에서나 보던 그 모양으로, 단단하게 매듭을 지었습니다. 매듭은 동그란 물방울 모양이 되었습니다. 저는 그것에 '**기요틴**'이라는 이름을 붙였습니다. 기요틴은 프랑스혁명에서 죄수들의 목을 내리치던 사형 도구입니다. 그리고 이것은 나를 죽음의 세계로 인도해 줄 도구입니다. 죽음을 경험하기 위해서 나는 나를 죽여야 했습니다.

저는 기요틴의 아래에 책상 의자를 가져다 놓고 차분하게 그 위에 올라섰습니다. 그리고 끈을 잡고 나지막이 읊조리기 시작했습니다.


마지막으로 먹고 싶은 건?

없습니다.

마지막으로 남기고 싶은 말은?

없습니다.


죄수 XXX, 죄목 살인.

지금부터 죄수 XXX는 죽음의 세계로 건너가기 위한 수단으로 피해자 XXX를 살해하려 하고 위독한 상태에 놓이게 한 죄로 사형을 집행한다. 죄수는 이제 기요틴 앞에 목을 들이댈 것을 명한다.

그리고 저는 끈 너머를 멍하니 바라보았습니다. 그 원형의 저편에는 커다란 캔버스에 그린 그림에서 보았던 존재들이 저들끼리 웅얼대는 모습이 보였습니다. 왠지 모르게 그들은 매우 행복해 보였습니다. 그리고 그들 뒤로 다양한 크기의 수많은 캔버스들이 놓여 있는 것이 보였습니다. 그들은 저에게 손짓하며 말했습니다. 웅얼대는 소리였지만 분명히 들렸습니다.

**"이곳에서 그림을 그리렴."**

순간, 제 마음속에서 최대한의 엔도르핀이 마구 솟아나는 느낌이 들며 황홀감에 눈물까지 날 것 같았습니다. 그림을 그리고 싶은 욕구가 마구 되살아난 것입니다. 저곳에서는 제가 그리고 싶은 그림을 영원히, 마음껏 그릴 수 있을 것 같다는 확신이 들었습니다.

저곳은 천국일까요, 아니면 지옥일까요. 적어도 지금의 나에게는 천국으로 보입니다.

5

사주(蛇酒)

"경은아, 아까 트럭 아저씨 왔다 갔나?"

"어, 내가 방금 다 받아서 혼자 진열했다! 아빠는 아재들이랑 만났다 카면 기본 세 시간 아이가? 30분 후에 온다 캐놓고 와 이제 오는데?"

돌아오겠다던 시간보다 훨씬 늦은 아빠에게 나는 짜증을 내며 타박했다. 방금 막 물건 진열이 다 끝났다. 아빠는 조금 머쓱한 표정을 지으며 나를 가로질러 방 안으로 들어갔다. 테이블에 동전 몇 개를 올려두는 소리가 났다.

나는 어느 시골에 있는, 폐교 직전의 아슬아슬한 처지에 놓인 촌구석의 고등학교에 다니며 아빠와 단둘이 살고 있다. 아빠와 나는 우리 동네에 하나뿐인 작은 슈퍼를 운영하고 있으며 가게와 집이 붙어 있어 슈퍼가 곧 우리 집이라고 할 수 있다.

아빠는 몸집이 왜소한데다 마르고 연약한 체질이다. 선천적으로 몸이 약하게 태어났다고 할머니가 말해주셨다. 아빠의 키도 167센티미터인 나와 크게 차이가 나지 않는다.

할머니와는 따로 살고 있다. 둘째 아들을 낳은 지 얼마 되지 않아 남편을 여읜 할머니는 우리 집에서 멀리 떨어지지 않은, 걸어서 30분 정도의 거리에서 아직 결혼하지 않은 작은아빠와 함께 살고 계신다. 그리고 할머니의 기구한 운명과 비슷하게도, 아빠도 아내를 일찍 잃었다. 날 낳은 엄마는 내가 아주 어릴 적, 기억력도 잘 형성되지 않았던 시기에 갑작스러운 교통사고로 돌아가셨다고 한다. 할머니가 말해주시기를, 갓난아기였던 나를 아빠에게 맡기고, 만나기로 한 친구와의 약속에 늦어 급히 횡단보도를 건너던 엄마에게 차가 빠른 속도로 돌진했다는데…. 그래서 나는 엄마에 대한 기억이 거의 없다. 생전 우리 엄마는 어떤 사람이었는지 아빠와 할머니에게 물어본 적이 있는데, 아빠는 엄마가 조금 무섭지만 강한 사람이었다고 했고, 할머니는 엄마가 매우 성격이 사납고 기가센 사람이었다고 했다. 그리고 '계속 같이 살다가는 언제 한번 우리 아들 잡아 죽일 것 같았는데 고년 뭐가 급해가꼬 지가 그리 일찍 갔노'라는 말을 덧붙인 걸 기억한다. 아무래도 할머니는 엄마를 미워했던 것 같다. 나도 엄마에 대한 기억은 아빠와 할머니가 나에게 얘기해 준 것이 전부다.

그래도 나는 엄마라는 존재를 잊지 않으려고 엄마의 사진을 잘 보이는 곳에 올려두었다. 사진 속의 엄마는 역시나 억센 인상을 지니고 있다. 약간은 큰 턱, 매서운 눈썹, 촌스러운 파마머리에 진한 눈화장, 빨간 입술을 한 채 웃는 듯 마는 듯한 표정을 하고 정면을 응시하고 있다. 믿기 힘들었지만 그 사진은 엄마가 나를 임신하고 있을 때 찍은 것이라고 했다. 나를 보고 누구를 닮았냐고 하면 외모는 아빠보다 엄마를 조금 더 닮았지만 거울로 내 얼굴을 보면 엄마처럼 억센 느낌은 덜 난다. 그리고 성격은 엄마와 아빠의 딱 중간이다. 기가 센 것도, 약한 것도 아니며 단지 아주 평범한 중간 정도의 성격. 적절히 잘 분배 받았다고 생각한다.

아빠와 엄마는 어릴 적부터 같은 동네 이웃이었다는데, 서로 나이가 같고 나뭇가지(아빠)와 불(엄마) 같은 관계였지만 꽤 자주 만나고 친하게 지냈다고 한다. 몸이 허약해 동네 친구들에게 괴롭힘을 당하던 아빠를 엄마가 항상 구해주고 대신 보복을 해 주었다는데, 엄마는 그런 아빠를 또 가끔은 개 패듯 패기도 했단다. 동네 친구들과 엄마에게 맞고 자란 아빠는 그래도 그런 엄마가 싫지는 않았나 보다. 둘 사이에 묘한 기류가 흐르기 시작한 것은 엄마와 아빠가 중학교를 졸업하고 고등학교에 입학할 무렵이었다는데, 그때부터 아빠는 엄마에게 이성적인 감정을 느끼기 시작했다. 그런 아빠를 엄마도 싫지 않아 했고, 둘은 스무 살이 되고 대학에 가지 않고 결혼부터 했다고 한다. 그리고 양가 부모님의 도움을 받아 지금 우리 집이 있는 곳에 슈퍼를 차렸다. 그리고 이듬해에 내가 태어났고, 그다음 해에 엄마가 사고로 돌아가셨다. 그러니까 아빠는 아직 마흔 살을 넘기지도 않았다. 하지만 왠지 우리 아빠는 불혹을 훨씬 넘긴 나이처럼 보인다. 허약한 체질인데다 많이 맞고 자라서 그런가.

 그런 우리 집 다락방의 선반 위에는 뱀술이 여러 병 진열되어 있다. 몸이 허약한 아빠를 위해 할머니가 동네 사람을 통해 손수 구해다 놓으신 것이다. 가끔 뱀술을 들고 집으로 찾아오는 할머니에 의해 아빠는 할머니가 보는 앞에서 억지로 뱀술을 들이키곤 했다. 나도 그 장면을 바로 옆에서 본 적이 있다. 아빠가 오만상 찌푸리며 들이키는 술병 안에는 이미 죽은 뱀 사체와 탁하고 누렇게 변한 술이 있었는데, 아빠가 들이킬 때마다 뱀 사체가 덜컹거리며 흔들리는 모습이 꽤나 역겨웠다. 술을 마신 아빠는 온몸이 빨갛게 달아오른 채 헛구역질을 했고, 할머니가 그런 아빠의 등을 두들겨주시곤 했다.
 그리고 술병 안에 죽었는지 살았는지 모를 상태로 얌전하게 들어가 있는 뱀을 어린 나이에 처음 봤을 땐 꺼림칙했지만 차츰 익숙해졌다. 아빠의 건강을 위한 보약이라고 하니, 저게 그렇게 신묘한 힘을 가진 술인가 싶었다. 특히 이제 막 들어온 뱀술은 그 술병을 손가락 끝으로 톡톡 두드리면 그 안에 든 뱀은 몸은 가만히 있는 채로 눈동자는 나를 향해 움직였다. 아직 죽지 않은 것이었다. 나는 그것이 오싹하면서도 뭔가 신기하고 재밌기까지 했다. 그리고 몇 달이 지나 뱀은 술병 안에서 눈을 뜬 채로 담겨 있었지만, 눈동자는 허옇게 탁해졌고 더 이상 두드리는 자극에 반응하는 일이 없어졌다. 그러면 드디어 숨이 끊어졌구나, 하고 알 수 있었다. 그 안에서 얼마나 갑갑하고 추울까 하는 동정심보다는, 그저 징그럽다는 생각뿐이었다. 동정심을 느끼기엔 나는 그리 착하고 철이든 아이가 아니었다. 또, 교실에서 집에 있는 뱀술에 대해 떠들어대다가 실제로 뱀술을 보겠다며 우리 집에 온 아이도 여럿 있었다. 그들은 뱀술을 보고 비명을 지르며 집 밖으로 달려나갔다가도 다시 들어와서 신기하게 구경하곤 했다.

그런데 아빠가 얼마 전부터 환절기를 맞아 심한 감기를 앓기 시작했다. 몸을 사시나무 떨듯 떨거나 끊임없이 기침을 했다. 결국 나는 슈퍼 일의 대부분을 도맡아 해야 했고 동시에 아빠를 간병해야 했다. 하지만 학교에도 다녀야 했기 때문에 항상 슈퍼와 아빠를 보는 것은 무리였다. 소식을 들은 할머니가 집에 찾아와 아빠가 다 나을 때까지 돌봐 주시기로 했다.

아빠의 병세가 여전한 주말 오후, 할머니는 이번에도 아빠에게 뱀술을 권했다.

"경은이 애비요, 다른 약 먹지 말고 일단 요 술부터 들이켜보레이. 기운이 좀 날 기라."

아빠는 몸을 오들오들 떨며 할머니의 부축을 받고 이부자리에서 간신히 상반신을 일으켰다. 할머니는 가져온 뱀술을 아빠에게 내밀었고, 그것을 받아든 아빠는 뚜껑을 열려고 했다. 나도 옆에서 그 모습을 가만히 지켜보고 있었다. 뱀 사체가 든 술을 마시는 걸 보는 일은 마치 징그러운 영화를 보는 것 같은 스릴이 있기 때문이다. 그런데 아빠가 할머니로부터 건네받은 술병의 뚜껑을 여는 순간, 당연히 죽었어야 할, 죽은 줄로만 알았던 그 술병 안의 뱀이 날렵하게 몸을 튕겨내 까끌까끌하게 수염이 돋은 아빠의 턱을 콱 무는 것이 아닌가!

"으아아악!!! 이기 머꼬!!!"

"애비야! 아이고 이걸 우짜노! 아이고!"

"꺄아아아악, 아빠! 일일구, 일일구!"

뱀에게 물린 아빠는 계속해서 비명을 내질렀고 할머니도 옆에서 손을 가만히 두지 못하고 어쩔 줄을 몰라 하며 소리를 질렸다. 나도 마찬가지였다. 아빠는 자신의 턱을 있는 힘껏 물고 있는 뱀을 잡고 안간힘을 쓰며 떼어내려고 했지만 쉽게 떨어지지 않았다. 계속해서 내지르는 아빠의 비명을 들으며 나도 손을 후들후들 떨면서 119에 전화를 걸었다. 결국 구급차가 오기 전에 아빠는 그 뱀을 떼어냈고, 떨어져 나간 뱀은 더 이상 움직임을 보이지 않고 장렬하게 전사했다. 턱에서 피를 줄줄 흘리던 아빠는 곧 실신한 듯 바닥에 힘없이 쓰러져버렸고 할머니와 나는 그런 아빠를 부여잡고 집이 떠나가라 울었다. 119 구급대원들이 우리 집에 도착했을 땐 나와 할머니가 눈물 콧물을 흘리며 제발 아빠를 살려달라고 애원하고 있었고, 바닥에는 정신을 잃은 아빠와 완전히 숨통이 끊어진 뱀의 사체가 나란히 누워 있었다.

나와 할머니는 정신을 잃은 아빠를 계속 부여잡고 울며 구급차에 올라탔고, 곧 시내에 있는 병원에 도착했다. 죽은 뱀은 구급대원이 처리했다고 그 사이 얼핏 들은 것 같다.


아빠는 간단한 진찰과 처치를 받고 병실에 누워 있었고, 나와 할머니, 그리고 구급대원 아저씨 한 명이 병원 복도에 있었다. 구급대원 아저씨가 할머니에게 말했다.

"세상에 이런 일도 다 있네예. 술에 넣은 지 2년도 넘었다면서예."

"예에, 이게 참 어떻게 된 일인지 모르겠심더….."

"그래도 뱀이 독을 가진 놈이 아니어서 다행입니데이."

나는 잠깐 고개를 돌려 병실에 누워 있는 아빠를 바라보았다. 결국 아빠는 선명하지만 가벼운 상처를 입어 턱에 거즈와 붕대를 감은 채 링겔을 맞으며 안정을 취하고 있었다. 다행히도 크게 다친 것은 아니었다.

"앞으로 뱀술 드실 때는 죽었는지 살았는지 꼭 확인하고 드시고예, 웬만하면 그거 잡수지 마이소. 뱀이 그 비좁은 술병 안에서 얼마나 괴로웠겠습니꺼. 그렇게 독기 품은 뱀술 잡숴 봤자 좋을 거 없다 카데예."

"예, 예… 알겠심더. 저희 아들 살려주셔서 진심으로 고맙습니데이."

할머니는 계속 머리를 조아렸다.

정말이지 2년이라는 세월 동안 뱀은 그 비좁고 차디찬 술병 안에서 얼마나 갑갑하고, 외롭고, 분했을까. 그동안 복수를 위해 얼마나 칼을 갈고 있었을까. 그래서 그렇게 아빠를 힘껏 물고 바로 죽어버렸나. 그동안 그 술병 안에서 뱀이 품었을 원한은 술에 그대로 녹아들었을 것이다. 구급대원 아저씨의 말을 들으니 그제야 뱀에 대해 딱한 마음이 들었다.

하지만 여태 할머니가 그 뱀술들을 자신의 허약한 아들을 위해 얼마나 많은 돈을 들여가며 고생해서 들여왔는지 나도 얼핏 알고 있었다. 그래서인지 할머니는 뱀술을 아예 버리지는 않았다. 다만 다락방 선반이 아닌, 보이지 않는 집구석 어딘가에 옮겨두신 것 같았다.

며칠 후 아빠는 퇴원했다. 병원에서 안정을 취하니 감기 증세도, 뱀에게 물린 상처와 충격도 조금 나아진 듯했다. 할머니도 아빠가 낫고 나서는 다시 당신의 집으로 돌아가셨다.


그런데, 그 일이 있고 나서 얼마 지나지 않아 내 몸에 한기가 돌기 시작했다. 그것은 감기와는 조금 다른 느낌이었다. 한여름에도 스산하고 차디찬 냉기가 내 몸을 감도는 듯한 낯선 느낌. 몸이 으슬으슬 떨리기도 했다. 차라리 이게 감기의 전조 증상이었으면 했다.

아빠와 집에서 저녁을 먹고 난 다음 나는 욕조에 몸을 녹이기 위해 따뜻한 물을 받았다. 우리 집은 낡은 시골집이라 욕조도 그리 깨끗하지 않아서 안으로 들어가는 게 별로 내키진 않았지만 아빠가 그러라고 하니 일단 따랐다.

물이 어느 정도 다 채워지고 난 다음 물에 손을 넣고 온도를 확인했다. 옷을 벗고 욕조 안으로 들어가자 따뜻한 물이 내 온몸을 감쌌다. 몸이 기분 좋게 사르르 녹아드는 기분이었다. 나는 머리만 내놓고 등을 기댔다. 그리고 눈을 감았다. 아무런 잡생각도 하지 않고 이대로 가만히 있고 싶었다. 얼마나 지났을까. 들어온 지 20분은 족히 지났겠다 싶을 무렵, 하반신 밑에서 무언가 꿈틀거리는 느낌이 들어 눈을 딱 떴다. 그리고 그 느낌은 서서히 미끌거리며 요동치기 시작했다. 나는 물에 잠긴 하반신 쪽을 주시했다. 희고 긴 무언가가 꿈틀거리는 것이 일렁이며 보였다. 순간 온몸에 소름이 돋으며 그 자리에서 얼어붙고 말았다. 그것은 분명 흰 뱀이었기 때문이다! 나는 비명을 지르며 욕조에서 빠져나오려 했지만 몸이 말을 듣지 않았다. 가위에 눌린 것과 비슷한 느낌이었으며 보이지 않는 어딘가에 갇힌 듯했다. 나는 온 힘을 짜내어 욕조에서 빠져나오려 발버둥을 쳤다. 그리고 있는 힘껏 소리를 질러 아빠를 불렀다.

"아빠!!! 도와도!!!"

하지만 아빠는 가게에 있어 들리지 않는지 대답이 없었다. 하반신 아래의 기분 나쁜 감촉과 움직임은 계속되었다.

"아빠!!! 아빠!!!"

나는 극한의 공포에 울음이 터졌다. 그리고 어린아이가 된 듯 엉엉 울었다. 그제야 내 쪽으로 달려오는 아빠의 발소리가 들리기 시작했다.

"와?!"

"아빠, 문 열고 내 어여 꺼내도!"

"야가 와 이카노?"

아빠가 문을 열고 화장실 안으로 뛰어들어왔다.

"어여! 여기 뱀 있다 아이가!"

"배앰?"

아빠 앞에서 알몸이고 뭐고 그런 걸 신경 쓸 틈이 없었다. 나는 아빠를 향해 양 팔을 벌렸고 아빠는 내 팔을 잡고 당겨주었다. 그리고 나는 간신히 욕조에서 빠져나올 수 있었다.

"욕조에 뱀이 있다꼬?"

"저거 어여 쫓아내라!"

나는 몸을 웅크리고 수건으로 몸을 감싼 채 오들오들 떨며 소리쳤다. 아빠가 욕조 가까이로 다가가 살펴보았다.

"...샤워기 아이가?"

욕조 안을 보니 물속에는 흰 샤워기 하나가 덩그러니 잠겨 있었다. 아빠가 팔을 걷어 샤워기를 꺼냈다. 샤워기 줄은 마치 비늘이 달린 듯 우둘투둘해서 항상 그게 꼭 뱀 같다고 생각했지만, 내가 보고 겪은 것은 분명히 샤워기는 아니었다.

"그거 아이다! 허연 뱀이 내 엉덩이 밑에서 막 움직이고 미끌거렸다!"

"야가 무슨 소리 하고 있노? 착각한 거 아이가?"

아빠는 내 말을 믿을 수 없다는 투로 말하며 한 손은 샤워기를 들고 한 손으로 마개를 열어 욕조 물을 뺐다.

"진짜 뱀이라 안 카나!"

그렇게 내지른 후 나는 다시 통곡했다.

"알았다. 어여 옷 입고 이불 안으로 들어가그레이."

나는 흐느끼면서도 부리나케 몸을 닦고 옷을 입은 다음 이부자리 안으로 들어갔다. 내 하반신 밑에서 기분 나쁘게 꿈틀대던 그것. 내 두 눈으로 똑똑히 본 그것은 흰 뱀이었다.

"아빠, 가게 일찍 닫고 어여 방으로 온나!"

나는 그날 잠들기 전까지 계속해서 몸을 오들오들 떨고 있었다.


그리고 그 후에도 나는 가끔 가위에 눌렸다. 원래 가끔 꿈자리가 안 좋거나 피곤하면 가끔 눌리긴 했지만 언제인가부터, 아니 '그 일'이 있고 나서부터 나는 더 기분 나쁜 가위에 눌리기 시작했다. 조그맣게 '쉬이익'하는 소리를 내며 무언가가 내 주위를 기어 다니거나 내가 덮은 이불 위를 지나다니곤 했다. 그럴 때마다 나는 어딘가에 갇힌 듯 움직일 수가 없었다. 내 신음 소리를 들은 아빠가 나를 흔들어 깨우면 그제야 가위에서 벗어날 수 있었다. 그럴 때마다 나는 내 스스로 조금씩 허약해지는 것 같은 기분이 들었다. 마치 내가 아빠를 닮아가는 것처럼.


"니 요즘 으슬으슬하다고 했제? 아빠가 돈 줄 테니까 시내에

찜질방 가서 몸 지지고 온탕에도 들어가서 몸 좀 녹이고 온
나. 그럼 좀 나을 기다."

학교에 다녀온 후 힘없이 누워 텔레비전을 보던 나에게 아빠
가 만 원짜리 한 장을 내밀며 말했다. 나는 고개를 끄덕인 후
그 돈을 받아들고 자리에서 일어나 나갈 준비를 했다.

"남은 돈으로 떡볶이도 사 먹고 해라! 차 조심하고!"

가게 문을 열고 나가는 나에게 아빠가 손을 흔들며 말했다.

"갔다 올게."

나를 안쓰럽게 여기는 아빠의 마음에 살짝 뭉클함을 느끼며
가게를 나와 버스 정류장으로 향했다.


어릴 적 아빠와 자주 왔던 시내의 한 찜질방. 이곳에 있는 목
욕탕에서 나는 여섯 살인가 일곱 살 즈음까지 아빠와 함께 남
탕에 들어가곤 했다. 유아용 비키니를 입고선 말이다. 그 이
후로도 가끔씩 이곳에 오곤 했는데 고등학교에 입학한 후로
는 처음 오는 것이어서 꽤 오랜만이었다.

카운터에는 익숙한 얼굴의 주인 아줌마가 나를 보더니 눈을
크게 뜨고 반겨주었다.

"이게 누군교? 경은이 아이가?"

"안녕하세요, 아줌마. 잘 지내셨어요?"

나는 아줌마에게 꾸벅 인사하며 만 원을 내밀었다.

"아줌마는 잘 있었제. 고등학교 잘 다니고 있나? 아빠는? 아직도 아프시나?"

"아빠는 좀 괜찮으신 것 같은데 제가 요즘 몸이 좀 으슬으슬해가 왔어요."

"아이고, 그렇나! 그러면 얼른 드가가 녹이고 지지고 해레이. 자, 받아라."

아줌마가 내민 거스름돈과 열쇠, 옷과 수건 등을 받아들고 나는 여탕 입구로 들어갔다.


나는 찜질방으로 가기 전에 몸을 씻은 다음 온탕에서 몸을 녹이기로 했다. 그런데 온탕이 너무 뜨거워 살짝 덜 뜨거운 탕으로 몸을 옮겼다. 뜨뜻미지근한 물속에 몸을 녹이고 있으니 몸이 살살 녹는 듯한 좋은 느낌과 나른한 기분이 들었다. 그리고 얼마 후, 살짝 더위를 느낀 나는 냉탕으로 향했다. 그곳은 다른 탕과는 다르게 물이 허리까지 차 있는 곳이었다. 그곳에는 아무도 없었다. 처음 탕에 들어갈 땐 차가웠지만 몸을 천천히 물에 담그자 곧 차가움에 익숙해졌다. 나는 그곳에 어깨부터 머리만 내밀고 약간 어정쩡한 자세로 몸을 담그고 있었다.

그 안에서 몇 분쯤 있었을까. 왠지 모르게 서서히 다리 힘이 풀리기 시작했다. 그리고 무언가가 내 머리와 어깨를 짓누르는 듯한 느낌이 들었다. 그 짓누르는 힘은 점점 세지고 나는 얼굴까지 물에 잠겨 숨을 못 쉴 판이었다. 몸이 내 말을 듣지 않았다. 그리고 극한의 공포감이 몰려왔다. 얼마 전 집에 있는 욕조에서 느꼈던 공포감보다 더 강한 느낌이었다. 게다가 그 탕 안에는 나 혼자였고, 다른 사람들은 내 쪽과 다들 떨어져 있었다. 나는 허우적대기 시작했다. 하지만 다른 사람들이 보기에는 영락없이 혼자 물장구를 치는 것처럼 보였을 것이다. 나는 계속해서 알 수 없는 힘에 의해 눌렸고, 허우적거렸다. 물소리가 시끄러웠을 테지만 내 쪽에 시선을 두는 사람은 아무도 없었다. 단 한 명도 말이다. 눈코입 전부 물이 들어가 괴로웠고 이대로 익사할 것만 같았다. 내 키보다 물이 높은 곳도 아닌데 여기서 익사라니. 나는 말도 되지 않는 이 상황이 너무나도 절망스럽고 무서웠다. 눈에는 보이는 것도 없고, 목과 코에는 물이 들어가 너무 따갑고 이대로 죽겠구나 싶은 그 순간, 누군가 내 팔을 덥썩 잡았다.

"니 경은이 아이가? 왜 여기서 이러고 있나?"

오랜만에 듣는 익숙한 목소리였다. 흐렸던 시야에 익숙한 얼굴이 보였다. 그 와중에도 억지로 기억을 더듬어보니, 중학생 때 친했던 연지라는 친구의 어머니였다. 나는 아줌마의 팔을 간신히 붙잡고 힘없이 말했다.

"아줌마, 제발 저 좀 살려 주세요…"

나는 그렇게 정신을 잃었다.


그리고 정신을 차려 보니 낯선 천장 무늬가 보였다. 나는 병원의 침대 위에 누워 있었다. 내 옆에는 아빠와 할머니가 나를 걱정스러운 얼굴로 바라보고 있었다. 내 한쪽 손을 부여잡고 아빠가 말했다.

"경은아! 이제 정신이 드나?!"

"어…."

"니 친구 연지 엄마가 구해주셨다. 니 온탕에 있다가 바로 냉탕 드갔제? 쇼크 아이가?"

아빠의 말을 듣고 다시 아까 있었던 일을 떠올렸다. 냉탕으로 옮겨간 후 무언가의 힘에 의해 물속으로 빠졌고, 숨을 못 쉬고 허우적거리던 나를 연지네 아줌마가 발견하고 구해 주셨다…

그리고 그 아줌마는, 무당이었다.

**'니한테 뱀이 붙어 있다.'**

내가 정신을 잃어갈 무렵, 아줌마가 나에게 했던 말이 갑자기 떠올랐다. 아줌마는 분명 그렇게 말했다.

"아빠, 그게 아이다…. 나를 누가 물속에 빠뜨리려고 막 했는데…."

"뭔 소리고? 누고? 어떤 미친년이가?"

"사람은 아닌데, 연지 아줌마가 뱀 같다 카드라."

"뱀? 또?"

"어."

"어쩐지 그 엄마가 나중에 한번 오라 카든데… 근데 신경쓰지 마라. 뱀 아이다. 뱀이 무슨 힘으로 니를 물속에서 눌러 죽이노?"

"내도 모르겠다. 아무튼 내 진짜 죽을 뻔 했다…."

나는 한숨을 푹 쉬며 울상을 지었다.

"아무튼 링겔 다 맞고 이따 집 가서 푸욱 쉬어라."

"어…."

나는 저녁 무렵에 병원에서 퇴원했다. 그런데 나를 물에 빠뜨리고 누르던 것은, 연지네 아줌마가 알아챈 것은… 정말로 뱀의 원한이었을까.


그리고 한동안 가위에 눌리거나 하는 일은 없었지만 목욕탕에서 그 일이 있고 나서 딱 2주 후에 또 '그 일'이 벌어졌다.

한밤중의 나는 여느때처럼 잠들어 있었다. 아빠도 내 옆에 나란히 누워 잠들어 있었다. 그런데, 몸이 딱딱하게 굳고 평소보다 훨씬 무거워진 느낌에 눈을 떴다. 간만에 또 가위인가 싶었다. 그런데 어딘가에서 스르륵, 스르륵 하는 소리가 희미하게 들려왔다. 축축하고 미끄러운 것이 바닥을 기어 다니는 소리. 그것은 꼭 뱀이 기어 다니는 소리 같았다. 이대로 뱀이 나에게 다가올 것만 같은 불길한 기분이 들었지만 도저히 움직일 수가 없었다. 아무리 있는 힘껏 움직이려고 해도 단단한 밧줄에 전신이 묶인 듯한 느낌이었다. 그러다 그 무언가가 내 위로 타고 올라오는 기분 나쁜 느낌이 들며 머리카락이 곤두서고 온몸에 소름이 돋았다. 나는 희미한 신음소리를 토해내며 눈을 질끈 감았다.

 '제발, 움직이자. 어떻게든 움직여서 이 꿈인지 가위인지 모를 상황에서 벗어나자.'

 하지만 그 느낌은 너무나도 생생했다. 덮은 이불 위로 차갑고 묵직한 것이 올라오는 느낌이 전해졌다. 나는 계속해서 괴로움을 느끼며 움찔거렸다. 그런데 내 위에 올라온 그것이 점점 더 묵직해지는 느낌이 들었다. 나는 힘들게 눈을 떴다.

 그런데, 충격적이게도 내 시야에는 아빠가 보였다. 하지만 그것은 아빠가 아니었다. 부릅뜬 눈은 동공이 가는, 노란빛을 띤 뱀의 눈이었고 피부는 탁한 초록색으로 물들어 비늘까지 보였다. 순간 촉이 왔다.

 '아빠가 자신을 문 뱀한테 씌였구나!'

 아빠의 몸을 하고 있지만 아빠가 아닌 그것은 내 목을 조르기 시작했다. 내 목을 감싸는 촉감은 완벽히 축축하고 차가운 뱀의 촉감이었다. 뱀이 똬리를 틀고 무언가를 있는 힘껏 조르

사주

듯 말이다. 나는 비명을 지르고 싶었지만 비명이 나오지 않았다. 극도의 공포감으로 눈시울이 뜨거워지고 숨을 쉴 수가 없었다. 괴로웠다. 이대로 엄마가 있는 곳으로 갈 것만 같았다. 그때, 공기를 찢는 듯한 날카롭고 강렬한 목소리가 들렸다.

**"야 이 새끼야, 썩 안 끄지나?!"**

나는 그 목소리가 들린 곳을 계속 목이 조이던 도중에 바라보았다. 목소리의 정체는 사진 속의 얼굴을 한 여자, 바로 우리 엄마였다! 엄마는 사진 그대로 짙은 화장에 시뻘건 입술을 하고서 내 위에 올라탄 아빠, 아니 그것을 매섭게 노려보고 있었다(사실 그 모습은 내 위에 올라탄 그것만큼이나 무서웠다). 그러자 내 위에서 목을 조르던 힘이 조금씩 빠지는 것이 느껴졌다. 나는 그 손을 쳐낸 뒤 목을 두 손으로 부여잡고 컥컥거렸다.

"이 집에서 설치지 말고 어여 끄지라!"

그리고는 엄마가 내 위에 올라탄 것을 손바닥으로 마구 때리기 시작했다. 그러자 뱀의 모습과 가까웠던 아빠가 서서히 본 모습으로 돌아오는 것이 보였다. 내 위에 있던 아빠는 눈을 감은 채 힘없는 표정을 하고 있었다.

"야 인간아, 뱀술은 또 와 쳐먹고 술에 꼴아가 니 손으로 니 딸을 죽일라고 이카노!"

엄마는 아빠의 등판을 큰 소리가 나게끔 철썩철썩 때린 다음 멱살을 쥔 뒤 나에게서 떼어냈다. 아빠는 그대로 힘없이 고꾸라지며 바닥에 털썩하고 널브러졌다. 그리고 엄마는 다른 곳에 눈길을 확 돌리더니 허리를 훅 숙이고는, 도망가던 뱀 한 마리의 목을 콱 잡고 창문 너머로 힘껏 던졌다.

아, 나는 우리 엄마가 그렇게 강한 사람인 것을 얘기로만 들었지 실제로(환영일 수도 있겠지만) 보는 것은 처음이었다. 역시 우리 엄마는 대단한 사람이구나. 그런데 평소에 아빠는 엄마에게 이렇게 맞고 살았던 걸까. 아빠는 역시나 엄마 앞에서도 한없이 약한 존재였구나.

나는 온몸에 힘이 빠진 상태여서 제대로 마주하는 것은 처음인 엄마를 반갑게 맞을 수도, 안을 수도 없었다.

"니 아빠 옆에서 잘 보고 있그레이."

엄마도 나를 딱히 안아주지는 않았다. 엄마는 나를 내려다보며 쿨하게 한 마디만 남긴 후 창틀에서 뛰어내렸다. 나는 계속 누운 채로 그 모습을 바라보고 있었다. 그리고 곧 정신을 잃었다.


다음 날, 눈을 떠 보니 날은 환히 밝아 있었고 저번처럼 할머니와 아빠가 나를 걱정스러운 눈으로 바라보고 있는 것이 보였다.

"이제 인났나!"

할머니가 누워있던 나를 얼싸안았다.

"아무리 깨워도 안 일어나드라카이."

아빠가 인상을 쓰며 말했다.

"…아빠, 할머니. 내 꿈에서 엄마 봤어요."

"느그 엄마가 머라카드노?"

할머니가 물었지만 차마 엄마가 아빠를 마구 때리고 갔다는 말은 꺼낼 수 없었다.

"어… 옆에서 아빠 잘 봐달라카시든데요."

"니 꿈꿨나?"

아빠가 나에게 물었다. 나는 잠시 아빠의 얼굴을 빤히 바라보다 말을 꺼냈다.

"…아빠, 혹시 최근에 뱀술 또 먹었나?"

"어… 네 할머니가 계속 마저 먹으라 캐가꼬… 이번에는 죽은 거 다 확인하고 먹었다. 이젠 진짜 안 먹을끼다. 와?"

"그라믄… 어제 일은 기억나나?"

"어제? 와?"

아빠는 영문을 모르겠다는 표정을 지어보였다.

"마, 됐다. 내가 잠깐 꿈꿨다. 내 오늘 학교 쉬어도 되제?"

"그래, 푹 쉬아라."


며칠 후, 나를 공중목욕탕에서 살려 준 연지네 아줌마를 아빠와 함께 찾아갔다. 그리고 아줌마가 해 준 조언에 따라 집에 남아있던 뱀술을 모두 내다 버리기로, 아니 뱀들을 풀어주기로 했다. 법당에 있던 한 아저씨가 나와 아빠 앞에서 뱀술의 뚜껑을 모두 열고 그 안의 뱀들을 빼낸 다음 뒷산에 묻어주었다. 나는 일부러 눈을 꼭 감고 그 장면을 보지 않았다. 아빠와 나에게 들러붙었던 뱀의 모습을 다시 떠올리기 싫었다. 하지만 동정할 순 있었다. 그동안 독하고 차디찬 알코올에 갇힌 채 얼마나 괴롭고 외로웠을까. 얼마나 한스러웠을까.

"아빠, 또 뱀술 먹을끼가?"

"이제 절대 안 먹는다."

그리고 그들의 한을 풀어 주는 의식이 행해졌다. 아무리 동물이라도 원한은 원한이다. 아무래도 우리 집에 있던 뱀들의 원한이 너무나도 강했던 모양이다.


그리고 그 후로 나는 거짓말처럼 뱀에 대한 나쁜 경험은 하지 않았다. 아빠도 할머니도 뱀술에 다시 손을 대는 일은 없었다.

슈퍼도, 학교를 다니는 일도 예전처럼 평범하게 계속되었다. 어느 날은 마당에서 또 뱀이 보여 소스라치게 놀라며 옆에 있던 아빠를 부여잡고 호들갑을 떨었더니, 아빠는 태연하게 말했다.

"저건 뱀이 아니라 구렁이다. 니 어릴 때부터 가끔 집에서 보이던데, 니는 처음 보나? 구렁이는 이로운 아라서 쫓아내면 안 된다 카데."

"구렁이? 구렁이가 뱀 아이가? 둘이 뭐가 다른데?"

"아빠도 잘 모른다. 그냥 둬. 쟈는 해 끼친 적 없다."

아빠는 그렇게 말한 다음, 마당 잔디밭을 기어가는 구렁이에게 한마디를 날렸다.

"그래도 월세는 내라!"

구렁이는 들은 체 만 체 하며 엄마가 생전에 가꾸었다는 화단에 핀 꽃들을 비켜갔다.


모든 것이 평화로워졌다. 평범하게 산다는 것이 평화로운 거니까. 아빠가 또 뱀술을 마시는 일은 그 이후로는 절대 없었고, 집에는 더 이상 빈병조차 남아있지 않다. 우리 집에 예전부터 살아왔다는 구렁이도 아주 가끔 마주칠 뿐, 아빠 말대로 우리에게 딱히 해를 끼치지도 않는다. 그런데…

그것에 씐 채 뱀 눈을 하고서 내 목을 조르던 아빠의 모습과, 그 상황에서 나를 구해주고 아빠를 마구 때린 엄마의 모습은 내 인생에서 절대로 잊을 수 없을 것 같다.

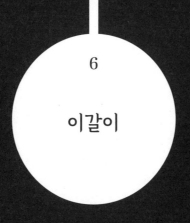

6

이갈이

뻐드드드득

뻐드드드득


내 아내는 밤마다 이갈이를 한다.

우리는 같은 침대에서 매일 함께 잠을 잤다. 그런데 요 근래 내가 승진을 하게 되면서 야근을 하는 일이 잦아지고, 과도한 업무 스트레스와 압박감에 신경이 꽤나 예민해진 탓에 잠귀가 밝아졌다. 그러다 보니 한밤중에도 아내의 이갈이 소리에 잠에서 깨곤 했다.

초반에는 견딜만 했다. 하지만 매일 아내가 이를 가는 소리에 잠을 설치게 되는 날이 종종 있어 그것이 서서히 노이로제

와 스트레스가 되기 시작했다.

　내 아내는 나에게 매우 다정하고, 심성이 곱고, 싱그러운 티가 나는 사람이다. 30대 후반인 나와 20대 후반인 아내. 우리는 회사에서 상사와 신입사원으로 만나게 되었다. 3년 전, 아내가 회사에 입사하고 처음 들어왔을 때 나는 그녀의 미모에 한눈에 반해버렸고 그녀의 착한 성품과 일에 성실히 임하는 모습을 보며 더욱 빠져버리고 말았다. 하지만 지켜본 결과 그녀는 남자와 연애에 대해서는 소심한 편이었다. 어딘가 모르게 남자를 기피하는 듯한 느낌이 들었던 것이다.

　아내는 회사 내에서 어린 편인데다 외모까지 단아하니 나 말고도 그녀를 흠모하는 사람이 몇 있었다. 그중에는 사내에서 소위 킹카라고 불리는 그녀 또래의 성격 좋고 일 잘하는 남직원도 있었는데, 그도 그녀에게 반해 열렬히 구애를 했지만 단호하게 거절당했다. 얼마 후 그 남직원은 남자들끼리 모인 술자리에서 속마음을 털어놓았다.

　"제가 그 사람한테 고백했을 때 뭐라고 들었냐면요, 자기는 당분간 연애를 할 마음이 없대요. 그녀가 연애를 할 마음이 없는 게 아니라 그냥 제가 맘에 안 든 거겠죠, 뭐."

　그 말을 들은 나는 그녀에게 뭔가 과거의 상처가 있는 것은 아닐까 하는 짐작이 들었다. 그래서 나는 그녀를 그저 잘 챙겨주고 싶은 직원으로 대하기로 했다. 그녀가 업무적으로 실수를 하는 일이 있어도 나는 너그럽게 봐주며 화를 내거나 혼내지 않았다. 그녀가 모르는 것이 있으면 자세히 설명해 주었고, 업무를 잘 해 오면 칭찬을 듬뿍 해주었다. 이 행동들은 그녀를 그저 이성으로 보는 연상의 남자 상사가 아닌, 사람 대 사람으로 대해 주려고 노력하며 행해 온 것이다. 그렇다 보니 그녀 역시 나에게 조금씩 호감을 갖기 시작했고, 나의 구애 끝에 우리는 열 살이라는 나이차에도 불구하고 연인이 되었고 부부가 되었다. 나는 한동안 사내의 많은 남직원들의 부러움과 질투의 대상이었다.

 아직 우리는 결혼한 지 1년이 채 지나지 않았고 둘 다 당분간은 아이 생각이 크게 없어서 아이가 없는 상태로 나름 잘 지내고 있었다. 아직 어린 아내를 벌써부터 육아와 살림으로 고생시키게 하고 싶지 않은 나의 배려도 있었다. 그리고 결혼과 동시에 그녀는 퇴사했고, 새로운 취미나 관심사를 찾아보려는 중이다.

 그런 착하고 아직은 어린 그녀에게 이갈이는 조금 의외였다. 그렇다고 고작 이갈이로 내가 그녀에게 정이 조금이라도 떨어진다거나 하지는 않았다. 다만 그것은 유일하게 그녀가 고쳐주었으면 하는 점이었다. 하지만 이갈이를 고치는 것은 하루아침에 되는 게 아닐 것이다. 나는 굳이 이것을 그녀에게 알리지 않았다. 그녀가 자신의 잠버릇을 알게 되면서 내 앞에

서 민망해하고 미안해하는 모습을 보고 싶지는 않았기 때문
이다. 언젠가 증상이 너무 심하다고 느끼는 때가 오면, 그때
말해주기로 했다.

하루는 아내의 이갈이 소리가 너무 심해 그녀와 함께 자던
안방에서 나와 귀에 실리콘 귀마개를 꽂고 거실 소파에서 잠
을 자기도 했다. 하지만 얼마 후 잠에서 깬 그녀가 졸린 눈으
로 나에게 다가와 말했다.

"나 방에서 혼자 자는 거 무서워."

그녀가 무섭다고 하니 나는 하는 수 없이 다시 그녀와 방으
로 들어가 함께 잤다. 귀마개는 여전히 귀에 꽂은 채였다. 다
행히도 그날은 아침까지 그녀의 이 가는 소리에 다시 깨는 일
은 없었다.

어느 날은 아무런 소리도 듣지 않고 계속 잠을 자기도 했고,
어느 날은 이갈이 소리 때문에 깨기도 했다. 귀마개가 소용없
을 정도로 이를 가는 소리가 시끄럽게 나는 날도 있었다. 그
녀의 이 가는 소리에 깨는 빈도는 대략 주에 서너 번 정도였
다. 적은 수는 아니었다.

하루는 그녀의 이가 과연 온전할까 싶을 정도의 심한 이갈
이 소리에 공포스러운 기분으로 잠에서 깼다. 옆을 보니 아내
의 코 위로는 평온히 눈을 감고 잠들어 있었지만 하관은 괴기
하게 움직이며 이빨 부딪치는 소리를 내고 있는 것이 보였다.

나는 그 모습에서 약간의 오싹함을 느꼈다. 이제는 그녀에게 슬슬 말해줘야겠다 싶었다.

다음 날, 부엌에서 분주히 아침 식사를 준비하는 아내에게 조심스레 말을 꺼냈다.

"...여보, 당신 혹시 잠버릇 있는 거 알아?"

그녀가 도마 위에서 바삐 움직이던 손을 멈추고 내 쪽을 돌아보았다.

"무슨 잠버릇?"

"잘 때 이 가는 거 말이야."

"내가 이를 갈아?"

"응. 실은 가끔 그 소리 때문에 자다가 깨거든."

"어떡해, 미안해라. 흔들어 깨우지 그랬어."

"그렇다고 자는 사람을 깨우긴 불쌍하잖아."

"세상에. 전혀 몰랐어. 내가 심하게 갈아?"

"가끔은."

그녀는 스스로도 믿을 수 없다는 듯이 고개를 갸웃거렸다.

"이상하네. 나는 왜 몰랐지?"

그러다 민망한지 혼자서 훗 하고 웃으며 식사 준비를 계속했다. 나는 대화를 이어갔다.

"코 고는 것도 정작 본인은 모르잖아. 근데 나도 뭐 잠버릇 없었어?"

"음… 당신은 딱히 없는 것 같은데."

"그럼 혹시 요즘 스트레스 받는 일 있어?"

"스트레스는 당신이 받지. 나는 크게 없어요."

그녀는 그렇게 말하고 잠시 허공을 올려다보더니 아, 하고 다시 입을 열었다.

"…그냥 가끔 무서운 꿈 꾸는 거?"

"어떤 꿈인데?"

"그냥, 어릴 때도 무서운 꿈 꾸고 그러잖아? 지금도 가끔 꾸긴 꾸는데, 잠에서 깨면 도무지 그 꿈이 기억이 안 나."

이갈이 증상에 대한 조금 더 자세한 대화는 오늘 퇴근 후에나 하는 것으로 하고 나는 그녀가 차려 준 아침을 먹고 출근했다.

업무 중 잠시 짬이 나서 인터넷 창을 열었다. 나는 뉴스 몇 개를 훑어본 후, 인터넷 검색창에 '이갈이 고치는 법'을 검색해 보았다. 상위 목록에 이갈이에 대한 의학 정보 칸을 클릭했다.

### 〈이갈이의 정의〉

이갈이는 주로 수면을 취하는 도중에 나타나는 경우가 대부분이지만 낮 동안에도 자기 자신도 모르게 이갈이를 하는 사람도 있다. 또 대부분의 이갈이 환자들은 다른 사람이 이야기를 해주기 전까지는 자신이 이갈이 습관을 가지고 있다는 사실을 잘 모르는 경우가 일반적이므로 이갈이 증상은 알려진 것보다 훨씬 많을 것으로 생각된다.

"다른 사람이 이야기를 해주기 전까지는 자신이 이갈이 습관을 가지고 있다는 사실을 잘 모르는 경우가 일반적이므로…"
나는 내용의 일부를 속삭이며 읊조렸다. 그중에는 스트레스가 원인이라는 내용도 있었다. 아내에게 무언가 스트레스를 받을 만한 일이 있던가? 만약 있다면 아내는 나에게 바로 털어놓을 텐데. 나는 스크롤을 더 내렸다.

**〈치료〉**
이갈이의 명확한 원인을 모르므로 원인 요소를 전부 제거하여 이갈이를 근본적으로 없애는 방법은 현실적으로 없다. 현재로서 이갈이를 없애는 가장 좋은 방법으로 제시되고 있는 것은 턱 주위의 근육 긴장을 줄일 수 있는 안정 장치를 입 안에 장착하는 방법과 센서와 같은 장치를 몸에 달게 하여…

그렇다고 안전 장치를 강제로 아내의 입에 끼우게 하는 것은 너무 미안한 일이었다. 나는 잠시 생각에 잠겼다. 그녀의 상태를 어떻게 하면 호전시킬 수 있을까. 우선 병원으로 찾아가

볼까. 그럼 이비인후과로 가야 하나…

"부장님, 어제 부탁하신 자료입니다."

전에 아내가 있던 자리의 남직원이 나에게 서류 뭉치를 내밀었다.

"아, 그래. 수고했어."

나는 서류를 받아들며 이갈이에 대한 고민은 잠시 미루었다. 그것은 나에게 이런저런 많은 생각이 들게 하는, 약간은 성가시고 어려운 고민이었다.


그날 나는 맡은 일들을 신속하게 처리하고 평소보다는 일찍 퇴근할 수 있었기 때문에 아내와 오랜만에 관계를 가졌다. 거의 한 달 만이었다. 오로지 서로의 본능에 대한 집중으로 이갈이에 대한 얘기는 이번에도 나중으로 미루었다. 얼마 후 녹초가 된 나는 침대에 쓰러지듯 누웠고 그녀는 그런 내 얼굴을 어루만져 주었다. 나는 그녀의 이마와 입술에 키스를 한 뒤 함께 잠에 들었다.

얼마가 지났을까.

나는 내 한쪽 팔이 미세하게 떨리는 느낌과 뿌드드득, 하는 아내의 이갈이 소리에 눈을 떴다. 아내가 다시 이를 갈며 잠들어 있었다. 나는 이걸 어쩌나 싶어 고민에 빠졌다. 이대로 아내가 계속 이를 간다면 나는 매번 쉽게 잠들 수 없을 것이다. 내 팔을 베고 있던 그녀의 머리를 내리고 거실로 몰래 가야 하나 싶었다. 나머지 팔 한쪽을 내 양쪽 눈에 올리고 고민을 하는 동안, 이갈이가 멈췄다. 나는 팔을 떼고 어둠 속의 아내의 얼굴을 바라보았다. 얼굴은 평온했다. 그 순간, 곤히 잠들어 있던 그녀의 입에서 믿을 수 없는 말이 흘러나왔다.

**"…죽여버릴 거야…."**

나는 귀를 의심했고, 당혹감으로 휩싸였다. 그것은 아내의 목소리가 아닌 것 같은, 약간 허스키하고 낮은 목소리였지만 분명히 그녀의 입에서 나온 목소리가 맞았다. 나는 바로 아내를 흔들어 깨웠다.

"여보, 꿈 꿔?!"

그러자 아내가 눈을 게슴츠레 떴다.

"무서운 꿈 꾼 거야?"

내가 아내에게 다시 물었다.

"음… 뭔가 꾼 것 같긴 한데 기억이 안 나네…. 나 또 이 갈았어?"

그녀는 아까와는 조금 다른, 잠에서 덜 깬 목소리로 말했다.

"응. 괜찮은 거야?"

"이제 안 그럴게…."

아내는 그렇게 맥없이 말한 후 다시 내 품에 파고들며 눈을 감았다. 나도 아내를 안은 상태로 억지로 다시 잠을 청했다.

그 후로 아침까지 이갈이 소리에 깨지 않았다.


다음 날, 그녀는 평소처럼 아침 식사를 준비했다. 따뜻한 된
장찌개 냄새가 집안을 가득 메웠다.

"냄새가 아주 좋네."

나는 열심히 요리를 하는 그녀의 뒷모습에 대고 말했다.

"정말? 우리 엄마가 가르쳐 준 대로 하고 있어."

잠시 후 여러 가지 반찬과 흰 밥이 올려진 식탁에 마지막으
로 된장찌개가 담긴 뚝배기까지 올려지면서 둘의 아침식사가
시작되었다. 나는 된장찌개부터 한 숟갈 맛본 후 말했다.

"역시 장모님 손맛은 자기가 그대로 물려받나 봐. 어쩜 이렇
게 똑같이 맛있지?"

"우리 엄마가 들으면 좋아하겠다."

내 앞에 마주 앉은 아내가 쑥스러운 표정을 지으며 밥을 뜬
숟가락을 입에 넣었다. 나는 그런 아내에게 밤에 있었던 일을
꺼내기가 잠시 망설여졌다. 그래도 말해보자 싶어 다시 입을
열었다.

"당신, 어제 또 무서운 꿈 꿨어?"

"응? 왜?"

아내는 밥을 먹다 눈을 크게 뜨고 나에게 물었다. 차마 그녀
가 어젯밤 잠결에 '죽여버리겠다'고 말한 것을 얘기해 줄 수

이갈이

는 없었다. 평소에 아내는 욕이나 험한 말을 절대로 입에 담지 않는 사람이었다. '미쳤다'는 말도 쉽게 하지 않았다. 그런 아내에게 어제 있었던 일을 사실대로 말하면 그녀 스스로 혼란스러워질 것 같았다. 더구나 이렇게 아내가 정성스레 차린 밥을 먹는 앞에서 그런 얘기를 꺼내기가 미안했다.

"아니, 뭐. 어제도 이 갈다가 무슨 말 하는 것 같길래. 나도 잠결에 정확히는 못 들었어."

"글쎄? 꾼 것 같기도 하고. 내가 꿈을 꿨나? 그것조차도 기억이 잘 안 나네."

"그래?"

나는 그렇게 한번 되물은 후 아무렇지 않은 척 계속 밥을 먹었다.


그날도 퇴근하고 돌아온 나는 약간의 불안감에 휩싸인 채 아내와 함께 잠들었다. 제발 오늘은 그러지 않기를, 아내가 잠결에 험한 말을 하지 않기를, 나와 아내가 편안히 아침까지 잠들 수 있기를 빌며 아내와 함께 이불을 덮으며 잠을 청했다.

그러나 나는 불행하게도 아내의 목소리가 맞는 듯 아닌 듯한, 꺼림칙하고 가래 끓는 목소리가 중얼거리는 소리에 눈을 떴다. 이갈이 소리가 아닌, 말소리에 잠이 깬 것이다. 나는 어둠 속에서 달빛을 받아 희미하게 보이는 아내의 얼굴을 살폈다. 역시나 그녀의 눈은 평온했지만 하관은 열심히 움직이며 알 수 없는 말을 내뱉고 있었다. 나는 가만히 그 모습을 어이없게 바라보고 있었다. 대체 이 상황을 어떻게 대처해야 할까. 정말로 이제는 아내와 병원에 가야 하는 걸까.

**"...재수없는 새끼, 널 식칼로 조각조각 썰어서 형체도 없게 토막내 버릴 거야."**

순간, 분명히 아내의 입에서 나온 선명하고 잔혹한 그 말소리를 들은 나는 온몸의 털이 곤두서는 느낌이 들었다. 나는 벌떡 일어나 이불을 내팽개치고 아내를 있는 힘껏 흔들었다.

"여보, 정말 왜 그래!"

나에게 심하게 흔들린 아내는 아직 정신을 못 차린 채로 천천히 눈을 떴다.

"대체 무슨 꿈을 꾸는 거야?!"

나는 침대 옆의 전등을 켜며 아내에게 다그쳤다. 오밤중에 큰 소리를 내고 있는 내 목소리는 한껏 겁을 먹은 상태였다.

"으으… 또 무서운 꿈 꿨나 봐. 기분이 안 좋네…."

그녀가 잠에서 다 깨지 못한 채로 말했다.

"대체 무슨 꿈을 꾸면 그런 입에 담지 못할 말을 하는 건데?"

그러자 게슴츠레했던 아내의 눈이 갑자기 커졌다.

"...내가 무슨 말을 했는데?"

나는 침을 한번 꼴깍 삼킨 다음 아내에게 말했다.

"당신, 나를 죽이겠다고 했어. 그게 정말 내가 맞는지 누구인지는 모르겠지만."

차마 '칼로 조각조각 썰어서'라는 표현까지는 말하지 못했다.

"내가? 당신을 죽일 거라고 했다고...?"

아내는 내 말을 믿지 못하겠다는 듯 나를 빤히 쳐다보며 물었다. 나는 두 손으로 아내의 어깨를 잡고 말했다.

"꿈 내용이 생각나면 나한테 그대로 말해줘. 이번에도 기억이 안 나?"

그러자 아내는 잠시 고개를 숙이고 신음소리를 낸 다음 다시 입을 열었다.

"음… 정말 기억이 안 나. 잠에서 깨고 눈을 뜨면 무슨 화장실 변기물 내리듯 기억이 사라져버려."

"…화장실 변기물이 뭐야…."

겁을 먹은 와중에도 나는 아내의 표현이 조금 우스워서 피식 웃고 말았다. 아내도 살짝 웃었다. 둘 다 침대 위에 앉은 상태로 긴장감이 조금 풀리는 분위기가 되었다.

"아무튼 그런 말은 내가 당신한테 할 리가 없어. 만약 했다고 해도 다른 사람한테 하는 말이겠지, 뭐."

아내는 내 품에 머리를 기대고 아이처럼 안기며 말했다.

"내가 당신을 얼마나 사랑하는데…"

나는 그 말을 하는 아내를 꼭 안아주었다.

잠결에 아내의 입에서 나온 말이 제발 나의 환청이길 바랐다. 하지만 환청은 아니었다. 나는 분명히 두 번이나 들어버렸으니 말이다.

우리는 다시 잠을 청했다. 서로를 껴안고 누운 채로 아내가 나의 볼과 입술에 여러 번 입맞춤을 해 주었고 나 역시 아내의 이마와 입에 입맞춤을 했다. 이어서 나는 그녀의 입술, 인중, 입술 주변, 턱에도 정성껏 입맞춤을 했다. 제발, 부디, 어서 이갈이가 나으라는 마음과 그녀의 입으로 다시는 끔찍한 말을 내뱉지 않기를 바라는 마음으로.


며칠 후. 회사 동료인 B와 퇴근 후 단둘이 회사 근처의 작은 술집에서 술자리를 갖고 있었다. 자리는 그가 먼저 나에게 제안한 것이었다. 우리는 살짝 기분 좋을 정도로 취기가 올라 있었다. 사실 오늘 나는 마침 B에게 아내의 오싹한 잠버릇에 대한 상담을 받으려 했었지만 굳이 기분이 좋은 순간에 그 얘기를 꺼낼 마음이 없어진 상태였다. 취기가 오르니 아내의 잠버릇도 별 것 아닌 것처럼 느껴지기까지 했다.

"너도 이제 아이 낳을 때 되지 않았어?"

이런 질문을 하는 B는 이미 초등학생과 유치원생 남매를 키

이갈이

우고 있다.

"이제 결혼한 지 일 년인데 뭐."

"아이들 키우는 거 참 힘들고 돈도 많이 드는데 말이지. 나 일 마치고 밤에 집 들어가면 나랑 내 아내를 꼭 닮은 애들이 현관으로 쪼르르 달려와서 달라붙고 안기고 하면서 재롱부리고 하거든. 그러면 진짜 그날 힘들었던 건 싹 잊어버리고 세상 다 가진 것처럼 행복해진다?"

그는 그렇게 침을 튀기며 말한 후 핸드폰 앨범을 뒤적이며 자식들의 사진을 나에게 자랑했다. 아이 둘이 함께 이불을 뒤집어쓴 채 얼굴에 꽃받침을 하고 있는 귀여운 사진이었다. 그것을 나에게 보여주는 B의 표정이 바보 같을 정도로 행복해 보여서 나는 피식 하고 웃었다.

"아내도 갖고 싶어하면 나도 노력은 해보겠는데 아직은 크게 아이 생각이 없나 봐. 아직 어리기도 하고."

"너는 안 갖고 싶어?"

B의 질문에 나는 잠시 골똘히 생각해보았다. 그러고 보니 나와 아내를 똑 닮은 아이가 B의 말처럼 나에게 안기거나 재롱을 부리는 상상을 하니 갑자기 아이에 대한 욕심이 솟구치는 것 같았다.

"아내한테 한번 물어는 볼까."

"네 와이프 닮으면 아기가 정말 귀엽긴 하겠다. 너 말고 와이프."

나를 놀리듯 B는 그렇게 말하며 껄껄 웃었다. 나도 따라서 바보처럼 껄껄 웃었다.


그날 나는 대리기사를 불러 귀가했다. 집에 도착했을 즈음엔 자정이 되기 전이었다. 아내는 안방 침대에서 전등을 켠 채로 잡지를 읽고 있다가 현관문을 열고 들어오는 나에게 다가왔다. 잠옷 차림이 유독 귀여워보였다. 그녀의 이갈이고 뭐고 다른 생각은 들지 않았다.

"오늘 얼마나 마신 거야? 얼굴이 빨갛네."

나는 히죽 웃어보인 후 가방과 외투를 현관 앞에 내려놓고 아내를 안으며 말했다.

"...여보, 아이 안 갖고 싶어?"

"아이? 글쎄. 언젠가 낳긴 하겠지만…"

"오늘 B가 나한테 지 애들 자랑하던데, 좀 부러웠어."

"에이, 나 아직 애 키울 자신 없는데. 조금만 더 놀게 해 주면 안돼?"

나에게 안긴 아내의 목소리가 나의 상체를 울렸다. 나는 그렇게 말하는 그녀의 말이 오히려 오늘따라 귀여운 투정이나 응석처럼 느껴졌다.

"나는 오늘 아이 갖고 싶은데…."

나도 아내에게 투정을 부렸다. 그러자 아내는 우습다는 듯 깔깔댔다.

"어쩌다 생기면 낳겠지."

그렇게 말하며 아내는 내 입술에 입맞춤을 했다. 그것을 계기로 우리는 다시 잠자리를 가졌다.

그날도 우리는 관계를 마친 직후 잠이 들었다. 취해서 피임을 했는지 어쨌는지도 기억이 나지 않았다.


그날 밤이었다.

아내의 이갈이 소리는 들리지 않았지만 나는 비몽사몽한 상태로 내 위에 누군가 스르르 올라타는 느낌을 받았다. 그리고 잠시 후 차가운 손이 내 목을 감싸기 시작하는 것을 느꼈다. 스산한 감촉의 머리카락도 내 얼굴에 닿았다. 그리고 목을 조르는 힘이 점점 세져 눈을 떴다. 그러자 나는 소스라치게 놀랐고, 눈앞의 광경을 믿을 수가 없었다. 어둠 속에서 내 위에 올라탄 채로 나를 죽일 듯이 노려보는 눈과 검은 얼굴, 내 시야를 덮은 머리카락, 내 목을 있는 힘껏 조르고 있는 사람. 그것은 바로 내 아내였다. 그 눈빛은 지금까지 아내에게서 한 번도 본 적이 없는 눈빛이었다. 마치 다른 사람 같았다. 나는 소리를 지르며 내 목을 조르는 아내의 손을 쳐냈다. 그 충격에 아내는 침대에서 고꾸라지며 바닥에 나뒹굴었다. 쿵 하고 울리는 둔탁한 소리가 났다. 나는 목을 감싸며 기침을 했다. 곧이어 아내에게 다급히 물었다.

"당신, 괜찮아?"

나는 침대 옆의 등을 켰다. 아내는 벽에 머리를 부딪쳤는지 신음 소리를 내며 두 손으로 머리를 감싸고 있었다. 나는 황급히 침대에서 내려가 그녀를 안았다. 그녀는 부딪친 머리가 아픈지 계속 신음을 하며 인상을 쓰고 있었다. 밝은 상태에서 보니 영락없는 내 아내였다.

"여보, 미안해. 눈을 떠 보니까 당신이 내 목을 조르고 있어서, 너무 놀라서 그랬어."

나는 그녀를 밀친 것에 대한 죄책감에 가득 차 눈물이 날 것 같은 목소리로 잘못을 빌었다.

"아, 너무 아파…"

"여보, 미안해. 정말 미안해. 내가 잘못했어."

"…내가 당신 목을 졸랐어?"

그녀가 인상을 쓰며 눈을 반쯤 뜬 채로 나에게 물었다. 나는 숨기지 않고 그대로 대답했다.

"자는데 누가 내 목을 조르길래 눈을 떠 보니 당신이 나를 죽일 듯이 노려보고 있었어."

그 말을 들은 아내는 잠시 아무 말이 없더니, 이윽고 흐느끼기 시작했다. 나도 그런 아내를 보고 당황했다.

"당신, 또 무슨 꿈을 꿨어? 아니면 몽유병이야?"

아내는 내 물음에 대답하지 않고 계속 슬프게 흐느꼈다. 그녀를 안고 있던 나는 그녀의 어깨를 토닥여주었다. 그 와중에 시계를 보니 새벽 네 시가 다 되어 가고 있었다.

얼마 후 울음을 조금 그친 듯한 아내가 입을 열었다. 여전히 아내는 내 품 속에 있었다.

"사실 악몽을 꾸는 거 말이야… 옛날 기억을 떠올리기 싫어서 자기한테 자세히 말 안했어."

나는 여전히 그녀의 어깨를 토닥이며 이어질 말을 기다렸다.

"…실은 옛날에 사귀었던 남자가 꿈에 자꾸 나와."

아내의 목소리는 아직 울음기가 가시지 않았다. 그런데 나는 아내의 상사였을 때부터 지금까지 그녀의 옛 연인에 대해서 한번도 들은 적이 없었고 굳이 묻지도 않았다. 조금은 불안한 마음이 들었지만 계속 그녀의 말을 들어보기로 했다.

"그 사람이 당신을 괴롭혀? 꿈에서?"

"정확히 얼굴도 기억이 안 나고 나한테 어떤 짓을 하는지 꿈에서 깨고 나면 거의 잊어버리지만 그 사람이란 건 알아. 나한테 다가와서, 내 몸속으로 자꾸만 들어오려고 해."

빙의를 당한 것이었을까. 아내는 얘기를 계속 이어갔다.

아내의 말에 의하면 꿈에서 나온다는 그 사람은 아내가 스무 살 때 처음으로 사귄 남자친구라고 한다. 그녀가 거리를 지나다 우연히 그에게 대시를 받았고 그 계기로 사귀게 되었다. 사실 거리에서 알게 되는 인연은 그다지 잘 될 거라고 생각하지 않았는데 처음에는 그녀 자신도 어린 마음에 남자다운 그의 외모에서 호감을 느꼈다고 한다. 하지만 그는 알고 보니 그녀보다 두 살 연하에 미성년자인데도 술을 무척 좋아했고 오토바이를 타며 동네에서 소문이 좋지 않은 아이들과 어울리는 사람이었다고 한다. 하지만 그는 그녀를 많이 사랑해주었다. 그녀 역시 그를 많이 사랑하게 되었고 그를 가엾게 여기는 마음으로 그를 어두운 길에서 빠져나오게 하려고 많이 애썼다고 한다. 고향을 떠나 도시에서 대학에 다니던 그녀는 자신의 자취방에 그와 함께 살며 자신처럼 대학에 다닐 수 있도록 공부를 도와주고 응원해주었다고 한다. 하지만 학업의 뜻이 없었던 그는 대학 진학을 금방 포기하고 방탕한 생활을 계속했다. 그녀의 부모님도 그를 한심하게 여기며 교제를 반대했다. 그러다 그녀도 대학교의 한 남자 선배와 친해지게 되었고, 성적이 우수하고 모든 일을 책임감 있게 잘 해내는 그 선배에게 존경심과 이성적인 호감을 느끼며 원래 사귀던 그를 점점 멀리하고 새로운 사랑을 시작했다고 한다. 하지만 그는 그녀를 포기하지 않았다. 그녀가 새로운 사람을 만나게 되면서 그를 집에서 쫓아내려고 하자 울며불며 그녀의 바짓가랑이를 잡고 애원했다. 그가 그렇게 자존심을 다 버리고 눈물

콧물 흘리며 자신에게 매달리는 모습을 보는 그녀도 마음이 너무나도 아프고 미안했지만 그와의 관계를 지속하면 자신이 불행해질 것 같다고 예감했다. 그녀는 결국 그를 매몰차게 버렸다. 그런 그는 바로 그녀에게 복수를 하거나 괴롭히지 않았다. 그녀는 선배와 사귀면서도 가끔은 옛날의 그가 생각이 나며 미안한 마음이 들었다고 한다. 그런데 그와 헤어지고 몇 개월 후, 사귀던 선배가 그녀의 집에서 나와 밤길에 집으로 돌아가던 중 돌연 칼에 맞고 중태에 빠졌다. 그녀는 충격을 받은 동시에 한 사람이 떠올랐다. 범인은 다름아닌 그였다. 그의 친구들에 의하면 그는 사건 직후 경찰의 눈을 피해 거처를 옮기며 숨어다닌다고 했다. 그러던 어느 날, 입원한 선배의 간호를 마치고 혼자 집에 귀가한 그녀 앞에 벨트로 천장에 목을 매달고 차가운 주검이 된 그가 그녀를 반겨주었다. 그녀는 그 자리에서 비명을 지른 후 실신했고 그 소리를 들은 이웃들도 그 현장을 목격했다고 한다. 그리고 그녀는 그 트라우마로 한동안 눈을 감기만 해도 목을 매달고 괴기스럽게 죽은 그의 핏기 없는 얼굴이 떠올랐다. 그리고 그때부터 자주 악몽을 꾸기 시작했다. 그가 계속 꿈에서도 그녀의 바짓가랑이를 잡고 매달리거나, 목이 천장에 매달린 채 혀를 길게 내뺀 상태로 그녀에게 돌진하는 등 너무나도 공포스러운 모습의 그를 자꾸만 보았다. 사귀던 선배는 다행히도 목숨을 건졌지만 반신불수가 된 그에게서 이별 통보를 당했다고 한다. 그리고 그녀는 그 집을 바로 빼고, 그곳에 있던 물건들도 싹 다 버렸다. 그 집은 이미 낡은 집이어서 몇 년 후 철거되어 그 자리에 새로운 건물이 놓여졌다. 그녀는 다니던 학교를 한동안 휴학했고, 혼자 잠을 잘 수 없게 되었다고 한다. 그리고 죽은 그에게 찾아오는 가족은 아무도 없었다. 아마도 그는 고아였던 듯했다. 그와 어울리던 친구들마저도 그의 죽음에 관여되기를 꺼려했다. 그녀 역시 더 이상 그와 관여되고 싶지 않아서 죽은 그에 대한 수습과 처리를 모두 경찰에게 맡겼으며 그의 장례식이나 그가 안치된 곳에도 일절 발을 들이지 않았다. 그리고 그 이후 나를 만날 때까지 그 어떤 남자와도 사귀지 않았다고 한다.

아내는 동이 틀 때까지 과거 얘기를 하며 쉴새없이 눈물을 흘렸다. 애써 잊고 있었지만 얘기를 하다 보니 모두 다시 생각이 났다고 한다. 아내의 몰랐던 과거를 듣던 나도 그녀의 눈물을 닦아주며 함께 눈물을 흘렸다. 어린 나이에 도저히 치유될 수 없는 끔찍한 경험을 한 아내가 불쌍했고 그런 아내의 옛 연인도 불쌍했다.


그날 밤을 꼬박 샌 나는 월차를 냈다. 그리고 잊고 싶은 기억을 모두 끄집어내버린 아내에게 조심스럽게 말했다.

이갈이

"당신, 오늘은 친정 가서 좀 쉬는 게 어때?"

"왜? 어디 가게…?"

"나, 한번 그분한테 가보려고."

"…거길 왜 가? 가지 마."

"한번 만나보고 싶어. 혹시 어디에 모셔졌는지 기억해?"

"언뜻 들어서 알고는 있지만 굳이 안 갔으면 좋겠는데… 안 가면 안 될까?"

하지만 나는 몇 번의 물음 끝에 아내에게서 그의 이름과 그가 안치된 곳을 알아낸 후 차를 몰았다. 건물 뒤에 푸른 산이 펼쳐진 납골당에 도착한 후 차에서 내렸다. 내 손에는 동네 슈퍼에서 산 소주와 약간의 안주, 생전에 그가 좋아하던 과일인 귤 몇 개가 들려 있었다. 이것 또한 아내가 알려준 것이다.

납골당의 직원에게 물어 그의 유골함이 있는 칸을 찾아냈다. 그의 칸은 맨 밑 구석에 자리해 있었고, 그곳에는 흰 유골함 말고는 아무것도 없었다. 유골함에는 망자의 이름과 그가 태어난 년도와 사망한 년도가 적혀 있었다. 19년, 짧고 외로운 인생이었다.

나는 그 칸 앞에 앉아 집에서 챙겨온 작은 테이블을 펼쳤다. 이어서 종이컵 두 개에 소주를 따랐다. 그리고 안주도 꺼내 올렸다. 그리고 소주를 따른 내 종이컵을 들고 그 앞에 역시나 똑같이 소주가 따라져 있는 종이컵에 한 번 부딪힌 다음 유골함을 바라보며 속삭였다.

"...남자 대 남자로 한 잔 괜찮으실까요."

나는 그렇게 한마디 한 후 잔을 들이켰다. 그리고 다시 말을 이었다.

"제 아내가 당신을 괴롭게 한 과거는 내가 대신해서 사죄하겠습니다. 아내도 고의가 아니었을 거예요. 그 사람도 엄청난 죄책감을 가지고 살고 있어요. 그 일이 있고나서 10년이 다 되어 가는 지금까지도."

나는 얼굴도 모르는 그와 실제로 대면하고 있다고 생각하며 말했다. 그리고 안주도 그의 종이컵 옆에 나란히 올려주었다.

"그쪽이 저보단 훨씬 어리지시지요. 그 어린 나이에 얼마나 외롭고 고된 인생이었겠습니까."

나는 그렇게 혼자 중얼거리듯, 혹은 그에게 말을 걸 듯 얘기를 계속했다.

"...부디 용서해 주시길 빕니다. 그녀와 저를요."

소주 한 병을 다 비웠을 무렵, 나는 자리에서 일어났다. 상을 정리한 다음 고인에게 절을 두 번 했다. 그리고 진심으로 그에게 빌었다.

'이제는 그녀를 놓아주세요. 제발 부탁드립니다.'


그리고 그 후, 우연인지 아닌지 다행히도 아내의 이갈이와 잠버릇이 서서히 줄어드는 것이 보였다. 하지만 한번에 완전히 나아지는 것은 아니었다. 망자의 한이 하루아침에 없어질 수 있는 노릇은 아닌 듯했다. 나는 앞으로도, 자주는 아니더라도 가끔 그에게 찾아가 위로의 잔을 건네는 노력을 보여야 할 것이다. 아내의 상태가 완전히 호전되기 전까지는.


 그리고 조금의 시간이 흐른 어느 날, 우리는 잠들기 전 침대에 누워 나란히 천장을 바라보며 얘기를 나눴다.
"있잖아. 나 이제 더 이상 그 사람이 꿈에 안 나와."
"그래? 잘 됐네."
"여보, 납골당에 가서 뭐 했어?"
"그냥, 기도하고 왔어. 그만 괴롭혀 달라고."
 잠시 아내는 뭔가를 생각하는 듯 하더니 다시 입을 열었다.
"...그렇다고 그 사람의 마지막 모습을 다 잊은 건 아니야. 기억상실증에 걸리지 않는 한 그 광경을 잊긴 힘들 것 같아."
 아내는 자조적인 말투로 말했다.
"그렇겠지. 그래도 시간이 지날수록 점점 괜찮아질 거야."
 나는 그렇게 말하며 앞으로 아내의 상처를 덮어줄 수 있는 좋은 경험들을 많이 만들어주기로 결심했다. 나는 아내를 꼭 안았다. 아내도 나를 꼭 안아주었다. 오늘도 나는 우리 부부가 부디 깊고 편안한 잠에 들 수 있길 바랐다.

7

추모식

유라가 죽었다.

교통사고로 그 자리에서 즉사했다. 스물여덟의 나이였다.

3일간의 장례식이 끝난 후, 유라의 고등학교 동창인 소연, 승아, 은하, 민서 이 네 명은 테이블마다 방이 나눠진 어느 바에 모였다. 네 명의 얼굴은 슬픔이 가득 묻은 채 침울한 분위기를 풍기고 있었다.

다섯 명이 처음 모이게 된 건 갓 입학한 고등학교 같은 반에서였다. 유라의 첫 짝이 소연이었고, 유라와 승아는 중학교 3학년 때 같은 반이었고, 승아와 민서는 서로 첫 짝이었다. 은하는 유라의 초등학교 동창이었다. 그 다섯 명은 유라를 중심으로 형성된 무리였다.

유라는 다섯 명 중 가장 예쁘장한 외모를 지녔고, 공부도 곧잘 했고, 집도 유복한 편이었다. 거기에 애교 있는 성격 덕에 남자가 끊이질 않아 여자아이들의 부러움을 사는 아이였다. 그리고 말주변도 좋아 분위기를 띄우는 능력 또한 갖고 있었다. 그래서 모두가 유라를 좋아하고, 동경했다.

다섯 명은 대학에 진학한 후에도 한 달에 한 번씩은 꾸준히 모였다. 졸업 후 사회인이 된 후에는 그 빈도수가 줄긴 했지만 계절마다 한 번씩은 꼭 모였다. 그 다섯 명 중 유라는 여전히 독보적인 아이였다. 여전히 가장 예쁜 외모를 지녔으며 나이를 먹을수록 조금씩 관리를 받으며 20대의 미모를 더욱 꽃피웠다. 유라는 일반인이었지만 얼굴과 몸매는 연예인 느낌이 나는 외모였다. 그렇기에 SNS 팔로워도 꽤 많았고, 크고 작은 기획사로부터 연예인 제의도 곧잘 받았고, 성인이 된 후에도 남자가 끊이지 않았다. 다섯 명이 함께 음주가무를 즐길 때 항상 남자들이 합석을 제의해 왔는데 그들의 시선은 모두 유라에게 향해 있었다.

그리고 유라는 다섯 명 중 가장 좋은 학교에 진학했으며, 그것도 수시로 합격해 남들이 공부를 할 때 벌써부터 본격적으로 자신을 가꾸기 시작했다. 경영학을 전공한 유라는 학과에서 소위 퀸카였으며 학교 안에서 번호를 물어오는 남학생도 많았다. 그리고 졸업도 전에 누구나 다 아는 회사에 취직했고, 연봉도 스물네 살이 받기에는 매우 높은 금액이었다. 다섯 명 중 네 명은 그런 유라를 부러워하는 동시에 그녀를 일원의 중심으로 여겼다. 그것은 유라 스스로도 잘 알고 있었을 것이다. 외적으로 봤을 때 유라에게 도저히 부족한 구석이라고는 없었다. 유라는 그저 완벽한 아이였다.

 다섯 명 중 두 명이서 만나는 경우는 많지 않았다. 항상 그들은 다섯이었다. 하지만 그런 유라가 죽고 이제 그들은 네 명이 되었다. 네 명만이 모인 것은 처음이었다. 이제는 한 명이 빠진 채로 그들은 술잔을 따르고 마시며 유라에 대한 추억을 회상하기 시작했다.


**소연 |** 영정사진을 보고 왔는데도 아직도 믿기지가 않는다. 이게 무슨 일이냐, 정말….

**승아 |** 그러게. 이렇게 네 명만 모인 건 처음이네. 마음이 너무 안 좋다.

**은하 |** 처음 소식 들었을 때 충격을 잊을 수가 없어. 나는 누가 장난친 거라고 생각했어.

**민서 |** 맞아. 나도 처음엔 장난인 줄 알았어. 황급히 장례식장 가는 길에도 설마설마 했지. 그런데 영정사진 딱 보니까 그때 조금 실감나더라.

**승아 |** 걔는 영정사진도 연예인 사진처럼 예쁘더라. 참 아까

워….

**은하 |** 하도 울어서 이젠 눈물도 안 나와.

**민서 |** 맞아. 살면서 그렇게 많이 운 적은 처음이야. 친한 친구의 장례식도 처음이고.

**소연 |** 에휴… 우리 다섯 명이서 정말 즐거웠는데. 너희들 다 기억하지? 학교 끝나면 다 같이 떡볶이 먹으러 가고, 아이스크림도 먹고, 노래방도 가고… 특히 고등학교 2학년 여름방학 때는 유라네 펜션도 갔잖아. 그때 처음으로 술도 먹어보고 말이야. 그때 은하가 취해서 제일 먼저 잠들고, 우리들은 은하 얼굴에 낙서하고. 지금 돌이켜보니 정말 즐겁고 행복했어.

**은하 |** 아, 맞아! 다음 날 아침에 일어나서 내 얼굴 보고 깜짝 놀라서 소리 지르고 막 너네 엄청 때리고 그랬지. 기억나니까 또 빡치네.

**민서 |** 오늘 집 가면 그때 사진 있나 찾아봐야지.

**은하 |** 미친…

**민서 |** 농담이야, 농담.

**은하 |** 근데 그때 정말 즐겁긴 했어. 우리 거의 다 태어나서 친구들끼리 여행가는 게 처음이었잖아. 그리고 고3때 수능 끝나고 다 같이 부산에 바다 보러도 갔었고.

**승아 |** 그리고 우리 스무 살 돼서 5대5 미팅도 했던 거 기억나?

**민서 |** 아, 맞아. 우리 여러 번 했지. 맨날 유라가 인기 탑이긴 했지만.

**은하 |** 솔직히 말해서 그때 우리는 뭔가 유라의 들러리 같긴 했어.

**소연 |** 야, 그런 건 속으로만 생각해라! 나까지 싸잡혀서 들러리 된 기분이잖아.

**은하 |** 솔직히 걔가 좀 이뻤냐.

**민서 |** 유라도 내심 그걸 즐겼을 수도 있어.

**은하 |** 그래도 보고 싶다, 장유라. 어떻게 이렇게 허망하게…

**승아 |** 그때 너희들은 다 대학교 가고, 나만 재수생이었잖아. 매일 공부만 하다가 나도 갑자기 화장도 빡세게 하고 남자애들이랑 술도 마시고 하니까 재밌긴 하더라. 근데 그때 난 사실 너희들이 너무 부러워서, 나만 왜 이러고 있나 하면서 자괴감이 들었어.

**은하 |** 그렇다고 너 빼고 네 명만 나갈 순 없잖아, 그치?

**소연 |** 그래도 봐봐, 결국 지금은 승아 네가 우리 사이에서 가장 연봉 높잖아. 그거랑 네 1년이랑 통 쳐.

**승아 |** 높긴 뭘 높아. 다 한때야.

**민서 |** 아, 승아가 유라보다 연봉 높아?

**은하 |** 지금 얘가 훨씬 더 높을걸. 요즘 교육 사업 꽤 잘 되잖아.

**소연 |** 오, 대박. 얌전하던 애가 돈 많이 버니까 엄청 멋있다. 나 퇴사하고 승아 비서할래.

**승아 |** 무슨 말도 안 되는 소리야. 회사 잘만 다니는 애가. 사업은 한때라니까…

**민서 |** 그래도 우리 다들 괜찮게 살고 있는 것 같아서 보기 좋다. 이 중 한명이라도 아직 사회생활 못하고 있거나 변변치 못하게 살고 있어 봐. 이렇게 못 모이지.

**승아 |** …근데 그렇게 말하기엔 유라가….

**민서 |** 아… 맞다… 유라.

**소연 |** 그래도 남은 사람들은 잘 살아야지. 유라가 편한 곳으로 가길 기도하면서.

**민서 |** 맞아.

**은하 |** 얘들아. 나는 있잖아, 대학생 때 처음 사귄 남자친구랑 헤어졌을 때 너희 네 명이 바로 나한테 달려와서 같이 술 마셔주고 위로해준 게 생각나. 그때 정말 너무 고맙더라. 인생에 친구들이 왜 필요한지 알겠더라고.

**민서 |** 아, 맞아. 나도. 나 대학교 2학년 되자마자 우리 아빠 돌아가셨을 때도 너희들이 다 찾아와주고 위로해줬잖아. 나도 그때 너희들이 정말 큰 힘이 됐어.

**소연 |** 나는 있지, 우리 대학교 졸업여행으로 일본 갔을 때 내가 지갑 잃어버렸던 거 기억나? 오, 나 지금 생각해도 아찔하

추모식

다. 그때 나한테 너희들이 막 서슴없이 돈 빌려주고, 맛있는 거 사 주면서 위로해줬잖아. 나 그때 너희들 아니었으면 진짜 지금 한국에 없었을지도 몰라. 그리고 다녀와서 돈 갚으려고 하니까 받으려고도 안 하고. 너희들도 아직 수입도 없을 때였는데도 말이야.

**은하** | 야, 그럼 소연이 니가 오늘 술값 쏴라. 하하하.

**소연** | 뭐? 이제 와서 돌려받으려고? ...좋아. 오늘 술값은 내가 쏜다! 대신 안주값은 너희들이 내.

**민서** | 쏘는 김에 다 쏴야지.

**승아** | 안주값은 우리가 내자. 그건 좀 된 얘기잖아.

**소연** | 오늘 내 지갑 지켜줘서 고맙다, 양승아.

**승아** | 아, 그러고 보니 나도 말할 거 있어. 우리 중에서 내가 유일하게 회사 안 들어갔잖아. 사업 준비하느라 대학교 졸업하고도 몇 년간 돈 못 벌고 아르바이트 전전하면서 쩔쩔맸던 거 너희도 다 알지.

**민서** | 묵묵히 사업 준비하는 건 알고 있었지.

**승아** | 응. 정말 불과 몇 달 전까지도 힘들었거든. 이 사업에 과연 미래가 있을까 싶고, 매출은 거의 없다시피 하고. 그런데도 나는 너희들이 나한테 멋있다고, 자신의 꿈을 확실히 찾아가고 있는 모습이 보기 좋다고 항상 격려해줬잖아.

**소연** | 그랬지. 회사의 노예가 되기보다는 꿈을 가진 여성 사

업가가 되려는 모습이 엄청 멋졌어. 남들에 비해 조금 얌전한 구석이 있는 너한테 그런 면이 있을 줄은 몰랐으니까.

**승아 |** 그래서 나는 항상 그런 너희들이 고마웠어. 내가 이렇게 좀 숨통이 트인 것도 너희가 나를 믿고 응원해 준 덕분이거.

**민서 |** 네가 잘 한 거지.

**은하 |** 맞아. 내 친구지만 너무 멋있어. 나도 회사 때려치우고 사업 좀 할까 봐. 난 아무래도 회사랑 안 맞아. 우울증 걸릴 거 같애.

**소연 |** 야, 사업도 쉽냐. 승아 얘가 지금까지 고군분투한 걸 봐. 어쩌면 회사원이 더 속 편할 수도 있어.

**승아 |** 맞는 말이야. 법인은 세금도 장난 아냐.

**민서 |** 얘들아, 우리 술이랑 안주 좀 더 시키자. 이거 가지곤 모자라.

**소연 |** 그래. 더 시켜라. 오늘 술값은 내가 책임지니까.

**민서 |** 그럼 이번에는 카스로.

**은하 |** 안주는 국물 있는 걸로. 오뎅탕 어때?

**소연 |** 오뎅탕 좋지. 일단 그거 시키자.

**민서 |** 벨 누른다?

**소연 |** 어. 카스 2000cc랑, 오뎅탕.

**승아 |** 에휴….

**은하 |** 왜?

**소연 |** 왜 그래?

**승아 |** ...아무래도 마음이 허해.

**민서 |** ...하긴. 이제 막 장례식 마쳤으니까.

**승아 |** 불과 얼마 전까지도 다섯 명이서 모여서 이렇게 얘기했었는데. 실감이 안 나네.

**은하 |** 그러게.

**소연 |** 맞아. 안 됐어….

**민서 |** 우리도 앞으로 차 몰고 다닐 때, 길 건널 때 조심하자.

**은하 |** 근데 교통사고라는 게, 운인 것 같아. 아무리 내가 조심해도 다른 차가 와서 박으면 끝이잖아.

**승아 |** 그렇긴 하지….

**직원 |** 뭘로 주문하시겠어요?

**민서 |** 카스 2000cc랑 오뎅탕이요.

**직원 |** 네, 더 필요한 거 있으세요?

**민서 |** 일단 이렇게만요.

**소연 |** ...유라가 어떻게 사고 났는지 다들 알지?

**민서 |** 알지. 남자친구랑 같이 차타고 여행 가는 길이었잖아.

**은하 |** 응. 트럭이 앞에서 오다가 중심 잃고 유라네 차로 돌진해 와서… 아, 생각만 해도 너무 아찔해. 너무 마음 아파.

**승아 |** 더 속상한 게, 유라 남자친구는 가벼운 찰과상으로 끝

났다며.

**소연 |** 그치. 유라가 정말 너무 운이 없었지….

**민서 |** 이런 말 하긴 좀 그렇지만… 시체가 완전 산산조각 났다던데…. 정말 신은 없나 봐. 어떻게 유라만 그래? 난 너무 이해가 안 돼.

**승아 |** 그래서 부모님도 안 보셨다고 들었어. 유라 친척들이 대신 확인해줬다고 할 정도니…

**은하 |** 하… 너무 끔찍하다. 아직도 가슴이 막 찌릿할 정도야.

**소연 |** 그 둘이 내년에 결혼하려고 했었잖아. 나는 그것도 너무 마음 아파.

**승아 |** 맞아… 그 남자도 충격이 크겠어….

**민서 |** …근데 있잖아, 이건 그냥 내 추측인데…

**은하 |** 뭔데?

**민서 |** …혹시 남자친구가 죽인 건 아니겠지?

**은하 |** 야, 설마.

**소연 |** 아닐 거야. 남자가 유라 엄청 엄청 좋아했어. 완전 사랑꾼이었잖아. 맨날 유라 퇴근할 때 데리러 오고, 맨날 뭐 사다 주고. 유라 말에는 껌뻑 죽었어.

**민서 |** 하긴, 그랬지…. 내가 괜한 말을 한 것 같다.

**승아 |** 그것도 그렇고 유라 남자친구가 장례식장에서 엄청 울었잖아. 슬픔을 주체 못하고 바닥에 막 드러눕기도 하면서.

나도 울면서 그 모습 보고 있었는데 너무 마음 아팠어. 연기 한 건 아닌 것 같던데.

**민서 |** 하긴 사랑하는 사람이 죽었으니 상심이 크겠지. 유라 부모님은 더 힘드실 거고.

**은하 |** 하아… 정말 인생이란 뭘까? 너무 허무해.

**소연 |** 그러게. 내가 언제 죽을지 전혀 예측할 수가 없잖아.

**민서 |** 하긴, 내가 태어나는 것도 예측할 수가 없어. 부모도 자기 자식이 어떤 애가 나올지도 예측할 수 없고.

**소연 |** 너 좀 철학적인 말도 하는구나.

**민서 |** 철학적이긴 개뿔.

**직원 |** 카스 2000cc랑 오뎅탕 나왔습니다. 뜨거우니 조심하세요.

**민서 |** 아, 네. 여기 주세요.

**소연 |** 오, 생각보다 오뎅탕이 양이 많네.

**승아 |** 쏠을라. 같이 들자.

**은하 |** 맥주 잔 줘봐. 내가 따를게.

**소연 |** 여기. 승아 것도.

**민서 |** 나도 따라 줘.

**은하 |** 아, 손목 아파. 자, 이제 짠 하자. 유라가 편한 곳에서 잠들 수 있길 기도하며.

**소연, 승아, 은하, 민서 |** 짠-.

**민서 |** 오늘따라 술이 잘 들어간다.

**은하 |** 우리가 너무 안좋은 일을 겪고 취하고 싶어서 그런가 봐.

**민서 |** 아아, 공허해. 허무해.

**소연 |** ...그러고 보니 우리 중에 아직 아무도 시집 안 갔네.

**민서 |** 그러게. 나도 언제 결혼할지 모르겠다.

**소연 |** 왜? 지금 만나는 사람 별로야?

**민서 |** 그냥 막 이 사람이랑 엄청 결혼하고 싶다 이런 생각은 안 들어. 더 오래 만나 봐야 판단이 서겠지? 아직 일년도 안 됐으니까.

**은하 |** 나는 연애 안 한지 벌써 3년 다 돼간다. 연애세포 다 뒤졌어. 마지막 남자애가 나랑 헤어지자마자 딴 여자 사귀는 거 알게 된 후로 남자 안 만나. 트라우마 생겼어.

**소연 |** ...'뒤졌어'가 뭐야, 얘 말하는 거 웃긴다.

**민서 |** 그럼 소연이 넌 지금 어때?

**소연 |** 나? 나는 그냥저냥 잘 만나는데, 그 사람도 아직 결혼 얘기는 딱히 안 꺼내. 그래서 나도 딱히 재촉하진 않고 있어.

**민서 |** 그러고 보니 진짜 요즘 다들 결혼에 목매지는 않는 것 같다. 우리도 그렇고.

**승아 |** 맞아. 시집 갈만 한 사람이 있어야 가지.

**소연 |** 어? 승아 너도 얼마 전까지 남자 만나고 있지 않았어?

**승아 |** 걔, 얼마 전에 바람났어. 그래서 바로 짤랐지. 부끄러워서 니들한테 얘기도 안 했었어. 이제 와서 말하는 거지만.

**민서 |** 헐. 결국 그렇게 됐어? 안 그래도 걔 관상 안 좋아 보이더라. 나도 이제 와서 말하지만.

**승아 |** 그런 건 좀 진작 말해 주지 그랬어. 그런데 이건 내 탓도 있어. 한동안 너무 일에만 열중해서 걔한테 소홀하긴 했거든.

**민서 |** 친구의 남자친구한테 관상 좋다 안 좋다, 그런 걸 어떻게 대놓고 말하냐.

**승아 |** 하긴… 나도 사람 보는 안목 좀 키울 걸. 아무튼 당분간 아무도 안 만나고 싶어.

**은하 |** 그래, 남자 다 쓸모없다. 내가 최고, 아니 우리가 최고지.

**승아 |** 근데 나 사실… 음… 이제 와서 이 얘기까지 꺼내는 것도 조금 그렇지만…

**민서 |** 뭐? 무슨 얘긴데?

**승아 |** …남자 얘기 하니까 갑자기 생각났는데, 나 솔직히 유라한테 좀 서운한 거 하나 있어.

**소연 |** 서운한 거? 그게 뭔데?

**승아 |** 우리 K대 애들이랑 미팅했을 때 기억나?

**은하 |** 응. 기억하지. 걔네들 전체적으로 좀 젠틀했잖아. 그때

좀 재밌었는데.

**승아 |** 그냥 너희들이니까 얘기할게. 나 그때 유라 앞자리에 앉은 남자애가 맘에 들어서, 내 옆자리에 앉아있던 유라한테 걔랑 나랑 좀 잘 되게 도와달라고 했었거든. 그랬더니 그때 유라가 좀 도와주더라?

**소연 |** 와, 양승아 네가 그랬다구? 몰랐다.

**소연 |** 얘가 얌전하기만 한 게 아니었네.

**민서 |** 그래서?

**승아 |** ...근데 나중에 보니까 결국 유라랑 그 남자애랑 둘이 만나더라고.

**소연 |** 설마 그 시기에 유라가 잠깐 만났다 헤어진 남자애가 니가 말하는 그 앤가?

**승아 |** 아마 그럴걸. 결국 유라가 2주도 안돼서 그 남자애를 찼다고 들었지만.

**은하 |** 좀 어이없긴 하지만 그래도 그땐 다들 좀 철이 없었잖아. 지난 얘기니까 승아 니가 빨리 잊어 버려.

**승아 |** 하긴, 그때 재수생이던 내가 남자를 만나서 뭘 어쩌겠어. 그래도 배신감이 드는 건 어쩔 수 없더라.

**소연 |** 그럴 수도 있겠다. 근데 나도 네가 그 남자애를 맘에 들어 했다는 건 처음 알았네.

**승아 |** 그래도 유라를 미워하진 않아. 그냥 그땐 그랬지 싶어.

이미 죽은 애한테 서운해봤자 뭐 하겠어. 그냥 너희들 앞이니까 허심탄회하게 얘기하는 거지.

**은하 |** 그래, 이런 정도야 말할 수 있지. 이해해.

**소연 |** ...근데 민서 너는 표정이 왜 그래?

**민서 |** 그러고 보니까… 나도 유라한테 조금 서운한 게 있긴 해.

**은하 |** 너도? 왜, 뭔데.

**민서 |** 나도 그냥 말 나온 김에 말할게. 유라가 미워서 말하는 건 아니고…

**승아 |** 응.

**민서 |** 우리 아빠 돌아가셨을 때 너희들은 곧바로 다 와줬지만 유라는 그날 좀 늦었어. 걔가 나한테 당장 중요한 일이 있어서 늦을 것 같다고는 말했거든. 그런데 알고 보니 남자친구랑 대학로에서 연극 보고 오느라고 늦은 거더라. 물론 늦게라도 와준 건 고맙지만 그땐 솔직히 유라한테는 조금 서운하긴 했어.

**소연 |** 아… 맞아. 그랬지. 근데 넌 걔가 남자친구 만나느라 늦은 걸 어떻게 알았는데?

**민서 |** 걔 SNS로.

**소연 |** 걔가 그걸 자기 SNS에 버젓이 올렸었어?

**민서 |** 아, 음. 어떻게 말을 해야 하지…

**은하 |** ...그거, 실은 내가 보고 민서한테 말해주긴 했어.

**민서 |** 나 괜히 말 꺼냈나 봐. 은하야, 미안.

**은하 |** 아냐, 그때 유라가 잘못한 건 맞아.

**승아 |** 어? 뭐 어떻게 된 건데?

**은하 |** 민서네 아버지 돌아가시고 장례식 했던 그날 밤에 유라가 자기 SNS에 연극 본 거 올렸고, 자기도 찔렸는지 금방 삭제했어. 내가 그 짧은 틈에 보게 됐고. 날짜도 장례식 날이었고 사진에 보이는 티켓 시간도 유라가 못 온다던 딱 그 시간이었어. 그래서 이건 아니다 싶어서, 그때 유라한테 개인적으로 말했어.

**소연 |** 친구 아버지 장례식 날에 SNS에 그런 걸 올렸었어? 세상에. 걔 진짜 왜 그랬대…

**승아 |** 나도 처음 듣는 얘기네. 그리고 그런 소식을 들으면 보통 남자친구 보내고 바로 오지 않나….

**소연 |** 그래서 은하 네가 그때 걔한테 뭐라고 말했는데?

**은하 |** 유라 너 혹시 오늘 연극 보고 오느라고 민서 아버지 장례식장에 늦은 거냐고 물었지.

**승아 |** 그래서?

**은하 |** 그랬더니, 나더러 혹시 자기 SNS 봤냐고 묻더라고. 그래서 그렇다 했지. 그랬더니 유라가, 자기도 정말 철없다고 생각한다고, 남자친구가 오랫동안 너무 보고 싶어 하던 연극

217

이라 그날 당일 취소할 수가 없었다고 말했어. 그리고 민서한테는 제발 비밀로 해달라고 하더라. 정말 잘못했다고 생각한다면서, 그래서 자기도 SNS에 올리고 나서 이건 아닌 것 같아서 바로 지운 거라고.

**민서 |** 친구 아빠 돌아가신 게 자기한텐 별 감흥이 없었나 봐.

**승아 |** 그래도 자기도 곧바로 잘못했다고 생각하긴 했구나.

**소연 |** 그럼 은하 너는 결국 민서한테 그걸 왜 그대로 말해준 거야?

**은하 |** 나 솔직히 그때 유라 하는 행동이 맘에 안 들었어. 걔 그때 사귀던 남자애한테 완전 빠져 있었잖아. 연영과에다 서강준 엄청 닮은 애.

**승아 |** 아, 누군지 알겠다. 아마도 처음이자 마지막으로 유라가 더 좋아했던 애. 나 걔 사진 보고 "얘 진짜 서강준 아니야?!" 하고 물었을 정도로 똑 닮았었어.

**은하 |** 그래서 유라가 그 서강준한테 밉보이기 싫었나 봐. 나는 솔직히 걔가 남자한테 미쳐서 우정을 배신하는 모습이 좀 그랬어. 그래서 나중에 시간 좀 지나서 민서한테 말해준 거야. 솔직히 우리 우정을 생각하면 굳이 말 안 해줘도 됐었는데, 그땐 나도 어렸고 유라가 괘씸해서 그냥 얘기했어. 나도 잘못했다고는 생각해.

**민서 |** 아냐, 네가 잘못한 건 없어. 그렇다고 해서 내가 유라

가 엄청 미워진 것도 아니고, 예전부터 예매해 둔 연극을 포기하고 바로 오는 게 쉬운 일은 아니잖아. 결국 유라도 그날 저녁에 와줬고. 그래도 너희들 세 명은 바로 달려와 줬으니까 유라랑 비교되긴 했지.

**소연 |** ...걔도 참 철이 없었다. 그래도 어렸을 때니까 이해해. 그럴 수 있다고.

**승아 |** 나도 아까 굳이 얘기 안 해도 되는 걸 왜 꺼냈나 몰라. 술김에 나도 모르게 주절댄 것 같아. 유라한테 조금 미안해지네.

**민서 |** 그러게. 이미 저 세상 간 애한테 이제 와서 서운해봤자지. 그냥, 너희들 앞이니까 나도 얘기한 거야. 유라를 증오하거나 미워하는 마음으로 얘기한 게 아니라.

**소연 |** ...근데 있잖아. 나도 이제 와서 말하는 건데….

**은하 |** 뭐?

**민서 |** 뭔데?

**소연 |** 너희들… 어렴풋이 내가 낙태… 한 적 있는 거… 눈치 채고 있었지...?

**승아 |** ……

**민서 |** ……

**은하 |** ……

**소연 |** 역시 알고 있었구나. 나도 너희들이니까 이제 그냥 다

추모식

얘기하는 거야.

**민서 |** ...응. 사실 알고는 있었어.

**승아 |** 내색을 안 했지. 상처일까 봐.

**은하 |** 근데 그게 뭐 대수냐? 하는 여자들 엄청 많아. 그건 죄가 아냐. 나 같아도 원치 않는 아이면 수술 받겠다.

**소연 |** ...유라지?

**민서 |** ...응.

**은하 |** 나도 유라한테 듣긴 했어. 나한테만 얘기해주는 거라고 하면서.

**소연 |** 한 명도 아니고, 너희한테 싹 다 얘기했구나. 걔가.

**은하 |** 나도 그때 유라 걔가 오지랖이 심하다고는 생각했어. 걔가 어느 날 갑자기 톡으로 나한테 그러더라. 소연이가 우리들 모르게 어떤 수술을 받았는데 몸이랑 마음이 아플 거라면서, 당분간 우리가 잘 챙겨주자면서.

**민서 |** 어, 나도 비슷하게 왔어. 개인톡으로.

**승아 |** 나도…

**은하 |** 그래서 내가 물어봤어. 왜 '어떤 수술'이라고만 하는 건지. 유라가 처음엔 얘길 안 해주더라고. 나는 무슨 암이나 불치병인가 싶어서, 계속 신경 쓰이고 궁금해서 물었거든. 그랬더니 결국은 말해주더라. 집요하게 캐물은 내 잘못도 있어.

**승아 |** 어, 나도. 무슨 큰 병인가 싶어서 계속 유라한테 물어

봤었어.

**민서 |** 나한테만 알려 주는 거라고 하더니 다 얘기했었구나.

**은하 |** 걔도 자기가 이 얘기한 거 소연이한테 꼭 비밀로 해 달라고 하더라.

**소연 |** ...걔는 정말 일부러 그런 거야, 뭐야?

**승아 |** 그럼 소연이 너는 우리가 그 사실을 알고 있었다는 걸 어떻게 알게 됐어...?

**소연 |** 그맘때 너희한테서 갑자기 몸은 괜찮은지 안부 묻는 연락 오고, 영양제랑 기프티콘 같은 거 나한테 보내 주고 해서 내가 어떠한 수술을 받은 건 아는구나 싶었지.

**민서 |** 그냥 모른 척 할 걸 그랬나.

**소연 |** 아냐, 영양제는 민서 네가 보내준 거잖아. 그건 정말 고마웠어. 그래도 유라가 나 수술할 때 같이 병원 가주고, 수술 끝나고 나서도 퇴원할 때까지 옆에 있어주긴 했어. 참 고맙긴 한데 뒤에서 너희한테 다 얘기할 줄은 몰랐지.

**승아 |** 그럼 넌 왜 유라한테만 그걸 말하게 된 거야?

**소연 |** 실은… 그 당시 만나던 남자친구 사이에서 원치 않는 아이가 덜컥 생겨서 너무 당황스럽고 무서웠어. 그래서 남자 경험이 가장 많은 유라한테 물어봤어. 혹시 너도 이런 적 있냐고, 나 이제 어떻게 해야 하냐고. 그리고 유라 어머니가 산부의과 의사시잖아. 그래서 유라한테만 고민상담을 하게 된

거야.

**민서 |** 그랬더니 유라가 뭐래?

**소연 |** ...이건 정말 비밀이라고 하면서, 실은 자기도 두 번 수술 받은 적 있다고, 엄마 말고 다른 먼 곳 병원에서 했었다고 솔직하게 말해주더라. 그래서 결국 유라가 알려준 병원에서 했어.

**승아 |** ...두 번이나?

**민서 |** 아… 난 유라도 그런 줄은 전혀 몰랐어.

**은하 |** 하긴, 자기 엄마한테 그런 수술을 받을 순 없으니까.

**소연 |** 아, 이번엔 내가 말실수를 했구나.

**민서 |** 뭐, 지난 일이니까.

**승아 |** 세상에 비밀이 어디 있겠어.

**소연 |** 그런데 나… 이 얘기까지 꺼내도 될진 모르겠거든.

**은하 |** 야, 이미 말 다 나온 판국에 뭔 소리야.

**민서 |** 그래. 이어서 말해봐. 뭔데?

**소연 |** ...듣고 너네 너무 충격 받지 않았으면 좋겠어.

**승아 |** 뭐 어떤 얘긴데...?

**소연 |** 유라가 두 번째로 지운 애… 실은 은하 마지막 남자친구 애일 거야.

**은하 |** ……

**승아 |** 뭐...?

**민서 |** 설마.

**은하 |** …와. 미친. 뭐라구?

**민서 |** 너 지금 농담하는 거 아니지?

**소연 |** 너무 황당한 얘길 이제 와서 꺼내서 미안하지만… 농담은 아냐.

**승아 |** 말이 안 나와….

**소연 |** 은하랑 그 남자랑 헤어진 후에 만난 거기도 하고, 이 사실을 은하 너한테 말했다가는 우리 사이에 균열이 생길까 봐 그냥 입 닫고 있었어. 이제 와서 말해서 정말 미안해. 유라 걔는… 그런 애였어.

**은하 |** …….

**민서 |** 은하 전 남친도 유라가 소개해준 애 아냐?

**소연 |** 그랬을걸. 걔네 아마 원래 친구사이였을 거야.

**승아 |** 너는 그럼 어떻게 그 둘이 사귀고 수술까지 한 걸 알게 됐는데?

**소연 |** 이게 어떻게 된 거냐면… 시술 문제 때문에 유라랑 둘이 카페에서 얘기하고 있는데, 걔가 잠깐 핸드폰 두고 화장실 간 사이에 전화가 왔었어. 나도 모르게 눈길이 가서 화면을 봤더니 조금 낯익은 얼굴이 보였고 이름에도 하트가 붙어 있었거든. 유라 몰래 핸드폰 들고 좀 더 가까이서 그 사진을 살펴보니 역시 은하 전 남친이 맞더라. 그리고 얘가 전화를 안

추모식

받으니까 이어서 화면에 팝업창으로 메시지가 떴어. 이제 몸은 좀 괜찮아졌냐고, 그때 일을 너무 힘들어하지 말라고, 아직은 우리는 아이를 맞이할 준비가 안 되어 있었으니까 너무 낙심하지 말자고…. 그거 보고 얼마나 놀랐는지 몰라. 정말 기가 막힌 우연이었어. 어떻게 그 메시지를 그 순간에 딱 보게 됐는지 나도 참 경악스러워. 유라 걔도 화장실 다녀오고 나서 지 핸드폰 보더니 갑자기 내 눈치 엄청 보더라고. 나는 완전히 모르는 척 했지만.

**민서 |** 헐. 은하 얘 지금 몸 엄청 떨어…

**은하 |** …장유라 그년, 죽일 거야… 죽여버릴 거야… 어떻게 그렇게 뻔뻔하게 날 엿먹여…?

**승아 |** …이미 유라는 죽었잖아….

**은하 |** 나 지금 너무 배신감이 커서 한번 더 죽이고 싶을 정도야! 장유라 걔는 내가 그 남자랑 헤어지고 얼마나 힘들었는지 뻔히 알면서, 심지어 애까지… 와….

**소연 |** 나도 처음 알았을 때 장유라가 진짜 미쳤다고 생각했어.

**승아 |** 울지 마….

**민서 |** 자, 휴지.

**은하 |** 나 지금 너무 충격이 커…. 나 걔랑 헤어지고 술집에서 울고불고할 때 장유라도 너희랑 같이 내 어깨 두드려주고 손

잡아주고 했는데 그게 다 가식이었다니… 걔 진짜 배우 해도 됐겠는데? 진짜 미친 연기력이야. 나는 그 남자새끼보다 장유라가 더 가증스러워. 무서울 정도야.

**승아 |** 하아… 나도 지금 너무 충격이다. 진짜.

**은하 |** 나 손 떨리는 게 안 멈춰.

**소연 |** 내가 괜한 얘길 꺼내서 진짜 미안해. 끝까지 입 닫고 있으려 했는데 한번 이런 얘기가 나오기 시작하니까 그게 잘 안 된다.

**은하 |** 아니. 지금이라도 알게 돼서 다행이야. 계속 몰랐다면 나는 여전히 장유라를 불쌍하게 여기고 있었겠지.

**민서 |** …은하 애 술 좀 더 먹이자. 오늘 같은 날은 진탕 마셔. 너 꽐라 돼서 못 걸어도 내가 책임질게. 그만 울고.

**은하 |** 내가 누구때문에 남자를 못 만나는데…

**승아 |** …술을 벌써 거의 다 먹었네. 내가 주문할게.

**은하 |** 아아… 머리가 어질어질하다. 뒤통수를 야구방망이로 엄청 세게 맞은 기분이야.

**소연 |** 그러니까 이제 걔 불쌍해하지 마. 나도 여태껏 이건 정말 아니라고 생각했어.

**민서 |** 아무리 남자를 좋아해도 정도가 있지, 친구의 남자까지…

**은하 |** 하아…….

추모식

**직원 |** 뭘로 주문하시겠어요?

**승아 |** 저희 하이트 2000cc랑 소주 한 병 주세요. 얘들아, 안 주는?

**민서 |** 오뎅탕 다 먹고 고르자. 일단 술만.

**직원 |** 더 필요한 거 있으세요?

**승아 |** 아, 여기 휴지도 좀 더 갖다 주세요.

**민서 |** ...소연아.

**소연 |** 왜?

**민서 |** 이제 나도 그냥 솔직히 말할게.

**은하 |** 왜? 뭔데...?

**민서 |** 일본에서 네 지갑 훔친 것도, 아마 장유라 짓일 거야.

**소연 |** 뭐...?

**은하 |** 난 이제 놀랍지도 않다.

**승아 |** 와…

**민서 |** 우리 일본 갔을 때 너네 셋이 같은 방 썼고, 나랑 장유라가 유독 짐이 많아서 우리 둘이 같은 방 썼잖아. 그때 봤어. 걔가 캐리어 정리하고 있을 때 네 지갑 비슷한 게 언뜻 보였거든. 그거 쨍한 보라색 맞지?

**소연 |** 어. 맞아. 그래서?

**민서 |** 보통 지갑을 두 개 들고 다니진 않잖아. 근데 내가 직접 열어본 것도 아니라서 100퍼센트 확실하진 않아. 그 순간

에는 그냥 잘못 본거라고 생각하고 넘어가려고 했는데, 지금
와서 생각해보면 왠지 맞을 것 같다는 생각도 들어. 그런 색
깔의 지갑이 흔하지 않으니까.

**소연 |** ...아마 맞을 것 같아.

**은하 |** 걔가 정말 미친년이었구나….

**소연 |** 민서 넌 왜 여태 나한테 말 안 해줬어...?

**민서 |** 너무 늦게 말해서 미안해. 나도 괜히 그걸 말했다가는
우리 사이에 큰 문제가 생길 것 같아서 불안했어. 정말 너랑
같은 마음이었어. 그냥 그때 바로 장유라랑 손절했어야 했는
데. 왜 그냥 숨기고만 있었는지…

**승아 |** 이건 완전 절도잖아. 그것도 친한 친구 사이에서.

**은하 |** 어쩐지 걔, 귀국 전날에 쇼핑 엄청 하더라.

**소연 |** 얘들아, 심지어 장유라도 그때 나한테 돈 빌려줬어…
이거라도 보태 쓰라고….

**은하 |** 와. 세상에…

**민서 |** 걔 진짜 연기로 갔어야 했다.

**소연 |** 이젠 내가 손이 다 떨린다. 내가 그때 얼마나 패닉이었
는데… 그렇게 뻔뻔한 얼굴로 나한테 돈을 빌려주겠다고…

**은하 |** ...이제 와서 그 아이에 대한 아주 많은 걸 알게 됐네.

**소연 |** 걘 악질이야. 진짜 악마 같아.

**민서 |** 사실 나 고딩 때부터 걔 좀 맘에 안 들었어. 우리 일원

추모식

이니까 어쩔 수 없이 같이 다니긴 했지만.

**은하 |** 나는 개랑 초등학교 동창이었잖아. 나는 그때도 개 별로였어. 어린 애가 그때부터 남자 엄청 밝히는 게 보였거든.

**소연 |** 난 너희가 그런 생각 하는지 그땐 전혀 못 느꼈는데.

**민서 |** 그때는 내가 감정을 잘 숨겼나봐. 그래도 장유라가 예쁘기도 했고, 개랑 얘기하면 재밌긴 했으니까.

**승아 |** 맞아. 그리고 개가 남자 소개도 곧잘 해줬지. 내 전남친도 유라가 소개해준 애잖아. 결과는 더러웠지만 은하도 그렇고.

**소연 |** 근데 승아 네 전남친도 유라랑 잠깐 썸 탔던 애였다고 했지?

**승아 |** 그렇긴 해. 유라가 버린 걸 내가 주워서 집에 가져 온 느낌이긴 했지. 그래도 그 남자가 완전 내 스타일이었으니까 크게 상관은 안 했어.

**은하 |** 그 남자도 결국 장유라랑 바람난 거 아냐?

**승아 |** 그건 확실히 아니야. 개랑 바람난 여자애 얼굴은 내가 확인했어.

**은하 |** 혹시 모르지. 너랑 만나는 와중에도 장유라가 니 전남친 건드렸을지.

**승아 |** ...잘 모르겠어. 그 얘길 들으니 이제 와서 좀 찜찜하긴 하다.

**민서 |** 지금 좀 충격에, 충격에, 충격이야.

**소연 |** 그러게… 머리가 띵해.

**은하 |** 장유라가 이런 애라는 걸, 걔 남친도 알고 있었을까?

**소연 |** 그 남자애는 장유라 얼굴이랑 몸매에만 미쳐있었겠지. 탑급 연예인같이 생긴 애가 자기한테 애교 부려, 마음 줘, 몸 줘…

**민서 |** 내가 보기엔 장유라는 그 남자를 엄청 좋아하는 거 모르겠던데.

**은하 |** 걘 항상 그랬어. 항상 자기가 갑이었을걸. 남자들은 걔 한테 다 매달리는데. 딱 서강준만 빼고.

**소연 |** 근데 장례식장에 걔 전남친들도 줄줄이 온 거 봤어?

**승아 |** 아, 맞아. 나 걔들 봤어. 서강준은 못 봤고.

**민서 |** 장관이더라. 무슨 수집품들도 아니고.

**은하 |** 그 남자들 의리 있네. 전여친 장례식에도 오고.

**승아 |** 그러게. 현남친이 거기서 버젓이 엉엉 울고 있는데 말이야.

**소연 |** 나라면 전남친들 장례식 안 가. 가서 또 영정사진으로 그 면상 봐야 되잖아.

**민서 |** 맞아. 나도 내가 찼든 차였든 이미 끝난 사람은 장례식도 안 갈 것 같아.

**직원 |** 주문하신 거 나왔습니다. 더 필요한 거 없으세요?

추모식

**승아 |** 네, 괜찮아요.

**은하 |** ...나 솔직히 유라 걔 그렇게 죽은 거, 천벌 받았다고 생각해.

**소연 |** 맞아, 하나도 안 불쌍해. 걔가 뭐 산산조각나든 말든.

**은하 |** 나 솔직히 걔가 연극보느라 늦은 거 민서한테 제발 말하지 말라고 나한테 사정사정할 때, 기분 좀 좋더라. 내가 걔 머리꼭대기에 있는 것 같아서. 하하.

**민서 |** 있잖아, 나는 혹시라도 걔 남친이 장유라를 죽이고 사고로 은닉하려고 했던 거라면 정~말로 재밌을 거 같애. 이거 완전 공포영화다. 누가 시나리오 좀 써 주라.

**소연 |** 와, 개무서워. 그게 사실이면 대박이다. 남친이 장례식장에서 울고불고한 거, 다 연기고 하면. 그래도 참 신기한게, 장례식장에선 눈물 나오더라. 분위기가 슬퍼서 나도 모르게 그랬나봐. 웃겨.

**승아 |** …….

**민서 |** 어, 뭐야. 얘 얼굴 빨개.

**승아 |** ...아니야. 신경 쓰지 마.

**소연 |** 헐, 얘도 지금 우는 거야? 우리가 말을 너무 심하게 했나?

**은하 |** 여기, 냅킨. 나는 벌써 눈물 다 말랐어.

**민서 |** 승아 너는 왜 우는데?

**승아 |** …나 유라가 이렇게 나쁜 행동을 서슴없이 저지르는 앤 줄 몰랐어. 그리고 그런 인격을 갖게 된 것 자체가 안타까워. 그래도 유라 부모님은 좋은 분이셨잖아. 아까 장례식장에서 유라 어머니가 울다가 쓰러지시는 거 보고 나도 너무 마음이 아프더라. 아버지도 엄청 우시고… 유라가 하나뿐인 외동딸이잖아. 부모님이 우리 오니까 막 안아주시고, 손 잡아주시고 그랬는데… 하아…

**은하 |** 하긴, 걔 부모님은 얼마나 상심이 크시겠어. 둘도 아니고 하나뿐인 딸이니까. 그렇지만, 역시 자식 인성교육은 중요해.

**소연 |** 승아 네가 교회를 다녀서 그런지 마음이 여리구나.

**민서 |** 교회는 나도 다니는데. 교회 다니는 거랑 마음 여린 거랑 별로 상관없어.

**소연 |** 동정심에 울 거 없어. 그런 애는 죽어도 싸. 유라 부모님은 부모님이고 걔는 걔야. 승아 너는 사업하는 애가 마음이 여려서 탈이야. 험난한 인생, 강인한 마음을 갖고 살아야지.

**은하 |** 그래. 장유라, 지옥에나 떨어져버려라.

**승아 |** 나는 걔 부모님이 더 안타까워서 그래.

**소연 |** 스물여덟까지 그렇게 부족함 없이 살았으니 걘 별로 자기 인생에 후회는 없을 거야.

**은하 |** 아니. 걘 저승 가서도 남자 찾아다니고 있을 애야.

**민서 |** 걔, 피투성이 귀신 돼서 우리한테 찾아오는 거 아냐?

**은하 |** 야, 찾아오라 그래. 내가 머리끄댕이를 확!

**민서 |** 푸하하하하.

**소연 |** 헐. 야, 알고 보니 걔 지금 옆에 서서 우리 얘기 다 듣고 있는 거 아냐?

**민서 |** ...야, 정소연. 분위기 잡지 마. 재수 없어.

**승아 |** 그러게. 좀 무섭다.

**은하 |** 얘들아, 서로 어깨 털어주자.

**민서 |** 내 어깨도 좀 털어 줘.

**승아 |** 나도, 나도.

**소연 |** 서로 다 털었지? 그럼 얘들아, 건배나 하자.

**은하 |** 그래. 이럴 때는 또 짠을 해 줘야지.

**민서 |** 다들 잔 채워.

**소연 |** 실컷 마시자, 오늘은. 그런 년은 처음부터 없었던 셈 치는 거야.

**소연, 승아, 은하, 민서 |** 우리 네 명의 영원한 우정을 위하여, 건배!

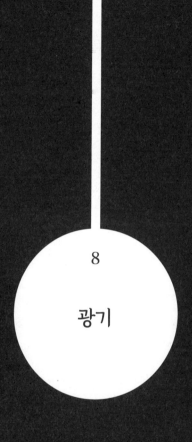

8

광기

큰일났다. 아아… 어떡하지. 정말로 큰일을 저질러버렸다. 손 전체가 후들후들 떨려온다. 떨리는 손에 새빨간 피가 잔뜩 묻어 있다. 손이 흔들림과 동시에 피가 뚝뚝 방울져 떨어진다. 그리고 일을 저지르는 데 중요한 도구가 된, 피범벅이 된 부엌칼이 내 눈앞에 있다. 내가 지금 사람을 죽인 것 같다. 그것도 내가 정말 사랑했던, 함께 이 집에 사는 남자를 말이다. 내 앞에서 축 늘어진 채로 미동조차 하지 않는 이 남자는 내 남편이다. 아니, 이미 죽은 것 같으니 남편이었다고 해야 맞는 걸까. 그건 그렇고 내가 지금 사람을 죽인 게 맞는 걸까? 정말 이 사람은 죽은 걸까? 나로 인해? 나의 살인 행위에 의해…?

나는 손뿐만 아니라 몸까지 덜덜 떨며 누워 있는 그에게 가까이 다가간다. 그리고 피를 머금은 그의 입에 내 입을 가져다 댄다. 그리고 애써 숨을 넣어 인공호흡을 시도한다. 여러 차례 시도를 해도 그는 아무런 미동도 없다. 이미 그는 생명이 있는 존재가 아닌, 싸늘한 물체가 되고 만 것이다.

몇 분 전으로 돌아가야 할까. 5분? 10분? 그래, 30분쯤 전인 것 같다. 그는 목에 칼을 맞았고, 칼을 휘두른 건 나였다. 그에게 휘두른 칼이 그의 혈기가 도는 목덜미에 닿음과 동시에 피는 사방으로 튀었다. 하얀 벽지에도, 흰 장롱에도 새빨간 물감을 묻힌 붓을 강하게 털어낸 듯 튀었다. 그리고 그는 손으로 목을 감싼 채 바닥에 쿵 하고 쓰러졌다. 그는 몸을 부들부들 떨며 쉰 목소리로 이렇게 말했다.

"빨리 119… 불러줘… 허억…"

그것은 나를 원망하는 말이 아니었다. 살기 위한 발악이었다. 하지만 나는 구급차를 부르지 않았다. 그리고는 그에게 싸늘한 한마디를 침 뱉듯 내뱉었다.

"난 널 죽일 건데 왜 119를 불러야 돼?"

그 말을 들은 그의 충혈된 눈동자가 떨리는 것을 보았다. 그는 말을 잇지 못했다. 대신 내가 말을 이었다.

"왜냐구? 너는 나를 두고 다른 년이랑 바람이 났으니까. 나

광기

는 당신을 절대 용서하지 않을 거야. 용서할 수가 없어."

나는 미쳐버리고 만 것이었다.

"살려… 헉… 사, 살려 줘…."

그는 피가 계속 흐르는 목을 부여잡고 바닥에 누운 채로 나를 바라보며 힘겹게 말했다.

"지금 그 고통이 내가 겪어온 심리적 고통이랑 크게 다를 바가 없을 거야."

나는 냉정한 눈초리로 그를 내려다보며 말했다. 그는 몸을 부들부들 떨며 가쁜 숨을 내쉬었다. 초점은 계속 나를 향해 있었다. 나도 그를 노려보았다. 그리고 시간이 지나 그의 숨을 헐떡이는 소리가 점점 엷어졌고, 그는 결국 초점을 잃은 채 숨통이 끊어졌다. 사람이 한을 품고 숨이 멎을 때처럼, 눈을 뜬 채로. 나도 멍하니 그 광경을 바라보고 있었다. 그 상태로 얼마나 지난 걸까.

나는 다시 정신이 퍼뜩 내 머릿속으로 들어오는 느낌이 들었다.

그리고 바로 내 눈앞에는 피투성이의 그가 싸늘한 주검이 되어 있었다. 내 손은 여전히 덜덜 떨렸다.

"아아… 어떡해… 내가 죽였네… 어떡하지…."

나는 실성한 듯 혼잣말을 내뱉었다. 사람을 죽이고 말았다.

그것도 내가 정말 사랑했던 남자를.

 살인은 영화나 뉴스에서만 나오는 미디어 속의 이야기인줄로만 알았다. 그런데 그 잔혹한 짓을 지금 내가 내 손으로 저지르고 말았다. 그렇다면 나는 살인자인가? 그래, 살인을 했으니까 살인자가 맞다. 그러면 경찰서에 가게 되고, 교도소에 가게 되고… 살인을 했으니까 아마도 사형이거나 죽을 때까지 갇혀 살아야겠지...? 그리고 가족, 친구뿐 아니라 모든 사람들의 질타를 받고 매스컴에도 보도되겠지. 텔레비전 뉴스에도, 인터넷 뉴스에도, 신문에도 내 얼굴과 내 이름이 나오겠지. 죽은 내 남편은 피해자로, 나는 가해자로…. 이건 꿈이 아닌 현실인 걸까? 이게 정말 내가 한 짓이 맞는 걸까? 내가 정말 남편을 죽인 살인자일까?

 다시 그에게 인공호흡을 시도했다.

 후욱, 후욱, 후욱…

 그러나 그는 아무런 미동도 없었다.

 나는 얼이 빠진 채로 벽에 힘없이 기대어 허공을 바라보았다.

 한때 정말 사랑했던 사람을 내가 죽이고 말았다.


 그와 나는 2년 전 결혼한 사이이고, 결혼 전에는 2년이 조금 안 되게 만나 연애했다. 내가 대학을 졸업하고 막 의류 회사에 들어갔을 무렵에 그를 알게 되었다. 그와는 무난하게 지인의 소개로 만났으며, 그는 나보다 두 살이 많고 IT업계에 다니는 보통의 회사원이었다. 그는 호감형 외모에 다정하고 매너가 좋았으며 여자를 대하는 데 조금 능숙한 편이라고 느꼈다. 그가 차를 가지고 있었기에 우리는 주로 드라이브 데이트를 즐겼다. 서로 사는 지역은 같은 서울이었고 그의 집에서 우리 집까지 차로 20분 정도가 걸렸다. 그는 항상 우리 집 앞까지 나를 데리러 와 주었다. 집을 나와 설레는 마음으로 그의 차 조수석에 타고 안전벨트를 매면 그는 사랑이 가득 담긴 눈으로 나를 바라보며 항상 이렇게 나에게 물었다. "오늘 하루는 어땠어?"

 당시 나는 부모님과 함께 살고 있었고 그는 부모님이 지방에 계시기에 서울에서 혼자 살고 있었다. 드라이브를 마치면 나는 주로 그의 집에서 묵곤 했다. 나도 그다지 어린 나이가 아니었고 부모님이 다른 집보단 개방적인 편이었기 때문에 애인의 집에서 묵는 일이 딱히 금지된 일은 아니었다. 그렇게 자주 만남을 이어오다, 사귄 지 반년 정도가 되었을 무렵에 임신이 되었던 적이 있다. 그는 당시에 아기를 낳자고 했었다. 하지만 나는 아직 우리가 결혼한 사이도 아니어서 혼전임신에 대해 주위 사람들이 왈가왈부하는 것이 싫었고, 무엇보다 내 일을 좀 더 하면서 돈을 벌고 싶었다. 또한 내 복부에

멋대로 들어선 존재에 대한 애착도 없었다. 그 얘기를 그대로 전달했더니 그는 "네가 그렇다면 어쩔 수 없지, 알겠다."고 말하며 수긍했다. 그리고 우리는 함께 산부인과에 가서 수술을 받기로 했다. 수술 비용은 그가 전부 마련해 주었다. 그런데 그 수술은 예상했던 것보다 훨씬 고통스러웠다. 마취를 했는데도 온몸이 부들부들 떨리며 식은땀이 나고 소름이 끼칠 정도의 아픔이었다. 차가운 기계가 아래를 사정 없이 쑤셔댔다. 나는 계속 비명을 질렀다. 수술은 생각보다 빨리 끝났지만 다시는 겪고 싶지 않은 끔찍한 경험이었다. 그런데 스스로가 너무 냉정하다고 생각이 들 정도로 나는 아무런 슬픔도, 죄책감도 느끼지 못했다. 한 생명이 내 배를 스쳐 지나갔다는 자각조차 없었다. 뱃속에서 생명이 내 배를 발로 차고, 꼬물거리면서 나와 육체적으로도 정신적으로도 교감했던 일이 없기 때문일까. 단지 여자라는 이유로 혼자서 극심한 고통을 느껴야 했던 것이 분노스러웠다. 수술을 마친 후, 나는 의사의 말대로 하루 동안 회복실에 누워 있었다. 그때 내 곁을 지키던 그가 눈물을 보였다. 그걸 보고 내가 물었다. "왜 울어?"

그러자 그가 대답했다. "...우리 아이가 될 수도 있었는데….."

"그렇게 아기가 가지고 싶었어?"

"딱히 크게 원한 건 아니었지만 뭔가 이름도 생김새도 모를

광기

그 아이에게 미안한 마음이 들어."

그 말을 들은 내가 그에게 되물었다.

"그럼 나는 뭐가 되는데?"

아무튼 우리는 그 일을 잊기로 했다. 서로의 부모님도, 서로의 친구들도 그 일을 몰랐다. 우리 둘도 애써 잊어버려야 하는 비밀이었다. 그러고 나서도 우리는 변함없는 연애를 지속했다.

그러나 그 '변함없는'것이 나만의 착각이었을지도 모른다.

언제부터인가 그는 나를 의심하게 만드는 행동을 보였다. 가끔 심심하면 구경하던 그의 휴대폰이 어느 날부터 잠금장치가 설정되어 있었다. 왜 설정해 놓았는지 물어보면 직장 동료들이나 친구들이 자꾸 자신의 폰을 멋대로 보려 하는데, 그게 짜증이 나서 설정해 두었다고 한다. 그때는 나도 굳이 그에게 잠금장치를 풀어서 휴대폰을 보여 달라고 하진 않았다. 나름 대로 사생활이 있겠지, 하고 넘어가려 했다.

그리고 그 후, 우리가 함께 했던 밤의 드라이브 데이트의 횟수가 조금씩 줄어드는 것 같다고 느껴졌다. 내가 그에게 '오늘 차 끌고 어디 나갈까?'하고 메신저로 물으면 오늘 야근이거나 회식이 있어 늦는다는 대답이 돌아오는 날이 조금씩 늘어나기 시작했다. 쎄한 감이 왔다. 여자의 촉은 무시할 바가 못 된다고 생각한 나는 날을 잡고 그에게 지금 내 앞에서 휴대폰의 잠금 설정을 해제하라고 말했다. 그는 오랜만에 만났는데 왜 갑자기 이런 행동을 보이느냐며 어이없어했다.

"됐고, 한번 내 앞에서 풀어 봐." 내가 단호하게 말하자, 그는 휴대폰과 가방을 가지고 카페를 나가버렸다. 그리고 나는 한동안 그 자리에서 멍하니 앉아 있다가, 나 역시 짐을 챙기고 밖으로 나가 전철을 타고 집으로 돌아왔다. 우리가 이대로 어이없게 헤어지는 건가 하는 생각이 머릿속을 맴돌았다. 이어서 절망감이 내 온몸을 감쌌다. 그리고 오히려 내 쪽이 그에게서 먼저 연락이 오길 바랐다. 나도 모르는 사이에 이미 그에게 많이 의지하고 있다는 걸 깨달았다. 그리고 이틀 정도 연락이 없던 그에게서 먼저 전화가 걸려왔다. 그의 첫 마디는 "미안해"였다. 나는 그의 목소리를 이어서 들어보았다.

"최근에 회사에 갓 들어온 여자 인턴과 이런저런 일이 있어서 도와주다가 조금 친해졌어. 그렇긴 해도 깊은 사이는 절대 아니야. 아주 가벼운 스킨십조차도 없었어. 전혀 아무런 사이도 아닌데 그 여자와의 메신저 대화를 네가 보면 괜히 오해를 사고 그 오해가 더 깊어져서 정말 헤어지게 될까봐 겁이 나서 피한 거였어. 그리고 잦아진 야근과 회식은 거짓이 아니라 사실이야. 아무튼 이제 그 인턴이랑 다시는 연락 안할게. 제발 믿어줘. 부탁이야."

수화기 너머로 들려오는 그의 애절한 목소리에 나는 살짝 마음이 아파졌다.

"이번 일은 일단 용서해 줄 테니 그 여자와는 더 이상 친밀해
지지 말고 아무 사이도 아닌 관계로 돌아가. 그리고 혹시 모
르니 그 여자 번호는 받아둘게. 그 사람한테 직접 전화를 걸
일은 없겠지만."

"...알겠어, 번호 넘길게. 그렇지만 회사에서 얼굴 붉힐 일 없게
괜히 쓸데없는 연락은 하지 말아줘. 부탁할게."

나는 그가 나에게 다시 돌아와 준 것에 대해 안도하고 싶었
다. 하지만 벌써 안도하기는 일렀다. 그전에 제대로 확인을
하고 싶었다. 나는 그에게 말한 것과는 다르게, 날을 잡고 그
녀에게 전화를 걸었다. "누구세요?"하고 묻는 그녀의 낯설고
앳된 목소리에 나는 이렇게 말을 이어나갔다.

"갑자기 이렇게 전화드려서 죄송해요. S씨 맞으시죠? 저도
그쪽 회사에 있는 XX씨의 전 여자친구 되는 사람인데요, 제
가 왜 전화를 드렸냐면… 저는 XX씨가 평소에 저한테 성(性)
적으로 무리한 걸 요구하는 게 너무 많아서 헤어졌거든요. 혹
시 그쪽도 뭐 당하신 거 없나 해서 여쭤보려고 전화드렸어요.
저 같은 피해자가 또 있을까봐서요."

실제로 그런 일은 딱히 없었다. 내가 그 여자를 시험하기 위
해, 그와 관계를 가진 적이 있는지 확인하기 위해 그렇게 물
은 것이었다. 나는 침을 꼴깍 삼키며 그녀의 대답을 기다렸

다.

"아, 그러셨구나… 그분이 그랬어요? 저한테는 그럴 때 딱히 뭘 요구한 건 없었어요. 그냥 평범했던 것 같은데…."

그 대답을 듣자마자 심장이 쿵쾅쿵쾅 뛰는 것을 느꼈다. 나는 애써 차분한 척을 하며 질문을 이었다.

"아아. 그랬어요? 그러면 왜 나한테만 그랬을까. 이상하네요. 그럼 혹시 지금 두 분이 사귀고 계신가요? 혹시 제가 너무 무례한 질문을 했나요?'

"음… 제가 그쪽 얼굴도 성함도 모르긴 하지만 솔직히 터놓고 말씀드리면 그냥 몇 번 그런 관계가 있었던 것뿐이고 지금은 그냥 서로 회사에서 일 얘기만 하면서 지내고 있어요. 사귀는 관계도 아니에요. 전에 조금 친해질 뻔 했다가 그쪽에서 갑자기 차갑게 대하셔서 그냥 그런가보다, 했죠. 전 이제 별 감흥도 없어요."

나는 그 말에 대답도 하지 않고 전화를 끊었다. 그리고 당장 전철에 올라타서 그의 회사로 향했다. 그의 회사 앞에 도착한 후, 그에게 전화를 걸었다. 몇 번의 신호음이 간 후, 그가 조심스러운 목소리로 전화를 받았다.

"여보세요, 자기? 나 지금 일 중인데 메신저로 남겨줄 수 있어?"

"닥치고 지금 너 회사 앞으로 안 내려오면 회사랑 네 인생을 엉망으로 만드는 수가 있어."

 내가 분노를 머금은 목소리로 말하자 그는 눈치를 챘는지, 몇 초간 뜸을 들이는 것 같았다. 그리고 전화를 끊고 곧장 회사 앞으로 그가 내려왔다. 그의 상기된 얼굴이 내 시야에 보이자마자 나는 그의 뺨을 휘갈겼다. 짝, 하고 피부를 찢는 듯한 소리가 공기에 퍼졌다. 그는 손으로 한 쪽 뺨을 감싼 채 놀란 눈을 하며 나를 바라보았고, 나는 분노로 가득 찬 눈동자로 그를 노려보았다.

"그 여자랑 아무 사이도 아니었다며?"

"...걔랑 얘기했어? 만났어?"

"너는 입 다물고 내가 묻는 말에 답해. 걔랑 잔 거 맞지?"

"……."

그는 잠시 말이 없더니 눈동자를 밑으로 내리깔며 말했다.

"정말 미안해. OO아, 정말 미안해, 진짜 내가 정말…."

그러더니 내 앞에서 무릎을 꿇고 빌기 시작했다.

"지금은 아무 사이도 아니야. 내가 확실히 쳐냈어. 진짜야. 제발 믿어줘. 정말 아주 잠깐 그랬던 것뿐이야. 내가 정말 죽을 죄를 지었다. 다시는 이런 미친 짓 안 할게. 제발 나 용서해 주라. 부탁이야. OO아, 진짜 나는 너 뿐이다, 정말로. 나 정말 진심이야."

 그가 나에게 거짓말을 했던 게 분하기도 하고, 지금 내 앞에서 모든 것을 내려놓고 무릎을 꿇은 채 싹싹 빌고 있는 그의 모습이 불쌍하기도 해서 나는 눈물을 터뜨리고 말았다. 나의 눈물을 본 그 역시 무릎을 펴고 일어나 나를 꽉 안고 통곡하며 사죄했다. 그의 뜨거운 눈물이 내 뺨에 닿았기 때문일까. 금세 마음이 약해진 나는 그를 이번에도 용서하기로 했다.

 그리고 시간이 지나 그와 나는 다시 예전으로 돌아와 밤 드라이브 데이트를 자주 즐겼다. 야근과 회식이 다시 줄어든 걸 보니 그때 역시 거짓말을 했던 것을 알 수 있었다. 배신감이 조금은 남아있었지만 이미 내가 그를 용서했으니 과거의 일은 떨쳐내기로 했다. 그 이후, 그는 다시 한없이 다정한 사람으로 돌아왔다. 아무리 찝찝한 과거가 있다고 해도 그가 원래대로 돌아왔으면 그만이라고 생각했다. 그리고 몇 개월 후, 그는 나에게 한강과 야경이 보이는 한 레스토랑에서 나에게 반지를 주며 청혼했다. 내가 그를 사랑하는 애정도나 그가 나를 사랑하는 애정도, 그의 나쁘지 않은 재력, 그리고 미처 잊어버리지 못한 함께 겪은 아픔을 생각해 보면 그의 청혼을 거절할 일이 없었다. 그 당시에는 너무 감격스러워서 그가 한 번 바람을 피웠다는 사실은 새카맣게 잊고 있었다. 나는 그의 청혼을 받아들였고, 그가 내 약지에 반지를 끼워주었다. 그리고 나도 그도 눈물을 흘렸다. 레스토랑의 직원들도, 주위에 앉아있던 손님들도 그 순간을 함께 축하해 주었다. 그 축하 가운데서 우리는 한없는 행복과 기쁨을 느끼며 서로를 안아 주었다.

결혼을 결심한 우리는 양가의 허락을 받고 결혼 준비를 진행했다. 그가 혼자 살던 집은 내놓았다. 우리가 앞으로 함께 살 신혼집은 그의 부모님이 보유한 집 몇 채 중 한 채라고 했다. 지방이었지만 서울 근교라 교통에 있어서 크게 불편한 것은 없었다. 무난한 결혼식을 마치고, 우리는 남들과 크게 다를 바 없는 부부가 되었고 무난하게 행복한 그런 신혼을 즐기기 시작했다.


그런데, 다시 이상한 촉이 도지기 시작했다.

지난번처럼, 다시 그에게 회식과 야근이 잦아지기 시작한 것이다.

처음에는 회사가 그를 가만히 두지 않는구나, 그가 애쓰는구나 하고 안타까워하며 그를 안쓰럽게 생각했다. 또 한편으론 그의 말이 사실이길 바랐다. 하지만 지난 날의 잊고 싶은 기억이 스멀스멀 되살아나는 것처럼, 그 불길한 예감은 지난번과 흡사하다는 느낌을 떨칠 수가 없었다. 그럼에도 나는 그 불길함을 애써 부정했다. 이대로의 안정적인 생활이 깨지지 않길 바랐고, 그를 계속 사랑하고 싶었다. 쓸데없는 의심 따위는 하고 싶지 않았다. 그를 믿고 싶었다.

나는 친한 친구에게 전화를 걸어 내 속사정을 털어놓았다.

"나 요즘 다시 내 남편을 의심하는 것 같아. 이러다 의부증 걸린 아내 되겠어."

"여자들 촉감은 무시 못 해. 내가 네 남편 욕하려는 건 아니지만, 바람은 습관이야. 쉽게 못 고쳐."

전화기 너머에서 들려온 친구의 말은 통화가 끝난 후에도 계속해서 머릿속을 맴돌았다.


그날 남편은 야근 때문에 자정이 넘는 시간에 집에 돌아왔다. 그의 얼굴은 매우 지쳐 보였다.

"자기, 요즘 너무 고생하는 거 아니야?"

나는 현관에서 그의 가방을 받아들며 말했다. 오늘 야근을 한 것도 사실일까. 그의 얼굴이 피곤에 찌들어 있으니 아마 사실이겠지. 하지만 친구의 말이 자꾸만 떠올랐다.

'바람은 습관이야.'

"그러게. 나 너무 피곤해서 그냥 바로 자야겠어. 내일 씻어야겠다."

"그래. 고생했으니 양치하고 얼른 자."

그는 넥타이를 풀며 핸드폰을 식탁 위에 두고는, 화장실로 들어갔다. 그러자 그의 핸드폰을 확인하고 싶은 욕구가 솟구

쳐 올랐다. 한 사람의 성격, 취미, 습관, 직업, 생활, 인생 이 모든 것은 그 사람의 핸드폰이 말해준다고 했다. 핸드폰은 그 사람의 분신이나 다름없는 것이라고도 했다. 그가 잠시 화장실에 있는 동안 그의 핸드폰을 볼까 하다가 아무래도 그가 완전히 잠들었을 때 보는 편이 더 낫겠다 싶어, 그가 얼른 침대에 누워 잠을 청하기를 기다렸다.

 항상 같이 잠드는 침대 위에서 나는 그의 옆에 나란히 누워 그의 숨소리를 귀로 관찰했다. 얼마나 지났을까, 그의 뒤척임이 잦아들고 숨소리가 코 고는 소리로 바뀐 것을 들으니 그가 완전히 잠에 들었다는 것을 알 수 있었다. 나는 조심스레 일어나 침대 옆 탁자에 놓인 그의 핸드폰을 손에 쥐었다. 그리고 발소리를 죽이며 안방에서 나온 뒤, 불 꺼진 거실의 소파에 앉아 그의 핸드폰 화면을 켰다. 역시나 패턴 잠금이 설정되어 있었다. 나는 잠시 소파 옆의 스탠드를 켠 후, 어디선가 본 대로 그의 손가락 자국이 화면에 남아있는지 자세히 관찰했다. 그러자 번개 모양으로 자국이 난 것을 발견하고, 그 모양대로 잠금 해제를 시도했다. 그러자 너무나 간단하게 그의 핸드폰은 잠금이 해제되었다.

 가장 먼저 대화 메신저부터 살펴보았다. 순간, 나는 내 눈을 믿고 싶지 않았다. 대화목록 가장 맨 위에는 딱 봐도 갓 대학교를 졸업한 듯한 앳된 여자의 프로필 사진이 보였기 때문이다. 그때의 인턴은 아닌 듯 했다. 그 옆의 메시지 내용은 잘 자라는 의미의 캐릭터 이모티콘이었다. 심장이 쿵쿵 뛰기 시작했다. 나는 서둘러 그 대화 내용으로 들어갔다.

– 대리님, 이따 저희 주차장에서 만나면 될까요?

– 응. 퇴근하자마자 지하로 내려와

– 네! 퇴근까지 우리 파이팅♥

– 파이팅♥

…

– 대리님, 오늘도 맛난 것도 사주시고 집까지 데려다주셔서 너무 감사해요. 그런데 오늘 유독 정말 좋았어요. 어쩜 그렇게 잘 하시는지.. ㅋㅋ 대리님 정말 짱이에요 (>_<)

– 나도 정말 좋았어.

– 우리 회사에 너 같은 여자가 들어와서 너무 행복해.
너도 힘쓰느라 피곤할 텐데 얼른 자고♥

순간 내 안에 있던 이성의 끈이 툭, 하고 끊어지는 소리가 들렸다. 마지막 메시지는 불과 약 한 시간 전에 남편이 보낸 것이었다. 그 부분만 봐도 더 이상 볼 것이 없었다. 핸드폰을 손에 쥐고 있던 손이 바들바들 떨리고, 이빨이 딱딱 부딪히고, 심장이 미친 듯이 요동쳤다. 온몸이 내 의지와는 다르게 마구 흔들렸다. 역시, 야근이라더니 다른 여자와 침대에서 구르고 온 거였다니. 정말 여자의 촉은 무시할 게 못 된다.

"이 멍청하고 악랄한 새끼, 흔적이라도 좀 지우지 그랬니."

나도 모르게 입에서 혼잣말이 튀어나왔다. 분노에 찬 그 목소리는 내가 낸 소리임에도 불구하고 매우 낯설었다. 나는 핸드폰을 내던지고 부엌으로 성큼성큼 걸어가 여닫이 선반에서 부엌칼을 꺼내들었다. 선반에 끌린 날 소리가 시이잉 하고 날카롭게 들렸다. 가장 묵직하고 또 너무 날카로워 요리를 하다 손을 베인 적도 몇 번 있는 칼이다. 그때 나는 제정신이 아니었고 왠지 의무적으로 그렇게 해야만 할 것 같은 생각이 들었다. 나는 그 칼을 한손에 쥔 채로 남편이 잠든 안방 침대로 다가갔다.

"…일어나."

내 목소리는 마치 여자 악마가 내는 목소리 같았다. 여전히 손이 바들바들 떨리고, 이빨이 딱딱 부딪혔다. 내 시야에는 내 손에 들린 것이 무엇인지도 모른 채 여전히 잠들어 있는 남편의 모습이 있었다. 이 사람을 나는 더 이상 용서할 수가 없었다.

"일어나라고."

나는 한번 더 나지막이 내뱉었다.

"잠든 채로 뒤지기 전에 얼른 일어나라."

조금 더 목소리를 크게 내자, 그가 눈을 게슴츠레 뜨는 것이 보였다.

"자기, 왜...?"

그는 아직 상황 파악을 못한 것 같았다.

"너 아주 그냥 습관이구나?"

"여, 여보! 뭐 하는 거야!"

그제야 그가 내 손에 든 것을 발견한 모양이었다.

"나 오늘 너 죽여버릴 거야. 더 이상 용서 못 해."

"여보, 잠깐만 내 얘기 좀 들어봐! 잠깐만! 제발 부탁이야!"

"닥쳐. 나 네 핸드폰 다 봤어. 더 이상 들을 것도 없어. 나보다 더 어린 여자랑 하니까 그렇게 좋았니? 어?"

"자기야! 오해야, 오해! 제발 내 말 좀 들어봐! 응?"

"증거가 다 있는데 오해는 무슨 오해야? 나 이제 네가 살아 있는 꼴을 못 봐. 그냥 오늘 내 손에 죽어!"

"여보! 제발! 정말 다 미안해! 일단 상황을 좀 설명하고 싶어. 그리고 내 핸드폰을 멋대로 보고 멋대로 해석한 자기 잘못도 있는 거야. 일단 내 말을 좀 들…"

어쭙잖은 해명을 늘어놓기 위해 목에 핏대를 세우며 열변을 토하던 그에게 나는 가차 없이 칼을 휘둘렀다. 그러자 그의 어쭙잖은 해명이 뚝 하고 멈추었다. 칼이 그의 혈기가 도는 목덜미에 닿음과 동시에 피는 사방으로 튀었다. 하얀 벽지에도, 흰 장롱에도 새빨간 물감을 묻힌 붓을 강하게 턴 듯이 튀었다. 그리고 그는 손으로 목을 감싼 채 바닥에 쿵 하고 쓰러졌다.

아직 숨이 붙어있을 때의 그는 나에게 살려줄 것을 요청했고, 나는 거절했다. 그리고 얼마 후 그가 숨을 거두었고, 그 모습을 지켜보던 나는 잠시 기억을 잃었다. 그리고 다시 정신을 차린 것이다.


나는 그의 목에 진득하게 굳어 있는 피를 수건으로 닦고 붕대로 감았다. 그리고 축 늘어진 그를 끙끙대며 들어 올려 침대 위로 옮겨 눕혔다. 목숨이 붙어있지 않은 그의 힘없는 몸뚱아리는 침대의 스프링 진동에 따라 출렁였다. 그리고 나는 식어버린 그의 가슴 위에 엎드렸다. 평소대로라면 그의 심장 소리가 쿵쿵 울렸을 텐데, 무서우리만치 그 어떤 소리도 들리지 않았다. 나는 오싹함과 절망감으로 정신이 아득해졌다. 그리고 나는 그의 가슴 위에서 통곡하기 시작했다. 나는 그의 차가운 입술에 몇 번이고 입을 맞췄다. 그리고 그의 몸을 매만졌다. 나를 자주 쓰다듬어주던 손도 쓰다듬었다. 눈물은 계속해서 흘러내리고, 나는 곡소리를 냈다. 울다 지친 나는 그의 팔을 베고 누웠다. 유독 달빛이 환했다. 발정난 수코양이들의 울음소리가 희미하게 들렸다. 눈이 스르륵 감겨왔다.

눈을 떴다. 얼마나 잠든 걸까. 아침은 환히 밝아있었고, 제일 먼저 보이는 건 천장이었다. 그리고 고개를 돌려보니 내 바로 옆에 있는 그의 상체가 흐릿하게 보였다. 잠들고 일어나면 보는 익숙한 광경이었다. 나는 누운 채로 몸을 그의 쪽으로 살짝 돌려 그의 배 위에 내 한쪽 팔을 올려 안았다. 그리고 그도 잠에서 깼는지 살펴보기 위해 고개를 올려다보았다. 그리고 내 시야에는 그의 목에 감긴 붕대와 핏자국이 선명히 보였다. 초점 없이 허공을 바라보는 눈동자도 그대로였다. 나는 다시 몰려오는 공포감에 침대에서 떨어져 나와 악 하고 날카로운 비명을 질렀다. 그리고 황급히 입을 틀어막았다. 혹시라도 이웃집에 들릴까봐서였다. 나는 다시 숨을 헐떡이기 시작했다.

'아니야, 이건 현실이 아니야. 깨지 않는 악몽이야. 제발 이 꿈에서 깨어나자.'

그 순간 울리던 휴대폰 진동 소리에 나는 화들짝 놀라 어깨를 움츠렸다. 내 휴대폰이었으며, 시어머니에게서 걸려온 전화였다. 순간 이 전화를 받아야할지 말지 고민하던 나는 이 전화를 받지 않으면 남편에게 전화가 갈 것이고, 남편도 나도 전화를 받지 않으면 뭔가 일이 생겼는지 의심을 받을 게 뻔했다. 나는 일단 전화를 받았다.

"네, 어머니."

나는 애써 목소리를 차분하게 깔고 말했다.

"아가, 나야. 주말 오전부터 전화해서 미안해. 오늘 새벽에 헬스장 다녀왔는데 글쎄, 나랑 친하게 지내던 그 장씨 여사, 전번에 내가 너한테 몇 번 얘기해서 알지? 그 장씨가 오늘 헬스장에 안 왔더라구. 알고 보니까 쌍둥이 손주가 오늘 새벽에 건강하게 태어났다는 거야. 그것도 남자 여자 하나씩. 너무 축복이지. 그래서 내가 너희 생각이 나지 뭐니."

"아, 어머니 그러셨어요. 정말 좋은 소식이네요."

정말 불행한 소식은, 죄송하게도 당신의 아들이 내 옆에서 싸늘하게 식어 있다는 것이다.

"아무튼 너희들도 몸에 좋은 거 잘 챙겨 먹고 있지? 그 왜, 저번에 내가 영양제 준 것도 있잖아. 얼마나 남았더니?"

시어머니가 몇 달 전 챙겨 준 영양제는 사실 거의 먹지 않았다.

"네, 덕분에 매일 잘 챙겨 먹어요. 걱정 마세요."

"XX이도 잘 있지? 지금 뭐 하고 있어?"

"오, 오늘 출근했죠."

"회사? 오늘 토요일인데 회사를 갔어?"

아차, 오늘이 주말이었구나. 나는 그새 날짜 개념도 잊고 있었다.

"네, 어머니. 오늘 회사에서 일이 생겼대서 아침에 보냈어요."

"그렇구나. 주말인데도 못 쉬고 출근하다니. 너무 안됐다, 그치? 네가 걔 이것저것 잘 해 먹이고 잘 좀 챙겨 줘."

"알겠습니다, 어머니. 제가 그이한테 잘 해 먹일게요. 그런데 제가 청소기 돌리던 참이라, 나중에 다시 전화드릴게요."

"그래 아가. 너도 고생한다. 끊을게."

나는 전화를 끊고 한숨을 푹 쉬었다. 심장은 여전히 쿵쿵 뛰고 있었다. 그리고 나는 그에게 다가가서 어떻게든 살려보기 위해 다시 인공호흡을 시도했다. 살아날 리가 없지만 지푸라기라도 잡는 심정이었다. 그의 가슴 밑을 누르고 심폐소생술도 시도해 보았다. 그러다 그의 입에서 굳은 피가 왈칵 나오는 것을 보고 나는 소름이 쫙 돋아서 그만두었다.

제발 일어나. 내가 잘못했어. 바람 따위 피웠다고 남편을 죽이다니.

…아니야, 벌써 두 번째야. 바람은 죽어도 용서할 수 없어. 절대로.

나는 울다 웃다 분노하기를 반복하며 내 머리를 쥐어뜯었다. 이대로 경찰서에 직접 가서 자수를 하고 죄값을 달게 받을지, 아니면 남편의 시체를 조각조각 토막내서 인적이 드문 곳에 묻을지… 하지만 나에게는 남편을 조각낼 용기가 없었다. 이성을 잃고 남편을 죽여버린 나는 이렇게 살아있는 것 자체도

255

고통이라고 느껴졌다. 결국 나는 그를 따라가기로 마음먹었다. 나는 살면서 자살 시도를 한 번도 해 본적이 없다. 여태껏 무난하고 평탄한 인생을 살아왔기 때문이다. 내 남편을 만나기 전까지는 말이다. 그렇다고 남편이 바람을 피웠을 당시에도 스스로 목숨을 끊으려는 생각까진 들지 않았다. 그저 너무 괴롭기만 했다. 하지만 지금 이 순간은 현실인지 꿈인지 분간이 되지 않을 정도로 너무나도 혼란스러웠다. 총이라도 있었다면 한 번에 끝낼 수 있을 텐데, 그런 물건이 이 평범한 가정에 있을 리가 없었다. 이젠 더 이상 평범한 가정이 아니게 되었지만.

나는 목을 매기로 했다. 천장 한가운데를 가로지르는 나무 판자 장식에 천을 말아 끈으로 만들고 의자에 올라섰다. 나는 침대에 누워 있는 그의 주검을 바라보며 이 세상에 남기는 마지막 말이 될 말을 했다.

"죽음으로 사죄할게."

나는 끈에 목을 올려 감은 후 의자를 발로 쓰러트렸다. 목이 졸리자 심장의 울림이 온몸을 감싸면서 쿵쿵대고, 시야가 흐릿해졌다. 나는 한동안 발버둥을 쳤다. 너무나도 괴로웠다.

"흐윽, 으윽…"

나는 허공에서 허우적거렸다. 목에 있는 혈관과 눈동자가 터질 것만 같았다. 쿵쿵대는 심장소리가 매우 크게 들렸다. 시야는 점점 흐려졌다.

 목이 졸리는 괴로움에 발버둥치던 그 순간, 나는 내 눈을 의심했다. 싸늘하게 식어 누워있던 그가 천천히 움직이며 일어나 나에게 조금씩 다가오기 시작하는 것이 보였기 때문이다. 목이 졸려 괴로운 와중에, 나에게 다가오는 그의 모습은 선명하게 보이진 않았지만 그의 두 눈이 유독 붉게 충혈되어 있는 것은 보였다. 그는 허우적대며 괴로워하는 나를 천천히 안아서 들어올린 후 바닥으로 내려주었다. 나는 목을 감싸고 기침을 하며 괴로움에서 벗어났다.

 꽤 오랫동안 기침을 한 후 그제야 정신을 차리고 그를 보니 남편은 다시 침대에 누운 채 미동도 보이지 않았다. 그는 죽은 척 했던 걸까, 아니면 내가 환각을 본 걸까. 더 이상 이 상황이 꿈인지 현실인지 분간할 수 없었다.


 나는 옷을 대충 차려입기 시작했다. 핏자국을 가리기 위해서였다. 그리고 경찰서로 가서 자수를 하기로 결심했다.

 '그래. 내가 죽게 내버려두지 못하겠다면 살아서 죗값을 치를게.'

 하늘은 내 처지와는 다르게 유독 맑았다. 나는 집 근처 상가 앞의 횡단보도에 서서 신호를 기다렸다. 건너편에 부부와 어린아이가 보였다. 나는 그들을 멍하니 바라보았다. 그리고 생

광기

각했다.

'당신들은 축복받았구나.'

그리고 나는 초록불로 신호가 바뀌자마자 횡단보도를 건넜다.

순간, 끼익 하는 날카로운 굉음이 들리는 찰나, 나는 정신이 아득해지는 동시에 몸이 공중에 붕 뜨는 것을 느꼈다.

그때 나는 보았다. 나의 어린 시절, 대학 시절, 그를 처음 만났을 때, 함께 드라이브 데이트를 즐기던 때, 그가 첫 번째로 바람을 들켰을 때, 청혼을 받고 결혼식을 올렸을 때, 그리고 그가 두 번째로 바람을 들켰을 때, 그리고 이성을 잃은 내가 그를 죽이고 말았을 때, 죽은 줄 알았던 그의 충혈된 두 눈이 나에게 점점 다가와 내 시야를 가득 채웠을 때…

나는 마지막 순간까지도 한없는 공포를 느꼈다. 내 몸이 이 순간 어디에 있는지도 알 수 없었다.


그리고 그 이후로 나는 기억이 없다.

9

병문안

"근데 혹시 알고 나오셨어요?"

"네...? 어떤 걸...?"

"저 흡연자고, 불임인 거요."

머리부터 발끝까지 말끔하게 차려입은 채 나와 테이블 하나를 두고 마주 앉아있는 남자의 동공이 미세하게 흔들리는 것이 보였다. 이 남자와 나의 가식적이고 영양가 없는 대화가 시작된 지는 5분도 채 지나지 않았다. 그는 이 여자는 뭐지, 하는 의뭉스러운 눈빛을 숨기지 못했다. 그러다 난처해졌는지 아무 말이나 꺼내곤 했다. 아마 그도 우리의 대화에서 더 이상 건져먹을 건더기도 없다는 것을 알아차렸을 것이다. 그리고 얼마 지나지 않아 그가 내 앞에서 삼류 연기를 펼쳤다.

"아이고, 이거 어떡하죠? 제가 지금 급한 일이 생겨서 바로 가 봐야 할 것 같습니다. 이거 정말 죄송하게 됐네요. 오늘 정말 즐거웠습니다."

결국 그는 아직도 김이 피어나는 커피를 버려두고 황급히 자리를 떴다.

즐겁긴 뭐가 즐거워. 이상한 여자나 만나서 시간 낭비했다고 생각하겠지. 사업하는 사람이니 시간이 돈일 텐데 이렇게 맞선을 보러 나오는 걸 보면 굉장히 여자가 고팠나 보다. 그러나 자신의 아이를 낳아 주고 자신을 내조해 줄 상냥하고 가정적인 여자를 찾는 남자들에게 나 같은 여자는 그런 기준에 전혀 부합하지 않는다. 그런 사람들과 나 같은 사람은 아예 부류가 다르다. 서른이 된 지 삼 년도 더 지났지만 나에게는 낯선 남자와 연애를 하고픈 마음이 없으며 결혼을 해서 아이를 낳고 싶은 마음은 더더욱 없다.

나는 그대로 자리에 남아 커피를 마저 홀짝이며 근처에 있던 패션 잡지를 의미 없이 넘겨보았다. 커피가 다 비워지고 나서야 자리에서 일어났다.


그날 저녁, 엄마에게서 전화가 걸려왔다. 핏대를 잔뜩 세운, 격앙된 목소리였다. 당연한 결과였다.

"너, 담배 피우고 불임인 게 자랑이니? 얼마나 엄마를 망신

시켜야 직성이 풀리겠어? 나 이제 그 엄마 얼굴 어떻게 보니,
부끄러워서 정말...!"

"그런 엄마도 나 애 못 낳는 거 숨기려던 거 아냐? 이게 사기
결혼이 아니면 뭔데? 제발 부탁이니까 이제 더 이상 나한테
선 같은 것 좀 보라고 하지 말아 주라. 귀 따가우니까 그만 끊
을게."

 그런 자리에 나가지 않겠다고, 결혼 같은 걸 할 생각도 없다
고 몇 번이나 말했건만 엄마는 내 동의도 없이 기어이 약속을
잡아냈다. 아까 카페에서 만났던 남자는 엄마와 친한 아주머
니 지인의 아들이었다. 나는 엄마에게 본때를 보여 주고 싶었
다. 다시는 나에게 그런 쓸데없는 일을 저지르지 않도록.

 나는 베란다 문을 열고 말보로 한 개비를 입에 문 다음 라이
터로 불을 붙였다. 깊이 빨아들인 후 연기를 후 하고 뿜어냈
다. 담배냄새가 섞인 바람이 얼굴을 부드럽게 쓸고 지나갔다.
니코틴과 가을바람의 좋은 콜라보레이션을 느끼자 기분이 살
짝 좋아졌다. 그러나 곧이어 그 분위기를 깨는 시끄러운 목소
리가 들려왔다. 고등학생으로 보이는 아이들이 빌라 앞 공터
에서 모여 떠들고 있던 것이다. 여자 셋, 남자 넷. 10대의 완
연한 청춘이다. 그리고 그들은 하나같이 담배를 피우고 있었
다. 이곳이 그리 좋은 동네가 아니다보니 흡연하는 청소년들
이 가끔 보인다. 저 아이들은 어쩌다 담배를 피우게 되었을

까. 아직은 맑고 깨끗한 폐에 왜 니코틴과 타르를 흡수시키고 있는 걸까. 저들에게는 담배가 어떤 의미일까. 단순한 호기심일까.

아무튼, 벌써 열한 시가 넘었으니 얼른 저 아이들이 집에 들어가길 바랐다. 그리고 이런 나에게도 저 나이 때 처음으로 누군가를, 진심을 다해 사랑하는 감정을 느꼈다는 것을 다시금 떠올렸다.

나는 담배를 다 태운 후 베란다 문을 닫고 불을 껐다. 아이들의 소란에 막을 한 꺼풀 씌운 듯, 조금은 소음이 차단되었다. 나는 침대로 향했다.

오늘 하루 동안 이 순간을 기다려왔다. 침대에 드러누운 이 순간을.


수술이 끝났다. 마취가 풀리고 나니 서서히 아래쪽에서 희미한 통증이 올라왔다. 고등학교에 입학한 지 며칠 지나지 않아 당연히 학교에 있어야 할 나는 오늘부터 한 달간 이 병원에 꼼짝없이 갇히는 신세가 되었다. 병원의 낯선 냄새와 처음 보는 네 명의 사람들, 불편한 침대, 개인 사생활이 없는 공간. 구토가 나올 것만 같았다.

나는 자궁을 들어내는 수술을 받았다. 이 수술을 하게 된 이유를 간단히 말하자면 대략 이렇다. 나는 평소에 엄마 말을

병문안

잘 듣지 않는 아이였다. 공부에는 관심도 없고, 그저 본능에 충실한 또래 아이들과 노는 게 좋았다. 어린 나이에 친구들과 술도 여러 차례 마셔 보았다. 술은 쓰고 맛은 없었지만 왠지 모르게 머리가 핑핑 돌며 기분이 좋아지는 마약 같았다. 하지만 담배는 그다지 피우고 싶지 않았다. 연탄 향을 맡는 것처럼 그 냄새가 유독 고약하게 느껴졌기 때문이다.

그리고 내가 아직 중학교 교복을 벗지 못했을 때, 짝사랑하던 선배 오빠와 사귄 적이 있다. 그 오빠는 동네에서 이름 날리는 양아치였지만 남자 아이돌 못지않은 외모를 갖고 있었다. 비교적 순진했던 나는 그런 그에게 내 몸을 쉽게 내어주고 말았다. 그와 몇 차례 관계를 가진 후, 그는 나에게 돌연 헤어지자는 통보를 날렸다. 그리고 그 이후에 알았다. 그 오빠의 행실이 매우 나쁘고 문란했다는 것을. 나는 그 이후 극심한 스트레스와 실연의 아픔을 느끼는 동시에 아래쪽이 쿡쿡 쑤시는 불쾌한 통증을 느끼기 시작했다. 그 통증은 몇 달간 지속되었다. 별일 없겠거니 했던 내 예상과는 다르게 통증은 점점 심해지고 아래쪽에서는 잦은 출혈이 보였다. 미련하게도 나는 그때까지 혼자 꾹꾹 참고만 있었다. 어린 나이에 산부인과에 가는 것이 죽도록 싫었기 때문이다. 특히나 내 아랫도리를 타인이 관찰한다는 사실이 너무나도 끔찍했다. 그러다 결국 입학식 다음 날 교실에서 수업을 듣다 극심한 통증에 실신하고 말았고, 구급차에 실려 도착한 병원에서는 내 자궁에 생겨났던 악성 종양이 이미 너무 커져서 자궁 전체를 적출할 수 밖에 없는 상황이라는 것을 엄마에게 여과 없이 전했다. 엄마는 허무하고 비참한 표정으로 그 말을 다시 나에게 전달해주었다.

아무래도 그 오빠, 아니 그 새끼한테 병균이 옮아 이 상황까지 오게 된 것 같았다. 하지만 차마 엄마에게 사실대로 말할 순 없었다. 이건 제일 먼저 그 새끼 잘못이 가장 크지만 내 몸 간수를 제대로 하지 못한 내 잘못도 있다. 아무튼 나는 앞으로 약 한 달간 이 병원에서 회복과 치료 과정을 마저 진행해야 한다.

있는지도 몰랐던 장기. 이제 더 이상 내 몸 속에 없다고 해도 딱히 아직까진 뭐가 달라졌는지도 잘 모를 만큼 실감이 나지 않았다. 자궁은 단순히 아이를 보관하는 용도의 장기가 아닌가. 그 용도가 아니면 크게 쓸모가 없다. 매달 번거롭게 피나 토해대니, 차라리 없어지니 잘됐다 하는 생각까지 든다. 하지만 뭔가 공허한 느낌을 지울 수 없다. 아직까지 결혼과 아이는 나와는 먼 이야기이지만 앞으로 평생 아이를 가질 수 없는 몸이 되었다고 하니 말이다. 그렇지만, 딱히 상관없다. 아기를 안 낳으면 그만 아닌가.

엄마는 자꾸 내 옆에서 듣기 싫은 말만 했다. 회사원인 엄마는 업무를 저녁으로 미루고 내 옆에서 처량하게 눈물까지 흘렸다. 이게 뭐가 그렇게 잘못된 걸까. 그렇게 심각한 일인가. 나는 울고 있는 엄마에게 툭 던졌다.

"엄마는 뭘 그렇게 울어대? 옆에서 보는 사람 기분 나쁘게."

"...너는 지금 이 상황에서 그런 말이 나와? 너 이제 평생 장애인으로 살아야 돼! 엄마가 이렇게까지 말해줘야 정신을 차리겠어?"

엄마가 충혈된 눈을 부릅뜨며 나에게 쏘아붙였다.

"내가 왜 장애인이야? 엄마는 왜 갑자기 사람 병신 취급하는데?"

"너 그 뺀지리하게 생긴 저질 남자애 만나면서 무슨 짓 했어? 매일 밤늦게 들어오고, 걔 만날 때 연락도 잘 안되더니만!"

"갑자기 걔 얘기가 왜 나와? 걘 상관없어. 애초에 나를 똑바로 못 낳고 아프게 낳은 엄마 잘못이지."

그 순간 눈에 별이 보였다. 만화에서만 보던 표현인데, 정말로 별이 몇 개 보였다. 그리고 볼 한 쪽이 불에 덴 듯 따가워졌다. 나는 통증을 느끼며 엄마를 노려보았다. 엄마 역시 경멸이 가득 차오른 눈으로 나를 노려보고 있었다. 나는 엄마의 눈을 피한 다음 소리쳤다.

"간호사님, 여기 아줌마가 환자 막 패요!"

그러자 근처에 있던 간호사가 달려왔다.

"아무 일도 아니에요. 얘가 자꾸 부모 속 뒤집어지는 말을 내뱉어서."

앞뒤가 안 맞는 말을 한 후 황급히 자리를 피하려던 엄마는 병실을 나가기 전 나를 한번 더 노려보았다. 아마 다시 회사로 돌아가는 거겠지. 얼른 좀 가시라구요, 제발.

그리고 며칠간 나는 병원에서 따분한 시간을 보냈다. 딱히 할 것도 없고, 같이 놀 사람도 없고, 병원 밥도 영 싱겁고 맛이 없었다. 병실 사람들은 아무 의미 없는 텔레비전을 망령처럼 바라보고 있거나, 가끔은 보호자와 함께 아무 의미 없는 수다를 떨곤 했다. 이 병실 안에서는 내가 가장 어렸다. 나를 제외한 환자들은 중년 혹은 노인들이었다. 그리고 얼굴도 보기 껄끄러운 엄마는 하루에 한 번씩 꼬박꼬박 나에게 찾아왔다. 나는 그런 엄마에게 항상 불편함을 표했다.

"그냥 안 와도 돼. 나 혼자 있을 수 있는데."

"시끄러워. 너는 고마운 줄 알아."

그런 엄마는 내 친구들이 병문안을 오는 것도 원치 않았다. 엄마는 내 친구들을 극도로 싫어했다. 면회도 다 막아버렸기 때문에 병문안을 오는 사람은 오로지 엄마뿐이었다. 병실에 갇혀있는 게 하도 갑갑해서 나는 가끔 병원 옥상에 올라가거나 1층 편의점에서 군것질거리를 몰래 사먹곤 했다.

그날은 병원의 하늘정원에서 밥 대신 밀크캬라멜 여덟 개를 다 씹어먹고 난 다음 다시 병실로 돌아온 참이었다. 비어 있던 옆자리에 새로운 환자가 이동식 침대로 옮겨져 오는 것이 눈에 들어왔다. 그는 간호사들의 부축을 받으며 힘겹게 이동식 침대에서 일어난 다음 병실 침대에 누우려 했다. 그 얼굴을 힐끗 보니 내 또래 남자아이로 보였다. 스무 살은 넘지 않아 보였고, 딱 봐도 순한 인상은 아니었다. 반반하지만 왠지 모르게 반항심이 느껴지는 얼굴이었다. 솔직히, 잘생겼다고 생각했다. 하필 옆자리에 또래 남자가 들어왔다는 사실이 조금 불편하게 느껴졌지만 이 병실에는 할아버지도 있으니 그럴 수 있겠다 싶었다. 그쪽을 힐끗힐끗 보면서 내 자리에 드러누우려는 찰나, 나는 조금 놀라고 말았다. 침대에 누운 그의 환자복 바지 한쪽이 무릎 위쪽부터 접혀 있었는데, 그 아랫부분부터는 아무것도 없었기 때문이다. 그때, 근처에 있던 간호사가 나에게 다가와 미안해 보이는 표정으로 속삭였다.

"병실에 자리가 마땅치 않아서 어쩔 수 없이 바로 옆자리에 남학생 환자가 오게 됐어요. 조금 불편하겠지만 괜찮을까요?"

나는 아무렇지 않다는 표정을 보이며 끄덕였다. 간호사는 살짝 웃어 보이며 그의 자리에 커튼을 전부 쳐 주었다.

10대에는 내외라는 걸 한다. 곁에 내 또래의 이성이 있으면 아무래도 조금 불편하기도 하고 신경이 쓰이기도 하지만, 병실에 자리가 없다는데 뭐 어쩌겠나 싶었다. 그리고 다리가 있어야 할 부분에 다리가 없었던 그의 불완전한 하반신이 자꾸만 머릿속을 맴돌았다. 그리고 그에게 무슨 사연이 있었는지 궁금해지기도 했다.

그리고 그날 저녁에도 엄마가 다녀갔다.

"너 자꾸 밥 안 먹지?"

"먹는데, 왜?"

"니가 밥을 잘 안 챙겨먹는다고 간호사가 그러잖아. 밥을 먹어야 빨리 회복할 거 아냐!"

"미친. 누가 그래?"

"조용히 하고 사과나 먹어!"

굳이 안 와도 되는데 엄마는 왜 매일 꼬박꼬박 와서 나를 불편하게 만들고 가는 걸까. 그래도 그날 엄마가 깎아 준 사과는 신선하고 달아서 먹을 만 했다. 엄마가 나에게 와서 머무른 약 30분 동안에도 그의 자리는 계속 커튼으로 가려져 있었다.

그날 밤, 옆자리에서 끙끙거리는 신음소리가 들려왔다. 애써 고통을 참는 듯한 소리였다. 그리고 잠시 후 간호사가 들어오는 기척이 들렸다. 호출벨을 누른 모양이었다.

"환자분, 통증이 많이 심하세요?"

간호사가 속삭이듯 물었다.

"네… 좀 아파요…."

그 목소리는 힘없이 갈라져 있었다.

"진통제 놔 드릴게요. 조금만 참으세요."

간호사가 떠나고 난 뒤 신음소리는 점차 잦아들었다.


병원에서는 여전히 할 게 없었다. 병실 안에 있는 다른 환자들의 말소리와 텔레비전 소리, 간호사들의 목소리와 발소리만 멍하니 들을 때가 많았다. 밥이 나오면 억지로 먹거나 아예 안 먹거나, 하늘정원에 올라가서 바람을 쐬거나, 텔레비전을 따라 보거나 하는 정도. 복도에는 책꽂이가 있었지만 그렇다고 책은 죽어도 읽기 싫었다. 아무튼, 그렇다고 해서 이 병원에서 빨리 탈출하고픈 욕구는 첫날만큼 크지 않았다. 내 또래의 옆자리 환자에 대해서 은근히 신경을 쓰고 귀를 기울이며 뭘 하는지 궁금해하는 일이 그나마 병실 안에서의 지루함을 덜어주었기 때문이다. 하지만 옆자리는 계속 커튼이 쳐져 있어서 그의 일거수일투족을 볼 수는 없었다. 이따금씩 기침소리와 부스럭거리는 소리가 들렸고, 가끔 간호사를 불러 진통제를 맞는 것 같았다. 커튼은 그가 화장실을 오갈 때, 그리고 밥을 먹을 때 걷혔다. 그는 어딘가로 이동할 때 목발을 짚고 쿵, 쿵, 쿵 점프하며 튀어오르듯 움직였다.

 그리고 그는 그런 불편한 다리를 이끌며 자꾸 어딘가로 다녀오곤 했다. 그런 그의 뒷모습을 힐끗 바라보면 유독 하늘하늘한 한쪽 환자복 바지가 눈에 들어왔다. 그렇다고 해서 그걸 보고 측은한 마음이 들거나 괴이하다는 생각이 들진 않았다. 그저 나와 처지가 비슷하다고 느껴졌다. 그가 돌아온 후에는 담배냄새가 그의 몸을 따라 희미하게나마 풍겨오는 걸로 보아 병원 위 하늘정원이나 밖에서 담배를 피우고 오는 모양이었다. 담배 피우면 회복에 안 좋을 텐데.

 그날 저녁은 야경을 내려다보기 위해 하늘정원으로 향했다. 높은 곳에서 아래를 내려다본다면 갑갑했던 마음에 조그만 공기구멍이 생기는 듯한 느낌이 들 것 같았다. 솔직히 말하자면, 그가 정원에 있을 것 같았기 때문에 향한 것도 없지 않아 있었다. 역시나 그곳에 들어선 내 시야에는 정원 구석 흡연실에서 그가 앉아 담배를 피우는 모습이 들어왔다. 나는 야경은 뒤로 미루고 그가 있는 쪽으로 걸어갔다. 무슨 배짱이었는지, 나는 그에게 말을 걸어보기로 했다.

 "죄송한데 담배 하나 빌릴 수 있어요?"

 그러자 그가 내 쪽으로 고개를 돌렸다. 그는 조금 의심스러운 눈초리로 물었다.

 "담배 피우세요?"

"어… 사실 피우진 않는데요, 맛이 좀 궁금해서요."

그가 한쪽 입술을 씰룩이며 담배 한 개비를 꺼내 나에게 건네주었다.

"여기요."

"감사합니다."

담배를 받아든 후 나는 그 옆의 벤치에 앉았다. 그러자 그가 나에게 물었다.

"불은요?"

그가 내 쪽으로 팔을 뻗어 네모난 철제 라이터를 건네주었다.

"아, 맞다. 죄송합니다."

건네받은 라이터는 뚜껑을 열자마자 불이 켜졌다. 그런데 담배를 손에 쥐고 끝을 불에 가까이 갖다 대도 불이 붙지 않았다. 나는 담배를 다시 그에게 들이밀었다.

"이거 불량인가? 불이 안 붙는데요."

그러자 그가 조금 우습다는 듯이 말했다.

"담배를 물고 입으로 빨아들이면서 불을 붙여야 돼요."

그는 내 담배를 도로 가져간 후 자신의 입에 물고 불을 붙인 다음 다시 나에게 팔을 뻗어 건네주었다.

"어, 이거 간접 키스다."

담배를 받아들며 그렇게 말하자 그가 또 어이없다는 듯 웃었

다. 나는 담배를 한 모금 빨아들여보았다. 순간 목이 따가워
지며 저절로 기침이 났다.

"…괜찮으세요?"

"네… 켁!"

몇 차례 기침이 났지만 나는 애써 담배연기를 계속 빨아들였
다. 여전히 냄새는 고약하고 목구멍이 타들어가는 느낌이 났
다. 눈물도 찔끔 났다. 내 친구들도 얘도 이런 걸 왜 피울까
싶었다.

"그런데 왜 갑자기 피우시려는 거예요?"

그는 여전히 담배를 능숙하게 피우며 나에게 물었다.

"아, 제 친구들은 대부분 다 피우는데 저만 안 피우거든요?
근데 갑자기 궁금해져가지고…"

담배를 다시 빨아들였다. 여전히 목은 불타는 것 같고, 아직
은 뭐가 좋은지 잘 모르겠다. 나도 왜 억지로 이걸 피우고 있
는 걸까.

"…근데 제 옆자리에 있는 분 맞죠?"

그가 물었다. 순간 이 남자애도 나한테 관심이 있는 게 아닐
까 싶었다. 그는 예상외로 말을 잘 받아쳐 주었고 내가 옆자
리에 있는 사람이란 것도 알아봐줬으니 말이다. 하지만 벌써
설레발치기는 일렀다.

"잘 알아보셨네요."

병문안

"언제부터 여기 입원했는데요?"

나에게 묻는 그의 질문이 기뻤다. 나는 신나는 마음을 애써 감추며 대답했다.

"며칠 안 됐어요. 그쪽이 들어오기 일주일 전쯤? 일주일까진 안 됐나?"

"그렇구나."

"이름이 뭐예요?"

"김호연이요. 그쪽은?"

"저는 나리요. 임나리. 근데 몇 살이세요? 내 또래로 보이는데."

"저 열일곱이요."

"어, 저돈데. 저도 고1. 어, 그럼 우리 말 놔도 되지 않나?"

"아… 그래. 말 편하게 해."

"너는 어느 고등학교 다녀?"

서로 말을 놓은 순간부터 아주 살짝 더 친밀해진 느낌이 들었다. 설레발치긴 아직 이르다니까. 그래도 이번 기회에 이 남자아이에 대해서 좀 알 수 있을 것 같은, 설레는 기분이었다.

"…난 고등학교 안 다녀. 중학교 자퇴했어."

그렇게 대답하는 그의 목소리가 조금 시무룩해진 것 같기도 했다.

"그래? 흐음…"

"넌 얼마 전에 입학식 했지?"

"응. 그리고 그 다음날 입원."

그가 나에게 내가 입원한 이유를 물어봐 주길 원했지만 그는 연기만 뻐끔거렸다. 어쩔 수 없이 내가 대화를 주도해 나가야 했다.

"있잖아, 왜 학교 안 다니는지 물어봐도 돼? 나도 사실 별로 다니고 싶지 않거든."

"너는 왜 다니기 싫은데?"

"그냥, 공부를 왜 해야 하는지 모르겠어."

"…그냥 솔직하게 다 말해 줄까?"

나는 고개를 끄덕이며 다음에 이어질 말을 기다렸다.

"엄마 아빠 사이가 항상 안 좋았거든. 맨날 다투고, 소리 지르고. 아빠가 엄마 막 패면 엄마는 칼 들고. 항상 그런 식이었어. 그러면서 이혼은 죽어도 안 해요."

왜 그가 자퇴를 했는지 궁금했을 뿐인데 그는 자신의 가정사까지 말해주었다. 그 순간에는 당장 무슨 말을 해야 할지 몰랐다.

"그러다 어느 날 아빠가 나한테 말해주더라. 나는 데려온 아들이라고."

"헐… 아빠는 그걸 왜 말해주셨대? 나중에 어른 돼서 말해줘

병문안

도 되지 않나?"

"그냥, 그 사람들이 더 이상 나를 데리고 있기 싫었나 봐. 내가 자기들한테는 짐짝이었던 거 같아. 그래서 나도 집에 있기가 너무 싫었어. 그렇게 집 나와서, 학교도 안 나가고 질 나쁜 친구들이랑 어울리고 다녔어. 물론 나도 질 나쁜 애들 중 한 명이었겠지만. 그냥 그 애들은 내 안식처였어."

"친구들 얘기는 나랑 좀 비슷하네…. 그런데 애들은 내가 어디에 입원했는지도 몰라. 엄마가 알려주기 싫은가 봐."

"나도 친구들이 나 보러 안 왔으면 좋겠어. 그래서 아무한테도 말 안했어. 이런 모습을 죽어도 보이고 싶지 않아."

"친구들이 안 찾아오는 것도 비슷하네."

"…그러게."

그는 다 태운 담배를 재떨이에 비벼 끈 뒤 새 담배를 꺼내 물었다. 내가 피우던 것은 도저히 끝까지 피울 수 없어서 재떨이에 버렸다. 잠시 우리 사이에 정적이 흘렀고, 나는 다시 입을 열었다.

"그럼 원래 부모님은 어디 계시는지 알아?"

그러자 그는 잠시 멍하니 허공을 바라보았다. 그의 옆모습에서 고독함이 담배연기처럼 뿜어져 나오는 것만 같았다.

"내 원래 부모님이 누군지, 살아있는지 죽었는지는 나도 몰라. 알고 싶지도 않아. 굳이 찾고 싶지도 않고. 근데 왠지 이미 이 세상 사람이 아닐 거라는 느낌이 들어."

순간 괜히 물어서 그의 상처를 들쑤셨나 하는 후회가 들었다. 잠시 입을 다물고 있자, 호연이 내 쪽으로 고개를 돌렸다.

"넌 내 다리가 왜 이렇게 됐는지는 안 궁금해?"

"...사실 조금 궁금해."

"이것도 얘기해 줄까?"

나는 천천히 고개를 끄덕였다. 이어진 그의 말은 충격적이었다.

"며칠 전에, 밤에 술 먹고 혼자 오토바이 타다가 택시랑 충돌했거든? 나 솔직히 그때 기억이 거의 없어가지고 누가 먼저 잘못했는지는 잘 모르겠어. 근데 경찰 말로는 내 과실이 더 크다고는 하더라고. 음주를 했으니까. 뭐 그래서 그런가 보다 싶었지. 그런데 택시랑 박은 것 까진 괜찮아. 문제는 내가 도로 위에서 쓸리다가 달려오던 트럭 바퀴에 한쪽 다리를 짓밟혔다는 거였어. 일반 승용차면 좀 부러지고 끝났을 텐데, 그게 페인트를 실은 래미콘이었나 그래가지고 바퀴가 지나간 다음에 내 밟힌 다리를 보니까 완전 죽이 돼 있더라. 그 후로는 기억을 잃은 거 같아. 정신 차려보니 한쪽 다리가 말끔하게 없어져 있었고, 병원이었어."

끔찍한 기억을 담담하게 서술하는 그 목소리를 듣고 있으니 가슴 한쪽이 살짝 욱신거리는 듯 했다. 거기에 대고 나는 위로 같지 않은 위로를 내뱉고 말았다.

"어… 요즘은 의족 같은 거 잘 돼 있잖아. 아마 감쪽같을 거야. 내가 사다 줄까? 그런 거 얼마 안 할걸?"

그 말을 들은 그는 어이없다는 듯이 실실 웃었다.

"말만으로도 고맙네."

"근데 가끔 밤에 있잖아… 네가 아파하는 소리가 들리던데…."

"아, 다 들렸나 보네. 시끄럽게 해서 미안."

"시끄러운 건 아니구. 그냥, 많이 아픈가 해서."

"응…. 이미 없어진 부위인데도 이상하게 거기가 엄청 아파. 신체가 절단되면 그 없어진 부위에서 통증이 있을 수 있다고 의사가 그러더라고."

"그럼 진통제 맞으면 아픈 건 좀 가라앉아?"

"응, 조금은."

그리고 나도 그가 꺼내 보인 상처 앞에서 내 상처 또한 보여주고 싶어졌다.

"나는 있잖아."

"응."

"나는 자궁이 없어."

"……."

"나도 내 얘길 한번 해볼게.

"응, 해봐."

"예전에 내가 좋아하던 오빠랑 사귀게 됐고, 잤어. 근데 그 오빠 몸이 청결하지 못했나 봐. 그래서 뭔가 더러운 게 옮은 거 같아. 그 후로 아래가 조금씩 아프기 시작하더라구. 그런데 병원 같은 델 가기가 너무 싫었어. 언젠가 낫겠지 하고 참았어. 그러다 결국 내 몸까지 더러워졌나 봐. 자궁에 나쁜 종양이 생겼대. 어떻게 손쓸 수 없는 지경까지 가서, 아예 들어냈대."

호연은 담배를 피우며 아래를 내려다보고 있었다. 나는 다시 말을 이었다.

"그런데 이게 지금 있는지 없는지도 전혀 모르겠어. 아기를 못 낳는다는데, 그런 거 별로 상관없어. 나는 나 같은 딸 낳을까 봐 무섭거든."

"...너 같은 딸이 왜?"

"엄마도 대충 알 거야. 내가 나쁜 애들이랑 어울리다가 이렇게 된 거. 게다가 나는 엄마가 이혼하고 혼자 키우는 외동딸이거든. 남편 없이 키운 하나뿐인 딸이 이러고 있으니 기가 차겠지, 뭐."

"그렇구나…."

"걸레 같지? 나도 이런 내가 싫어."

"걸레 아냐. 누군가를 좋아하면 그럴 수도 있지."

"그럼 너는 경험 있어?"

"…없어."

"그렇구나. 의외네."

"너는 그런 질문들을 아무렇지 않게 하네."

"그냥, 이왕 서로 다 까발린 김에 그런 것까지 물어 봤어. 기분 나빴으면 미안. 나도 그게 별로 좋은 기억은 아니어서."

"아냐…"

그가 갑자기 소매를 접으며 자신의 팔을 내밀어보였다.

"난 자해 경험은 있어."

그의 손목에는 수십 개의 칼자국이 나 있었다. 아직 다 아물지 않은 것도 보였다. 다시 심장이 움츠러드는 느낌이었다. 그걸 보며 이번에는 무슨 말을 해줘야 하나 싶었다. 그 상처 앞에선 무슨 말을 입에 올리든 아무런 위로가 되지 못할 것이었다. 그렇지만 칼자국의 개수만큼 호연이 느꼈을 괴로움과 고통을 눈치챌 수 있었다. 왜 우리는 지금, 각자의 깊은 상처를 일부러 벌리면서 보여주고 있는 것일까.

"…많이 아팠겠다."

"다 술 먹고 그은 거라 크게 아프진 않았어."

"들어가면 마데카솔 바르자."

"안 그래도 돼. 이제 슬슬 내려갈까?"

"그래. 부축해줄까?"

"괜찮아. 혼자 갈 수 있어."

그가 목발을 짚고 자리에서 일어났다. 나는 그의 빠르지 않은 보폭에 맞춰 걸었다. 우리는 엘리베이터를 타고 내려와 함께 병실로 돌아왔다. 불도, 텔레비전도 꺼져 있었다. 환자들 대부분이 이미 잠든 것 같았다.

"잘 자."

내가 그에게 속삭이듯 말했다.

"너도 잘 자."

우리는 조심스럽게 각자의 침대에 누웠다. 이불을 덮고 병실 천장을 바라보고 있는데, 심장은 열심히 뛰고 있는 것이 느껴졌다. 담배를 물고 불을 붙여주던 그의 옆모습, 웃는 얼굴, 그리고 자해 흔적. 왠지 그의 상처를 헤집어 자세히 살펴 본 듯한 기분이었다. 그렇지만 그와 이토록 깊은 대화를 나눌 수 있었던 게 기뻤다. 옆에서 그가 잠시 뒤척이는 소리가 들렸다. 나도 침을 꼴깍 삼켰다.


그 후로도 우리는 가끔 하늘정원에서 만났다. 호연이 올라가면 나도 따라가거나, 그에게 귓속말로 같이 올라가자고 물어보기도 했다. 그리고 가끔은 그가 혼자 올라가도록 내버려두기도 했다. 우리는 하늘정원에서 밝다가도 가끔은 흐리고 또 어두운 보랏빛이 된 하늘을 바라보며 함께 담배연기를 뿜어내곤 했다. 신기하게도 그와 담배를 피우고 있으니 점점 그 연기와 냄새와 니코틴에 익숙해져갔다. 기침을 하거나 목구 멍에서 따가운 느낌이 나는 것도 점점 덜해졌다. 하지만 하늘 정원에서는 친구인 우리는 병실 안에서는 서로 거의 대화를 하지 않았다. 주변 눈치도 신경 쓰이고, 또 호연이 거의 항상 커튼을 쳐 두고 있었기 때문이다.

병원에 입원한 지도 2주 정도가 지났다. 처음에는 마냥 갑 갑하고 따분했지만 이제는 입원 자체가 즐겁다고 느끼게 되 었다. 다시 느껴보는, 설레는 감정이었다.

그날은 내가 스테이션에서 휠체어를 빌려 와서 호연을 태우 고 병원 건물 근처를 함께 산책했다. 병원 주변에는 작은 공 원이 있었다. 사실 거기까지 나가서는 안 되지만, 이렇게 봄 날씨가 화창한데 굳이 안 되는 이유도 없을 것 같았다. 공원 에는 형형색색의 꽃들이 피어 있었고, 사람들은 환자복을 입 은 우리를 한 번씩 힐끔 쳐다보고 지나쳐갔다. 우리가 커플룩 을 맞춰 입은 환자 커플이라고 혼자서 생각하니 이 순간이 은 근 낭만적으로 느껴지기도 했다. 휠체어에 앉아 있는 호연의 넓은 어깨가 멋졌고, 호연의 정수리가 괜히 귀여워보였다.

"병원 들어가기 전에 담배 피울래?"

호연이 몸을 조금 돌려 나에게 물었다.

"응. 휠체어 밀어준 값으로 하나 주라."

병원 입구로 들어가기 전, 우리는 건물 옆에서 담배를 피웠다. 이제는 담배에 불을 붙이는 일이 어렵지 않았다. 순간 나는 호연이 어떻게 담배를 구하는지 궁금해졌다.

"아직 미성년잔데 담배는 자꾸 어디서 사 오는 거야?"

"아는 삼촌이 얼마 전에 와서 보루로 사다주고 갔어."

"헐, 나쁜 어른이다."

"아니야. 그 삼촌이 그동안 여러 가지로 많이 도와줬어. 심적으로든, 금전적으로든."

"너한테 어떤 사람인데?"

"...내가 이 세상에서 믿고 의지할 사람은 그 사람밖에 없어. 목발도 그분이 사다 주신 거야."

"진짜 삼촌이야?"

"그건 아니고 예전에 알바하던 곳 사장님이었어. 나는 아마 그분이 없었으면 삶을 포기했을 지도 몰라."

"그래도, 그런 분이라도 네 옆에 계셔서 다행이다. 몸에 나쁜 담배를 말리지 못할망정 보루로 갖다 주시긴 하지만."

"그러게."

"간호사들이 지금 우리 찾는 건 아니겠지?"

순간, 우리 쪽으로 발걸음이 점점 가까워지는 소리가 들렸다. 고개를 돌리려는 찰나, 나는 또다시 별을 보았다. 손에서

병문안

담배가 떨어지고, 머리가 띵해질 정도로 얼굴 한쪽에 통증이 일었다. 그 장본인은 바로 엄마였다. 엄마의 얼굴은 지금 이 광경을 믿을 수 없다는 표정과 분노로 뒤섞여 있었다. 엄마의 그 표정을 호연도 놀란 얼굴로 바라보고 있었다.

"너 지금 여기서 뭐하는 거야! 어!"

엄마는 나에게 침을 튀기며 소리쳤다. 엄마의 눈이 마치 절 입구를 지키는 문지기 조각상의 이글이글한 눈 같았다.

"다짜고짜 왜 때려?!"

나 역시 엄마를 노려보며 소리쳤다. 아직도 볼 한쪽이 얼얼했다.

"몸 간수도 제대로 못하는 애가 이젠 또 남자애랑 담배를 피워?"

그러자 호연이 휠체어에 앉은 채로 고개를 숙이며 엄마에게 말했다.

"...죄송합니다. 제가 같이 피우자고 했습니다. 다시는 안 그러겠습니다. 정말 죄송합니다."

엄마는 잠시 입을 꽉 문 채 호연을 노려보았다. 나는 그런 엄마를 떠밀어내듯 짜증을 냈다.

"아, 빨리 다시 가. 이제 안 피우면 될 거 아냐."

"내가 그 말을 어떻게 믿니? 너 이거 대체 언제부터 피웠어?"

"오늘이 처음이야. 아무튼 좀 그냥 가!"

"얘, 너네 친하게 지내지 마. 서로한테 독 밖에 안돼. 알겠니?"

엄마는 내 말을 무시하며 화를 참지 못한 목소리로 그에게 말했다.

"죄송합니다."

호연은 엄마 앞에서 계속 고개를 들지 못했다. 엄마는 씩씩대며 나와 호연을 몇 차례 번갈아본 후 빠른 걸음으로 걸어갔다. 나는 그런 엄마의 뒷모습에 대고 가운뎃손가락을 날렸다.

"그러지 마."

호연이 말했다.

"왜? 우리더러 친하게 지내지 말라잖아. 저 악마 같은 아줌마가."

"그래도 너를 생각해서 그렇게 말씀하신 거잖아."

"그냥 나는 저 아줌마한테 화풀이 대상이지 뭐. 방금도 쳐맞았잖아."

"이제 담배는 피우지 말자. 그동안 내가 잘못했어."

"그건 싫어. 아무튼, 이제 들어가자."

나는 다시 그의 휠체어를 끌고 병원 안으로 들어갔다. 병실에 도착하니 다행히도 우리를 찾는 간호사는 없었고, 내 자리에는 깎은 사과가 담겨진 통이 놓여 있었다.

병문안

우리는 새벽에 또다시 옥상으로 올라갔다. 그리고 보름달을 바라보며 함께 사과를 먹었다. 호연은 두세 개 정도 집어먹고는 담배를 피우기 시작했다. 호연의 옆모습이 오늘따라 유난히 슬퍼 보였다. 그가 지금까지 느껴왔을 외로움의 두께가 오늘 유독 두꺼워보였다. 나는 괜스레 미안한 마음이 들었다.

"나도 담배 하나 주라."

나는 호연에게 바짝 붙어 애교 섞인 목소리로 말했다.

"안 돼. 아까 어머니한테 혼났잖아. 또 들키면 어쩌려고."

"괜찮아. 이제 안 와. 나도 가치 피우고 시푼뎅."

"안 돼."

"...그럼 너도 피우지 마."

"알았어."

그 말을 마치자마자 호연은 피우던 담배를 비벼 껐다. 그 모습을 본 나는 조금 기가 죽은 목소리로 물었다.

"...너 오늘 되게 단호하다. 화났어?"

"아니. 빨리 낫고 퇴원하려면 안 피우는 게 맞지. 사과나 더 줘."

나는 호연의 화를 풀어주고 싶은 마음과 미안한 마음을 표현하고 싶어 그에게 더 가까이 다가갔다. 그러나 호연은 큰 반응을 보이지 않았다. 나는 에라 모르겠다, 하는 마음으로 그

의 볼에 입맞춤을 했다. 기습이었다. 호연이 놀랐는지 눈을
크게 뜨고 나를 빤히 바라보았다.

"뭘 그렇게 놀라? 이게 사과야."

나는 배시시 웃어보였다. 그러자 호연도 경직된 얼굴을 거두
고 웃었다. 비록 어이없다는 듯한 웃음이었지만 그 얼굴을 보
니 안도감이 들었다. 나는 포크로 사과 조각을 하나 집은 다
음 호연에게 건넸다. 그는 받아든 사과를 한입 베어 물었다.
아삭, 하는 소리가 났다.

"아까는 진짜 미안해. 나는 퇴원하면 엄마랑 바로 손절할 거
야. 어떻게 사람 보는 앞에서 뺨을 후려칠 수가 있냐."

"그럼 학교도 안 다닐 거야?"

"응. 너랑 결혼할 거야."

"풉."

"뭘 웃어? 진짜야."

"무슨 웃기는 소리야. 뭐하러 나 같은 다리병신이랑…."

"나도 남자로 치면 고자야."

그러자 그가 다시 풉, 하고 웃었다.

"자궁 없어서 생리도 안하고 아기도 못 낳고, 생식 능력이 없
는 여자. 너는 다리가 없고, 나는 자궁이 없어. 끼리끼리 만나
니까 좋지 않겠니?"

그 말을 들은 호연이 이번에는 크게 웃음을 터뜨렸다.

병문안

"슬픈데 웃긴다. 근데 미성년자는 부모 동의 없이는 결혼 못 하잖아."

"그래? 그럼 일단 동거만 하자. 내가 일할게. 너는 집안일 해."

"너 되게 저돌적이다?"

"그치?"

하지만 내가 호연에게 다가서는 것에 비해 그는 나에게 절대로 먼저 다가오려 하지 않는 것 같았다. 나를 거부하지는 않았지만, 마음을 활짝 여는 것 같지도 않았다. 그의 자리에 쳐져 있던 커튼처럼.

사과를 다 먹은 후 병실로 내려가려 할 때 그가 나에게 담배갑 하나를 건네주었다. 안을 보니 두세 개비 정도만 비어 있고 거의 꽉 차 있었다. 이제야 그와 내가 피우던 담배가 말보로라는 것을 알았다.

"너 가져. 난 밑에 더 있어."


우린 그 후로도 계속해서 같이 하늘정원에 올라가곤 했다. 호연과 함께 있는 그 순간이 내게는 유일한 행복이었다. 내가 이 병원에 입원한 걸 감사히 여기게 될 정도였다. 나에게 호연이라는 존재는 단순히 좋아하는 사람 그 이상의 의미였다. 나는 그에게 내 모든 걸 내어주고 싶었다. 내 한쪽 다리를 그에게 주고 갈아 끼우게 할 수만 있다면, 그렇게 하고 싶었다. 이렇게 짧은 시간에 누군가를 이토록 좋아하게 된 게 스스로도 신기했다. 그러고 보니 병실에 막 들어온 호연을 처음 봤을 때, 그 순간 이후부터 내 마음이 붕 뜨는 듯한 기분이 되었다. 나는 호연에게 첫눈에 반했던 걸지도 모르겠다. 그 순간부터 병실에서 지내는 일이 더 이상 따분하지 않게 되었으니.

 모두가 잠든 새벽이었다. 누워서 핸드폰을 만지작대던 호연에게 다가가 속삭였다.
"얘기하러 안 갈래?"
 몸을 움직이기 귀찮을 법도 하지만 그는 나의 부름에 목발을 짚고 병실 밖으로 따라 나왔다. 나는 계단실 문을 조심스럽게 열고 그곳에 호연을 데려왔다. 그곳에는 비상구 유도등의 초록색 불빛만이 환하게 빛났다. 그의 얼굴도 초록색으로 빛났다. 나는 계단에 앉았다. 호연도 내 옆에 나란히 앉으며 계단에 목발을 비스듬히 걸쳤다. 둘만의 비밀 공간에 들어온 것 같았다. 심장이 쿵쿵 뛰었다.
"여기서 뭐 하게?"
"그냥, 아지트 같아서."
"조금 오싹한 아지트네."
"...내 심장소리 들어 볼래?"

병문안

나는 호연의 한쪽 손을 잡고 내 심장 부근에 가져다 댔다.
그러자 그가 화들짝 놀라며 급히 손을 뺐다.

"왜 그래?"

내가 물었다.

"...거길 왜 만지게 해?"

"내 심장 소리 들려주고 싶어서."

"누가 보면 어떡하려고 이래."

"아무도 안 봐. 귀신이나 보라지."

그러자 호연이 주위를 두리번거렸다. 나는 그에게 물었다.

"...넌 나 싫어?"

"아니. 안 싫어."

"그럼 나 좋아?"

"음… 싫지 않지."

"무슨 대답을 그렇게 해? 기분 나쁘게."

그러자 호연이 겸연쩍은 듯 웃어보였다. 나는 용기를 내서
그에게 말했다.

"나는 솔직히, 이렇게 너를 만나고 있는 시간이 내가 지금까
지 살아 온 시간 중에서 가장 행복하거든."

"……."

하지만 호연은 나를 보지 않고 있었다. 나는 부루퉁한 목소
리로 말했다.

"내가 너무 들이대나 보다. 쏘리."

"……."

"그리고 보니 저번에 갑자기 볼에 뽀뽀한 것도 미안해. 네가 싫었을 수도 있는데 너무 내 마음대로 행동했지?"

그러자 호연이 한숨을 푹 내쉰 후 입을 열었다.

"...내가 너를 행복하게 해줄 수 있을까? 내 다리가 이런데."

"뭐야, 또 그 얘기야? 난 그냥 너랑 같이 있는 것만으로도 너무 좋다니까. 그리고 나도 애기 못 낳는 병신이야. 너 혼자만을 병신 취급하지 마. 비슷한 병신끼리 행복하게 잘 지내면 돼."

"아니… 너랑 나는 달라. 나는 외부에서 잘 보여서 앞으로 손가락질당하면서 살게 될 걸. 너도 그런 나를 감당하기 힘들 거야. 우리가 아직은 병원 안이어서, 어려서 잘 몰라서 그래. 사람들의 일반적인 기준과 시선이 얼마나 냉혹한지."

자조적으로 말하는 호연의 얼굴에서 세상에 대한 원망과 자신에 대한 비관, 그리고 외로움 등 온갖 부정적인 감정이 겹겹이 쌓인 것이 보였다. 그런 모습에 나는 갑자기 슬픈 감정이 왈칵 차오르는 것을 느꼈다. 그러자 뜨뜻미지근한 눈물이 눈물샘을 비집고 밀려나왔다. 나는 훌쩍거리며 소매로 눈물과 콧물을 닦았다.

"...울어?"

"아니."

신은 왜 이 아이에게서 친부모와 다리 한쪽을 빼앗아 갔을까. 신은 왜 나에게서 아빠와 자궁을 빼앗아 갔을까. 왜 우리는 벌써부터 이런 시련을 겪어야 하는 걸까. 신이 있기는 한걸까.

머뭇거리던 호연이 나를 조심스럽게 안아주었다. 그 순간, 슬픈 와중에도 행복하다고 느꼈다.


한가로운 오후의 병실에서 나는 누워서 핸드폰을 하고 있었고, 호연은 벽에 등을 기대고 앉아 핸드폰 화면을 보고 있었다. 호연의 커튼은 며칠 전부터 걷혀 있었다. 내가 걷은 것이었다. 그가 쳐 둔 커튼이 우리 사이의 벽처럼 느껴져 답답했기 때문이다. 앞으로 커튼을 걷고 지내는 게 어떻겠냐 물었더니 그는 흔쾌히 수락했다. 병실의 다른 환자들도 모두 커튼을 걷은 채 침대에 앉거나 누워 각자의 시간을 보내고 있었다.

그런데 호연이 입원한 지 3주 정도가 지났을 무렵이었다. 갑자기 호연 앞에 중년의 부부가 찾아왔다. 그들은 우리 엄마보다 살짝 더 나이가 들어 보였다. 그러나 호연은 자신에게 찾아온 그들과 눈을 마주치려 하지도 않았다. 부부의 표정 역시 매우 불편해 보였다. 그들은 누가 말해 주지 않아도 호연의 양부모라는 것을 알 수 있었다. 나는 본의 아니게 바로 옆에서 그 모습을 지켜보게 되었다.

"...원래 안 오려고 했는데, 힘들게 와 봤다."

양아버지로 추정되는 사람이 냉정한 어조를 가득 담고 말했다. 그 목소리는 다른 자리에는 들리지 않을 것 같았으나 옆에 있던 나에게는 또렷하게 들려왔다.

"……."

"나는 너를 감당할 자신이 없다. 집 나가더니 이 모양 이 꼴이 되다니. 대체 어디까지 부모를 힘들게 할 거냐? 어?"

호연은 여전히 입을 꼭 다물고 아래만 바라보고 있었다. 남자는 불만이 잔뜩 담긴 얼굴로 그를 추궁했고, 여자는 옆에서 어두운 얼굴을 하고 가만히 서있을 뿐이었다.

"너는 키워 준 부모가 왔는데 아는 체도 안 해?"

"……."

"정말 너는 답이 없는 놈이야. 너, 내가 얘기 하나 해 줄까?"

"……."

"네 친부모가 어떻게 죽었는지 아니? 정말 부모랑 자식은 닮나 봐. 너랑 크게 다를 거 없어."

"……."

"그 둘이 차 타고 나가서 절벽에서 동반자살 했거든. 너도 오토바이 타고 나가서 죽으려고 했지?"

순간 호연이 자신 앞에 선 남자를 올려다보았다. 호연의 눈

병문안

동자는 그들에 대한 경멸로 가득 차 있었다. 그때 나는 알았다. 호연이 엇나가게 된 건 분명히 이 사람들 때문이라고.

"뭘 그렇게 쳐다 봐? 보험도 안 들어서 비싼 병원비 우리가 다 대고, 니가 낸 사고 뒤치다꺼리도 우리가 다 처리하고 있는데, 네가 나를 그렇게 쏘아 볼 자격이 있다고 생각하냐?"

그 말을 듣고 있는 호연의 몸이 미세하게 떨리는 게 보였다. 옆에서 보던 나도 도저히 참을 수 없었다.

"...보자보자 하니까 이 사람들이 진짜! 그게 부모가 할 말이에요?"

"넌 또 뭐야?"

"애 친군데 뭐 어쩔 거예요? 얼른 사라져버려라, 이 악마 같은 사람들아!"

"이게 정신이 나갔나? 얘는 또 어디서 굴러들어온 년이야?"

"보호자분, 나가세요! 여기 병원이에요! 정숙하세요!"

소란을 들은 간호사들이 병실에 들이닥쳤고, 호연의 양부모라는 인간들은 거의 쫓겨나다시피 하며 병실을 나갔다. 정신을 차려 보니 주변 환자들이 우리 쪽을 놀란 얼굴로 바라보고 있었다.

나는 다시 호연의 표정을 살폈다. 고개를 숙인 채 초점 없이 아래를 내려다보고 있는 그의 눈동자에는 여전히 경멸이 담겨 있었고, 그의 손가락들이 바들바들 떨리는 것이 보였다.

그땐 내가 어떤 말을 해도 그를 위로해줄 수 없을 것 같았다.

그 시간 이후로 호연은 다시 커튼을 쳐 놓고 있었다. 나는 호연에게 다시 말을 걸어 어쭙잖은 위로라도 하며 어떻게든 기분을 풀어 주고 싶었다. 그가 저녁 배식도 거부한 걸 확인한 나는 1층 슈퍼에 가서 밀크캬라멜을 두 개 사 왔다. 그리고 조심스럽게 호연에게 다가갔다. 커튼에 가려져있던 호연은 창가 쪽을 향해 누워 있었다. 한껏 움츠린 등을 보니 측은한 마음이 들었다. 나는 그에게 속삭였다.

"...캬라멜 먹을래?"

"......."

"뭐라도 좀 먹어. 아님 다른 거 사다 줄까?"

"......."

"아니면 나랑 하늘정원 가서 같이 바람 쐴래?"

"...미안해. 속이 좀 안 좋아."

"위로해 주고 싶은데… 내가 옆에 있어주면 안 될까?"

"그냥 혼자 있고 싶어."

"아직도 기분이 많이 안 좋아?"

"...그냥 저리 가, 제발."

그 말을 들은 나는 더 이상 호연에게 다가갈 수 없었다. 나는 하늘정원에서 혼자 호연이 준 담배를 피우며 구슬피 울었다.

그에게 나는 아무 짝에도 쓸모없는 존재가 된 것 같았다.


 그날 밤 나는 호연에게 등을 돌린 채로 잠에 들기를 기다리고 있었다. 호연도 커튼 안에서 여전히 등을 돌린 채 누워 있을 것이었다. 아까 나에게 매몰차게 군 그가 미웠지만, 너무 큰 상처를 입은 호연을 이해하지 못하는 건 아니었다. 하지만 나도 속상해서 좀처럼 잠이 오지 않았다. 그가 힘들 때 위로해줄 수 있는 사람이 되고 싶었지만, 호연이 나를 필요로 하지 않았으니까. 그리고 지금까지 우리가 함께 보낸 시간들이 떠올랐다. 그 시간들은 다 그에게는 무의미한 것이었을까. 호연이 나를 즐겁고 설레게 해 준 만큼 나도 그에게 도움이 되는 존재가 되고 싶었는데.

 졸음이 슬그머니 몰려와 나도 모르게 내 눈이 감길 때쯤이었다. 옆에서 숨죽여 흐느끼는 소리가 들려왔다. 나만 들을 수 있을 정도로 매우 희미한 소리였다. 호연이 아직도 충격과 분노에서 헤어나오지 못한 모양이었다. 이토록 호연의 마음을 갈기갈기 찢어놓고 홀연히 사라진 그 인간들이 죽일 듯 미웠다. 당사자 앞에서, 그것도 여러 사람들이 보고 듣는 다인실에서 그런 잔인한 말을 내뱉다니. 그들은 일부러 그런 것이 분명했다.

 '그 둘이 차 타고 나가서 절벽에서 동반자살 했거든. 너도 오

토바이 타고 나가서 죽으려고 했지?'

그 말이 자꾸만 맴돌았다. 그 사람들은 악마였다. 그 악마에게 짓이겨질 대로 짓이겨진 호연을 달래주고 싶었지만, 지금 당장은 그를 잠시 내버려두는 게 나을 수도 있겠다는 생각이 들었다.

얼마 후, 그가 하늘정원으로 가려는지 자리에서 일어나 목발을 챙겨 병실을 나서는 소리가 들렸다. 쿵, 쿵, 쿵 하는 발소리가 점점 멀어졌다. 지켜보고 있지는 않았지만 전부 듣고 있었다. 나는 따라가지 않고 혼자 있고 싶다는 그의 말을 들어주기로 했다. 그가 정원에서 홀로 실컷 울고 마음이 조금 풀렸으면 좋겠다는 생각이었다. 어둠 속에서 새빨갛게 빛나는 숫자가 새벽 두 시를 알리고 있었다.


얼마나 지났을까. 다시 쿵, 쿵 하는 발소리가 들려 잠에서 깼다. 호연이 돌아온 모양이었다. 다 뜨지 못한 눈으로 커튼 너머를 바라보니 칠흑같이 어두웠던 병실이 아주 조금은 밝아진 것 같았다. 곧 동이 틀까. 호연은 그동안 어딜 다녀 온 걸까. 그 순간, 쳐 두었던 내 자리의 커튼이 조심스럽게 걷히는 것이 보였다.

"...너야?"

나는 속삭였다. 어두워서 얼굴이 잘 보이지 않았지만 호연이

병문안

분명했다. 그는 천천히 이쪽으로 다가오더니 내 침대로 올라와 내 품으로 파고들어왔다. 이런 일은 처음이었다. 조금 당황스러웠지만 그가 나에게 와 준 것이 너무나도 고맙고 기뻤다. 호연의 몸에서 찬바람과 담배 냄새가 훅 끼쳤다. 나는 기다렸다는 듯이 그를 안아주었다. 그리고 그의 볼을 어루만졌다. 그러자 손에 축축한 것이 느껴졌다. 눈물이었다. 나는 호연의 눈물을 소매로 닦아주었다. 호연은 아이처럼 내 가슴에 얼굴을 파묻고는 조용히 흐느꼈다. 그의 몸이 떨리는 것이 그대로 느껴졌다. 대체 이 아이의 상처를 어떻게 어루만져줘야 할까. 나도 호연의 정수리를 쓰다듬으며 같이 울었다.

호연의 울음이 조금 그친 후, 나는 그를 품에 안은 채 그의 귀에 대고 조용히 속삭였다.

"나는 네가 너무 좋아. 네 팔다리가 전부 없어서 몸뚱이만 남아있다고 해도 나는 너랑 같이 살 거야. 너랑 결혼할 거야."

"……."

"너도 나 좋아?"

품에 안긴 호연이 천천히 고개를 끄덕거리는 것이 느껴졌다.

"우리 병실 나가면 결혼하는 거다?"

호연이 다시 고개를 끄덕였다.

"그럼 나한테 뽀뽀해. 맨날 나만 먼저 하잖아."

그러자 호연이 망설임 없이 내 입에 자신의 입술을 포갰다.

그의 입술은 조금 차가웠지만 매우 부드러웠고, 살짝 담배 냄새가 풍겼다. 입술을 뗀 후 호연이 나를 꼭 안아주었다. 그리고 내가 그의 품으로 파고들어 호연의 편평한 가슴팍에 얼굴을 묻었다. 한없이 행복했다. 영화에서 나오는 대사처럼, 이대로 시간이 멈췄으면 좋겠다고 생각했다. 아침에 간호사 언니들이 한 침대에서 껴안고 잠들어있는 우리를 발견하고 놀라든 말든, 오늘 밤은 이대로 서로를 꼭 껴안은 채 잠들고 싶었다. 호연과 내가 결혼하면 매일 밤 이렇게 함께 잠들 수 있을 것이다. 빨리 병실을 나가 둘이서 함께 단란하게 사는 모습을 상상했다. 나는 그의 품에서 스르르 잠들었다.

꿈을 꿨다. 두 다리가 멀쩡한 호연이 말끔하게 차려입은 정장을 입고 출근 준비를 하고 있었다. 나는 호연과 나 사이에서 태어난 어린 아이를 안고 있었다. 이제 막 현관을 나서려는 호연에게 아이의 한쪽 손을 흔들며 '아빠 잘 다녀오세요 해야지'하며 아이를 사랑스러운 눈으로 바라보았다. 그리고 호연에게도 웃어보였다. 그러자 호연이 내 볼에 입맞춤을 한 후, 현관문을 열고 밖으로 나갔다. 현관문이 닫힌 후, 이상하게도 눈물이 차오르는 듯한 슬픈 감정이 때를 기다렸다는 듯 해일처럼 몰려왔다.

병문안

눈을 떠보니 아침이 밝아 있었다. 햇살이 병실 전체를 환히 밝히고 있었다. 그리고 내 곁에 호연은 없었다. 고개를 돌려 옆자리를 보니 커튼이 걷혀 있었고, 침대에도 호연의 모습이 보이지 않았다. 그리고 간호사들이 분주히 움직이며 그의 침대와 그 주변을 정리하고 있는 것이 보였다. 나는 그들 중 한 명에게 물었다.

"얘 지금 어디 갔어요?"

간호사는 내 말을 무시하며 계속 이불을 걷었다. 조금 짜증이 났다. 그러자 듣고 있던 다른 간호사가 대신 대답을 해 주었다.

"자리 옮기셨어요."

"어디로 옮겼는데요?"

"……."

"...이 환자분, 새벽에 돌아가셨어요."

내 말을 무시했던 간호사가 침대 커버를 걷어내며 단호하게 말했다.


간호사에게 따로 들은 바로는, 호연이 병원 건물 뒤쪽 아스팔트 바닥에서 쓰러진 채 발견되었고 발견 당시에는 이미 피를 너무 많이 흘리고 온몸이 골절되어 숨이 끊어진 상태였다. 그리고 그의 목발은 하늘정원에 놓여있었다고 한다. 사망 추정 시각은 오전 두 시에서 세 시 사이이라고 했다. 대부분의 사람들이 자다가 큰 굉음을 듣고 깨었다고 했으나 나는 전혀 그런 소리를 듣지 못했다. 새벽에 나에게 다가온 호연의 담배 냄새, 찬바람 냄새, 호연을 품에 감싸고 있던 느낌과 그에게 안기던 느낌, 그리고 그와 입술을 맞춘 느낌, 그가 내 품에 안겨 숨죽여 울던 느낌, 그의 머리칼을 쓰다듬던 느낌도 생생했다.

그 소식을 들은 직후의 나는 제정신이 아니었다. 도저히 호연의 죽음을 믿을 수 없었던 나는 그의 시체를 보고 싶었다. 시체를 눈으로 확인해야만 이 상황을 믿을 수 있을 것 같았다. 나는 병원 여기저기에서 미친 사람처럼 울부짖으며 아무 의사들에게 찾아가 호연의 시체를 보여 달라고 애원했지만 주변 간호사들과 경비에게 제지당했다.

그는 그의 친부모와 양부모, 그리고 내 엄마가 죽인 것이었다. 그들이 너무나도 증오스러웠다. 죽어야 마땅한 건 그들이라고 생각했다.

당일, 같은 병원 장례식장 안에서 호연의 빈소가 마련되었다. 뻔뻔스럽게도 그곳을 찾은 호연의 양부모와 다시 마주쳤다. 이 인간들이 쓸데없이 호연에게 찾아오지 않았다면 지금 그는 살아있었을 것이다. 아스팔트 바닥에서 피투성이가 되지 않고서.

병문안

"이 씨발놈들아!!!"

나는 그들을 보자마자 욕설을 내뱉으며 폭행을 가하려고 했으나 이번에도 주변 사람들에게 붙잡혔다.


시간이 조금 지나 내 스스로가 잠잠해진 후에는 다시 호연의 빈소에 가서 구석에 앉아 있었다. 경직된 표정에 조금은 앳돼 보이는 호연의 영정사진만을 나는 멍하니 바라보고 있었다. 이 상황이 전부 꿈이길 바랐다.

호연의 영정사진 앞에 사람들이 드문드문 찾아왔다. 나는 여전히 그 광경을 가만히 바라보고 있었다. 그와 내 또래로 보이는 사람들 중에서, 30대 후반으로 보이는 어떤 남자가 눈에 들어왔다. 조금은 험악한 인상이었지만 그의 눈과 코끝은 빨갛게 물들어 있는 것이 보였다. 그가 호연이 말한 삼촌이라는 걸 직감적으로 알 수 있었다. 나는 자리에서 일어나 그에게 천천히 다가갔다.

"...아저씨."

허리를 숙이려던 그가 내 쪽을 돌아보았다.

"저 호연이랑 결혼하기로 약속했던 병실 옆자리 여자앤데요."

그는 충혈된 눈으로 여전히 나를 보고 있었다. 너는 갑자기 어디서 온 애니, 하는 표정이었다.

"호연이가 새벽에 투신했다고 하는데, 분명히 걘 오늘 동이 트기 직전에 제 침대로 왔어요. 그리고 저한테 안겨서 울었어요. 그래서 제가 달래줬어요."

"…그랬구나."

"아저씨, 저는 걔 시체도 아직 못 봤어요. 못 믿겠어요."

"가까운 사람이 아니면 볼 수 없어. 많이 참혹할 거야. 안 보는 게 나아."

"그래도 가족이 될 뻔했던 사람인데… 저도 못 봐요?"

그는 어두운 얼굴을 한 채 말을 잇지 않았다. 아래를 내려다보는 공허한 표정이 그와 비슷하다는 생각이 들었다. 나는 침을 꿀꺽 삼킨 후 다시 입을 열었다.

"…아저씨, 혹시 호연이 뼛가루를 조금 받을 수 없을까요? 정말 조금이어도 괜찮아요. 부탁드릴게요."


결혼을 약속했다고는 하지만 우리는 법적인 혼인 관계도 아니었고, 어른들의 눈에는 중학생 티도 벗지 못한 어린아이일 뿐이었다. 그리고 호연과 내가 처음 만나고 함께 보낸 시간은 고작 3주 정도밖에 되지 않았다. 하지만 나는 내 모든 것을 내줄 수 있을 만큼 그를 깊이 사랑했고, 그도 내 사랑을 받아들였다고 믿었다. 그래서 그가 육신을 버린 후에도 나에게 다시 찾아온 것이라고 생각했다. 나는 호연의 장례 절차를 지켜

병문안

보지 않았다. 그가 이 세상을 떠났다고 생각하고 싶지 않았기 때문이다.

얼마 후, 나는 퇴원을 며칠 앞두고 병실을 옮겼다. 그런데 내 부탁을 무시할 것만 같았던 그 아저씨는 용케도 내가 옮긴 병실로 직접 찾아왔다. 그는 나에게 검은 상자를 하나 건네준 후 아무런 말도 없이 다시 병실을 빠져나갔다. 상자 덮개를 열어보니 15cm 가량의 투명한 유리병 안에 회색빛의 뽀얀 분말이 들어 있었다. 호연의 일부였다. 그날 나는 병원에서 새 주사기 하나를 훔쳤다.

퇴원하던 날, 엄마와 나는 서로 아무 말 없이 차를 타고 집으로 돌아왔다. 약 한 달 만에 다시 돌아온 집은 이질감과 익숙함을 동시에 뿜어냈다. 그리고 그동안 병원에서 보냈던 시간들이 마치 환상과 악몽이 마구 섞인 꿈처럼 느껴졌다. 하지만 꿈이 아니었다. 여전히 나는 잊을 수 없는, 여전히 사랑하는 사람이 있었다.

밤이 되고 엄마가 잠든 것을 확인한 후 방문을 잠갔다. 나는 유리병의 코크 마개를 열고 그 안에 있던 가루를 작은 종이에 조심스럽게 덜어냈다. 그리고 그것을 바늘이 없는 주사기에 물과 함께 넣었다. 나는 속옷을 벗고 침대에 누워 그 주사기를 아래에 넣고 피스톤을 눌렀다. 몸 안으로 무언가 밀려들어오는 느낌이 들었다. 순간 한기가 돌아 몸이 떨렸다. 나는 내 안의 텅 비어있는 그 공간에도 그의 육신이 스며들기를 간절히 빌었다. 그 순간에도 자꾸만 눈물이 흘러나올 것 같았지만 호연의 육신이 눈물을 통해 조금이라도 빠져나갈까 봐 울음을 참으려 애썼다.

그 과정을 여러 번 반복하며 뼛가루를 전부 내 몸 안에 넣었다. 호연의 육신이 내 몸 안에 들어왔다고 생각하니, 슬프면서도 기뻤다.


네 옆모습, 네 미소, 네 정수리, 네 담배 냄새, 네 하나뿐인 다리, 네 외로움과 우울함을 사랑해. 네가 내 전부가 되었으면 좋겠어.


그리고 얼마 지나지 않아 나는 호연과 다시 만날 수 있었다. 만났다기보다는 느꼈다는 말이 더 알맞을 것이다.

아직 보름달이 채 되지 못한 달빛이 어스름하게 빛나는 새벽이었다. 쿵, 쿵, 쿵 하는 소리가 희미하게 들려왔다. 그리고 익숙한 손길과 향기에 눈을 게슴츠레 떴다. 여전히 몽롱한 기분이었다. 형체는 보이지 않았지만 그의 목소리와 손길, 촉감으로 그것이 호연이라는 것을 느낄 수 있었다. 그가 피우던 담배 냄새도 희미하게 풍겼다. 그 순간에는 가위에 눌린 기분과 비슷했지만 조금씩 움직일 수는 있었다. 그 손길은 선배 오빠보다 훨씬 부드럽고 상냥했기에 나는 편안하고 기쁜 마음으로 그를 받아들였다. 그리고 나는 그날 처음으로 호연과 육체적으로, 정신적으로 하나가 되었다는 확신이 들었다.

서로의 사랑을 확인하는 행위를 마친 후에는 그가 내 머리를 부드럽게 쓰다듬어 주는 것을 느끼며 포근한 기분으로 잠에 들 수 있었다.


지금 생각해도 어린 날의 내가 호연의 뼛가루를 몸에 삽입한 일을 누군가 알았다면 정신 나간 짓이라고, 고인을 모독하는 행위라고 손가락질 할지도 모르겠다. 하지만 나는 호연을 진심으로 사랑했기에, 그가 더 이상 외로움을 느끼지 않도록 그를 내 몸속에 스며들게 하고 싶어서 한 행위였다. 그래서 후회는 없다.

방 안에는 밖으로 다 빠져나가지 못한 담배 냄새가 희미하게 머물러 있다. 그리고 여전히 나는 가끔씩 나에게 찾아오는 그의 손길을 기다리고 있다. 왠지 오늘은 그가 올 것 같다는 느낌이 든다.

나는 침대에 편히 누워 눈을 감는다. 조금씩 졸음이 몰려올 때쯤, 그리 멀지 않은 곳으로부터 쿵, 쿵, 쿵 하는 발소리가 희미하게 들려오기 시작한다.

# 10

## 죽음의 크리에이터

수많은 크리에이터와 다양한 콘텐츠가 공존하는 시대. 이제 사람들은 영상 플랫폼에서 정보를 얻거나 공유하고, 즐거움을 느끼고, 타인을 관찰하며 다양한 삶을 간접체험하고 있다. 이제는 평범한 일반인도 공인이 될 수 있고, 손바닥만 한 기계 하나만으로도 전 세계 사람들과 소통할 수 있는 세상 속에 살고 있는 것이다.

　그리고 매일 수많은 영상 채널이 쏟아지는 와중, 그 채널 또한 생겨났다. 채널의 이름은 '수어사이드 티비(Suicide TV)'. 그 채널의 크리에이터는 날렵하고 차가운 인상을 가진 30대 초반 정도의 남성이었다.

여러분, 안녕하세요! 수어사이드 티비가 이제 막 개설되었습니다. 제 이름은 '데스보이'라고 합니다. 반갑습니다! 이 채널에서는 죽음과 자살, 살인에 관한 사건과 내용을 주로 다룰 계획입니다. 제가 이 채널을 개설한 이유를 말씀드릴게요. 이 세상을 살아가는 사람에게 있어서 삶이 있다면 죽음도 있기 마련이죠. 우리 모두 자신이 언젠가는 죽는다는 사실을 인정해야 합니다. 그것이 자의든, 타의든, 자연적으로든 말입니다. (...) 저는 짧지 않은 시간 동안 인간의 죽음에 대해 연구해 왔습니다. 생각보다 이 죽음이라는 것이 흥미로운 부분이 매우 많습니다. 그것을 이제부터 제가 여러분께 공유해드리려 합니다. 앞으로도 많은 관심 부탁드립니다. 그러면 이제 구독과 좋아요를 눌러주세요!

그것이 수어사이드 티비의 첫 영상이었다.

이어서 데스보이가 예고한 대로 그 채널에는 세계의 황당한 죽음, 세기의 살인마, 미스터리한 사망 사건 등 죽음에 관한 영상이 올라왔다. 하지만 그런 콘텐츠를 다루는 채널은 이미 많았기 때문에 특별히 참신성은 없었다. 그러나 그에게는 한 가지 재주가 있었다.

- 말투가 완전 머리에 콕콕 박혀요! 구독 누르고 갑니다^^

죽음의 크리에이터

- 데스보이님이 연쇄살인마의 말투나 행동을 재연하실 때 빙의된 줄 알았어요. 연기력 완전 짱짱!

- 나 이 영상 봤으니까 오늘은 엄마랑 자야지

- 너무 무서워요ㅠㅠ.. 그런데 너무 재밌네요.ㅎㅎ 구독할게요!


그것은 바로 전달하고자 하는 설명이나 이야기가 시청자들의 귀에 쏙쏙 박히도록 말을 잘 한다는 것과 어떠한 인물에 대해 설명할 때 마치 그 사람에 빙의된 듯 뛰어난 연기력을 보여준다는 것이었다. 그러자 그 채널은 점점 사람들의 입소문을 타고 구독자의 수가 급속도로 증가하며 이름을 알리기 시작했다.


시청자 여러분, 안녕하세요! 수어사이드 티비의 데스보이입니다! 벌써 수어사이드 티비가 구독자 10만 명을 달성했습니다! 채널을 오픈한 지 단 두 달 만에 10만이라니요! 정말 믿기지가 않습니다. 저도 10만 구독자님들의 기대에 부응하기 위해 더더욱 열심히 흥미로운 영상 만들어 올리겠습니다.

그리고 한 가지 알려드릴 소식이 있습니다. 저는 앞으로 더욱 참신한 콘텐츠를 만들어 보고 싶습니다. 과연 시청자분들이 맘에 들어 하실지 모르겠으나, 이제부터는 게스트도 가끔 모시고, 더 유익하고 더 재미있고 색다른 영상을 선보일 예정이니 많은 기대 부탁드립니다. 그럼 오늘도 구독과 좋아요 부탁드릴게요!

그리고 며칠 후, 그가 올린 영상은 시청자들의 눈과 귀를 의심하게 했다.

시청자 여러분, 안녕하세요! 수어사이드 티비의 데스보이입니다! 오늘은 제가 아주 특별한 게스트를 모셔왔는데요, 여러분 아마 깜짝 놀라실 겁니다. 바로, 자살한 적이 있던 분을 모셨습니다! 자살 시도를 했던 게 아니라 무려! 자살에 성공하신 분입니다! 제 섭외력 엄청나지 않습니까? 채널명이 '수어사이드 티비'인 만큼 그 이름값을 해야죠. 그런데 제가 시청자분들에게 한 가지 양해를 구해야 할 부분이 있습니다. 이 분이 익사를 하셨기 때문에 몸이 좀 불어 있으시고 피부색도 좋지 않으십니다. 그래서 조금 놀라실 분들도 계실 것 같아서 이 분이 보이는 부분은 제가 모자이크 처리를 하도록 하겠습니다.

자살자라고 하는 사람은 데스보이와 나란히 화면 앞에 앉아 있었다. 그는 영상에서 전부 모자이크 처리가 되어 있었으나, 탁한 초록빛으로 변색되고 퉁퉁 불어난 피부를 모자이크 너

죽음의 크리에이터

머로 파악할 수 있었다. 행동도 일반 사람과는 다르게 매우 둔하고 굼떴다. 그때까지도 시청자들은 단순한 조작이나 연기라고 여겼다.

여기까지 성치 않은 몸을 이끌고 와 주시느라 우리 게스트 분 고생 많으셨습니다. 자! 그럼 제일 먼저 어떤 이유로 자살을 결심하게 되었는지 알려주실 수 있나요?

이어지는 게스트의 목소리를 들은 시청자들은 경악했다. 도저히 그것은 이 세상 사람의 목소리가 아니었기 때문이다. 가래가 잔뜩 끼고, 갈라져 있었으며, 게다가 목구멍이 막힌 듯한, 어디에서도 들어본 적 없는 기괴하고 섬뜩한 목소리였다.

일단… 제가… 인생을… 좀… 막… 살다가요… 빚이… 너무… 많이… 불어서… 도저히… 감당할… 수… 없… 는… 지경까지… 이르러서… 그래서… 그냥… 죽… 어… 버리… 기로… 했어요… 죽으면… 모든… 고통에서… 벗어날… 수… 있으… 니까요… 근데… 지금… 제가… 성대… 까지… 불어서… 그… 런지… 목소리가… 잘… 안 나오… 네… 요… 죄송… 합니다…

아유, 아닙니다. 우리 시청자분들을 위해서 특별히 와 주신 것만으로도 너무 감사하죠. 그러면 자살을 결심하게 된 계기는 뭐였나요?

어… 음… 아무래도… 나가… 죽으라는… 부모님… 의… 말이었… 겠죠… 너… 같은… 건… 그냥… 나가서… 죽어… 주는… 게… 엄마… 아빠를… 도와… 주는… 거라… 고… 하… 시… 길래… 그… 말을… 듣자마자… 바로… XX대교로… 가서… 뛰어… 내렸어… 요…

아이고, 그랬군요. 힘든 얘기를 해 주셨네요. 자, 그러면 뛰어내리는 순간은 어땠고, 숨이 멎기까지 어떤 느낌이었는지 설명을 좀 해주실 수 있을까요?

그때… 가… 한… 겨울… 이었으… 니까… 엄청… 추웠죠… 그래서… 정말… 더… 확실… 히… 죽을… 수… 있을… 것… 같았어… 요… 아무튼… XX대교… 에서… 뛰어내리… 고… 물에… 빠지기… 까지… 단… 몇… 초도… 걸리지… 않… 았어요… 우선… 강물에… 딱… 떨어진… 순간… 엄청… 차갑고… 엄청… 아… 팠구요… 그래서… 바로… 실신… 했던… 거… 같아요… 저… 같은… 경우는… 물 속… 에서… 정신을… 잃… 었기… 때문에… 그대…로 익사한… 거… 같은데… 그래서… 죽은… 거… 같습… 니다…

그러셨군요. 힘든 기억인데 이렇게 솔직하게 말해주셔서 감사드립니다. 그러면 자살 후에는 상황이 어떻게 바뀌었나요? 저도 시청자분들도 아마 그게 가장 궁금한 부분인 것 같습니

죽음의 크리에이터

다.

 우선… 더… 이상… 빚에… 시달리지… 않아도… 되… 는… 부분… 이… 가장… 속… 편했… 구요… 개인적… 으로… 제가… 보기엔… 살… 아있는… 것… 보다… 죽어있는… 게… 훨씬… 안정되고… 편한… 것… 같습… 니다 제가… 아직… 살아… 있을… 땐… 고통… 스러운… 일들만… 있었고… 행… 복했던… 기억은… 거의… 없거… 든요… 아무튼… 지금… 몸뚱이는… 이렇지만… 마음은… 편… 합니다…

 몸뚱이는 이래도 마음은 편하다… 하긴, 삶은 고난의 연속이기도 하죠. 그럼 스스로 목숨을 끊은 것에 대해서 후회는 없으신가요?

 네…… 전혀… 없… 습니다… 아… 그런데… 데스보이… 님… 아무래도… 오늘… 좀… 목이… 많이… 아프… 네요… 갑자기… 얘기를… 많이… 해서… 그… 런가…

 아이고, 컨디션이 좋지 않으시군요. 네, 그럼 오늘 저희 인터뷰는 여기까지만 하고 마치는 것으로 하겠습니다. 오늘 흥미롭고 유익한 얘기 들려주셔서 감사합니다!


 데스보이가 인사하자 모자이크 너머의 자살자도 천천히 허리를 굽혀 인사한 다음 영상 밖으로 유유히 빠져나갔다.

자, 여러분! 지금까지 자살에 성공하신 분과 대화를 나눠보았는데요. 이 분의 얘기를 들어보니 자살이 그렇게 썩 나쁜 것도 아닌 것 같죠? 인생의 고난에서 한방에 벗어났다고 하시니까요. 그럼 지금까지 수어사이드 티비 영상을 시청해주셔서 감사합니다! 그럼 저는 또 다음 영상을 준비해서 돌아오겠습니다. 댓글과 좋아요는 큰 힘이 됩니다.

- 내가 지금 뭘 본 거지;;

- 연기네

- 콘텐츠 정말 참신하네요! 구독^^

- 진짜 자살한 사람 맞나요? 그럼 죽은 사람인데 어떻게 실체가 보이고 어떻게 게스트로 초대한 거지... 말도 안돼

- 저분 갈 때 뭐 타고 가셨대요?ㅋㅋ 조작좀 하지마셈

- 목소리가 살아있는 사람의 목소리가 아닌 것 같아요... 오늘 꿈에 나올까 무섭...

- 이거 19금 걸어야 될 듯 재밌긴 한데 시청자들한테 자살을 권유하는 건 좀 아님

- 나도 요즘 죽고 싶은데 저분 보니까 좀 부럽다ㅋ 근데 외모는 안부러움ㅋㅋㅋㅋㅋ

- 네 다음 조작방송

죽음의 크리에이터

역시나 그 영상은 많은 사람들 사이에서 논란이 되었다. 조작인지 아닌지를 떠나서 자살을 조장하는 유해한 내용의 인터뷰였기 때문이다. 사람들은 아무리 흥미와 참신함을 위해서라지만 너무 과한 것이 아니냐며 지적하기도 했다. 그리고 당연히 그 방송이 조작된 것이라고 생각하는 사람이 대부분이었다. 그러나 자살자라고 하는 게스트의 목소리나 행동이 도저히 살아있는 사람 같지 않다며 겁에 질린 사람들도 있었다.

하지만 데스보이는 사람들의 의혹과 비난에도 아무런 피드백을 하지 않았다. 그는 꾸준히 새로운 영상을 올릴 뿐이었다.


시청자 여러분, 안녕하세요! 수어사이드 티비의 데스보이입니다! 오늘은 제가 또 새로운 영상을 들고 왔습니다! 요즘 경기가 워낙 안 좋아 이 고된 삶에 지친 분들 많죠? 그래서 준비했습니다. 이번 영상에서는 바로 '최대한 깔끔하게 죽는 법'에 대해 알려드리려고 합니다! 죽고는 싶은데 그 순간이 고통스러울까봐 무섭거나, 자신이 죽은 후에 너무 참혹하고 추한 모습을 보이게 될까봐 걱정이 되는 분은 바로 지금 이 영상을 보시면 되겠습니다! (…)

- 오 좋은 정보 감사합니다! 오늘밤 실행에 옮겨볼게요★^^★
- 이 미친 새끼 누가 좀 정지 먹여라
- 죽을 때 몸에서 저절로 똥오줌 나온다길래 걱정했는데 이런 방법이 다 있었네요~
- 이런 영상이 어느 누군가에게는 유용한 정보일 수도 있겠지요. 너무 매도하지 맙시다.


시청자 여러분, 안녕하세요! 수어사이드 티비의 데스보이입니다! 요즘 회사 생활에 너무 지친 회사원들 계시지 않나요? 회사에서 사원들 아주 막 굴리죠? 인간 취급도 못 받죠? 자, 여기서 퇴사를 갈망하시는 분들 많을 겁니다. 하지만 정말 퇴사가 답일까요? 회사 나온 후에는 어쩌시려고요? 빚은? 생활비는? 부모님으로부터 들을 타박은요? 그렇게 돈 때문에 또 회사에 이력서를 넣는 상황이 반복되고, 또 퇴사하고, 또 퇴사...! 아이고 지겨워라! 자, 여기서 제가 드릴 해답은 바로 '퇴사'가 아닌 '퇴생(生)'입니다. 어차피 살아있어 봤자 똑같은 괴로움만 반복되는데, 그냥 이번 기회에 아예 인생에서 퇴근해 버리자구요. 여러분도 눈 딱 감고 질러보세요! (…)


- 미친ㅋㅋ퇴사 아니면 자살이랜다ㅋㅋㅋㅋㅋ겁나 화끈하네
- 안그래도 상사새끼 때문에 죽고 싶었는데 감사합니다^^


죽음의 크리에이터

시청자 여러분, 안녕하세요! 수어사이드 티비의 데스보이입니다! 여러분들은 누군가를 죽도록 미워해 본 적 있으신가요? 너무 미워서 그 사람을 죽이고 싶지 않나요? 자, 오늘은 제가 특별히 누군가를 납치하거나, 독살하거나, 또는 잔인하게 살해하는 방법에 대해서 알려드릴까 합니다. 상상에만 그치지 말고 이젠 정말 실행에 옮겨 보자구요. 그 사람이 죽어야 내가 좀 살만해지지 않겠습니까? 그 사람을 누가 대신 죽여 주나요? 그런 일은 거의 일어나지 않습니다. 그러니까 내가 직접 죽여야죠. 그리고 사람을 죽인 후에는? 답은 간단합니다. 나도 죽으면 됩니다. 그러면 감옥에 갈 필요도, 사회의 비난을 받을 필요도 없거든요. 다른 채널에서는 절대 알려주지 않는, 오직 수어사이드 채널에서만 알려드리는 정보입니다! (…)

〈사는 것보다 죽는 게 더 맘 편한 이유 13가지〉

〈날 낳아 준 부모님을 원망하는 전화 걸기 미션〉

〈실패에서 끝나지 않는 확실한 자살 비법〉

〈연예인 XXX는 왜 자살 후 더욱 인기가 높아졌을까?〉

〈살자를 거꾸로 하면 자살! 자살의 이로운 점을 알려드립니다〉

...

데스보이는 계속해서 사람들에게 죽음을 권장하는 콘텐츠를 올렸다. 어느새 수어사이드 채널의 구독자는 100만 명이 넘어가고 있었다. 그 채널이 개설된 지 반년도 넘지 않았지만, 자극적이고 유해한 콘텐츠를 꾸준히 업로드하며 무시무시한 속도로 구독자를 늘려갔다. 결과적으로 그의 영상을 보고 따라 죽는 사람들이 기하급수적으로 늘어갔고, 그가 채널을 개설한 후 자살률이 20% 이상 증가했다. 이 문제는 국내 안에서만 국한된 것이 아니었다. 친절하게도 그의 영상에는 세계 각국의 자막들이 달려 있어서 전세계 사람들이 그의 영상을 보고 이해할 수 있었다. 결국 수어사이드 티비 채널은 세계의 자살률을 높이는 데 기여했다. 그런 그를 비난하는 사람도 많은 동시에 그를 찬양하고 숭배하는 사람도 많았다. 이것은 국내를 넘어 전 세계적인 사회 문제로 거론되었다. 하지만 이상하게도, 많은 사람들이 플랫폼 안에서 유해 콘텐츠로 신고를 해도 그의 채널과 영상들은 정지되거나 삭제되지 않았다. 그에 대해서도 동영상 플랫폼 측은 묵묵부답이었다.

많은 논란이 끊이지 않던 어느 날, 데스보이는 굳은 얼굴로 다시 영상에 나타났다. 다른 영상에 비해 조금 무거운 분위기였다.

시청자 여러분, 안녕하세요. 수어사이드 티비의 데스보이입니다. 요즘 이 채널이 많은 논란이 되고 있는 것 같습니다. 제 채널을 사랑해주신 분들과 제 뜻을 따라 주신 분들에게 정말 죄송할 따름입니다. 하지만 저는 그 무엇보다 이 채널을 위해 열심히 달려왔고 여러분들에게 재미있고 다양한 정보를 드리기 위해 노력해왔습니다. 그래서 저도 제 영상들이 논란을 낳고 사회적으로 문제가 되는 것에 대해 안타깝게 생각합니다. 여러분, 저는 오늘 저녁 제 채널을 통해 제가 죽는 모습을 생중계할 예정입니다. 제 죽음으로 이 논란에 대해 사죄하고 싶습니다. 하지만 여러분, 슬퍼하지 마세요. 저는 죽어도 죽지 않습니다. 적어도 이 채널 안에서는 영원히 존재할 겁니다.

**여러분이 죽을 때까지 말입니다.** 아마 이 영상마저도 논란이 되겠죠. 여러분, 이따 저녁 아홉 시에 뵙겠습니다.

그리고 데스보이가 예고한 대로, 오후 아홉 시 정각에 그는 생방송을 띄웠다. 카메라 앞에 곧게 앉은 그가 말했다.

시청자 여러분, 안녕하세요. 수어사이드 티비의 데스보이입니다. 제가 예고한 대로, 이제 곧 저는 여러분 앞에서 죽을 겁니다. 아까는 제가 죽음으로 사죄하겠다고 말하긴 했지만 솔직히 저는… 사죄하고픈 마음이 없습니다. 저는 그저 제가 해야 할 일, 그리고 하고 싶은 일을 묵묵히, 열심히 할 뿐이었습니다. 그러니까 이 죽음은 사죄가 아니라 수어사이드 채널의 의미에 맞게 크리에이터가 직접 죽음을 보여주는 것입니다. 다른 방송에서는 이런 거 절대 못 봅니다. 오직 수어사이드 채널, 데스보이니까 보여드릴 수 있는 콘텐츠입니다. 그리고 제 목숨이 완전히 끊어지면 이 방송은 자동적으로 종료될 예정입니다. 여러분, 저를 추모하는 마음으로 구독과 좋아요 많이 부탁드리겠습니다.

자, 그러면 여러분! 저는 이제 죽습니다!

- 거짓말이죠?ㅠㅠ데스보이님… 안돼요ㅠㅠ

죽음의 크리에이터

- 끝까지 반성 안하는 거 보소

- 꼭 다시 돌아오셔야 돼요! 기다릴게요!

- 자살 크리에이터가 직접 자살을 하다니 장인정신이다

- 오늘도 조작하겠지 뭐

- 저도 지금 똑같이 따라하려고 대기하고 있습니다. 데스보이님, 저랑 같이 가요^^


 그 말이 끝나자마자 수많은 시청자들이 지켜보는 앞에서 데스보이는 조금의 망설임도 없이 자신의 목에 칼을 찔러넣었다. 그러자 붉은 피가 분수처럼 사방으로 솟구쳐올랐고 그가 괴성을 질렀다. 곧이어 그가 의자와 함께 풀썩 쓰러졌다. 카메라에도 피가 튀어 붉게 물들어버린 화면은 그 과정을 여과 없이 보여주고 있었다. 바닥에 널브러진 그의 목덜미에서 피가 끊임없이 흘러나와 바닥을 흥건히 적셨다. 그의 손가락이 몇 차례 움찔거렸다. 그리고 얼마 지나지 않아 움직임이 완전히 멈췄다. 그는 약간의 미동도 없이 계속 쓰러진 상태였다. 입을 벌리고 눈도 감지 못한 채.


- 미친...;; 진짜 죽었어;;;;

- 오늘도 조작방송 잘 보고 갑니다^^ 참 재미있네요^^

- 헐 피봐......... 진짜 죽은건가.............

- 아까 직접 목에 찌르는 거 보니까 연기나 조작은 아닌 거 같은데

- 누가 119 좀 불러봐요ㅠㅠ

- 쟤 주소를 알아야 부르지

- 진짜 죽은 듯

- 얘는 끝까지 유해한 방송 전 세계에 뿌리고 가네

- 채널은 삭제하고 죽어라

- 데스보이님.....안 돼요......제발......돌아와주세요.....

아무리 봐도 그 모습은 도저히 조작할 수 있는 상황이 아니었다. 그리고 얼마 지나지 않아 방송은 자동적으로 종료되었다.

그 직후, 데스보이의 사망에 대한 뉴스와 기사가 쏟아졌다. 그러나 그 누구도 그의 장례식에 대한 정보를 알 수 없었다. 심지어 그의 실물을 본 적이 있다는 사람도 없었다. 그의 정체를 아는 사람은 아무도 없었다.

그 이후 한동안 수어사이드 티비 채널에는 새로운 영상이 올라오지 않았다. 하지만 이전에 올라왔던 영상들은 그대로 남아 있었고, 여전히 구독자는 꾸준히 증가했다. 그의 영상에서 말하는 바를 그대로 따르는 자살자도 여전히 늘어갔다.

죽음의 크리에이터

그런데 그가 죽은 후 딱 49일째가 되던 날, 수어사이드 채널에 새로운 영상이 올라왔다. 그 영상을 본 사람들은 다시 경악할 수밖에 없었다.

시청자 여러분, 안녕하세요. 오랜만입니다. 수어사이드 티비의 데스보이입니다. 그동안 많이 기다리셨죠? 제가 부활했습니다!

그는 활짝 웃어 보이며 양팔을 벌렸다.

여러분, 그날 생중계는 절대 조작이 아닙니다. 저는 분명히 죽었었습니다. 자, 여기 제 목덜미에 아직 아물지 않은 이 상처 보이시죠?

그는 마치 새로 한 문신을 자랑하듯 고개를 들어 자신의 목덜미에 있는 상처를 보여주었다. 그곳에는 칼자국이 선명하게 남아 있었다.

하지만 제가 분명히 말씀드렸죠? 저는 이 채널 안에서는 영원히 존재한다고요. 자, 오늘은 또 어떤 콘텐츠냐면요. 바로, 제가 직접 죽어 본 후기를 시청자 분들께 생생히 공유해드리려고 합니다! 여러분이 그토록 궁금해 하셨던 죽음의 세계를 제가 다 알려드리겠습니다. 자, 그럼 본격적인 이야기를 시작하기 전에 구독과 좋아요 부탁드립니다! (…)

그리고 수어사이드 티비에는 이어서 다양한 영상이 올라왔다.

〈자살로 사람들에게 멋지고 아름답게 기억되는 방법〉
〈데스보이를 따라 온 구독자분들과 지옥에서 정모한 후기〉
〈이번에는 사형수다! 교수형 집행 직후 밀착 인터뷰〉
〈지옥도 나름 괜찮은 곳이다! 지옥 방문 생생 후기〉
〈희대의 연쇄살인마 XXX씨와 엽떡 먹방!〉

…

영상은 주기적으로 꾸준히 올라오고, 여전히 구독자와 조회수는 점점 늘어나고 있다. 동시에 많은 사람들이 그를 따라가고 있다. 그리고 그는 여전히 채널 안에서 버젓이 살아 있다.

그리고 방금, 수어사이드 티비 채널에서 새 영상이 올라왔다는 알람이 울렸다.

죽음의 크리에이터

〈시청자들에게 묻습니다! 당신은 그날, 왜 죽으려고 했습니까?〉

# 작가의 말

머릿속에서 이야기를 구상하며, 그리고 글로 써 내려가며 생각했습니다. 대부분의 소설들이 아마도 작가가 겪은 경험담의 일부가 아닐까 하고 말입니다. 열 편의 이야기들 중에서는 직접 겪은 일이나 꿈에서 착안한 것도 있고, 전해들은 이야기도 있고, 길을 걷다 우연히 떠올린 이야기도 있습니다. 〈이갈이〉의 경우, 고된 회사일을 마치고 온 뒤 새벽마다 이를 가는 친오빠의 이갈이 소리를 듣다 간담이 서늘해진 순간에 구상한 이야기입니다.

제목인 〈기요틴〉은 프랑스혁명 때 죄수의 목을 절단하기 위해 사용되었던 사형기구로, '기요탱'으로도 읽을 수 있으며 단두대라고도 합니다. 소설집의 부제를 '삶과 죽음의 경계'라고 스스로 설정했기 때문에 단두대 앞의 세계는 삶을, 단두대 너머의 세계는 죽음이라는 의미를 함축해 〈기요틴〉으로 짓게 되었습니다.

이 책에 수록된 열 편의 이야기들을 모두 '죽음'이라는 요소와 긴밀하게 연결하였습니다. 〈환생〉은 사랑하는 남편을 잃은 연희의 상실감이 표면적으로 두드러지지만 주인공인 지훈의 자아가 점차 소멸되며 죽은 민우의 인생에 스며들어가는 과정도 어쩌면 죽음의 요소로 볼 수 있을 것입니다. 〈이별령〉은 이야기에서 직접적으로 죽음이 드러나지는 않지만 사랑했던 연인과의 이별은 연인이 죽는 것만큼이나 힘든 일이기에 죽음과 상실의 범주에 포함할 수 있다고 생각합니다.

다소 잔혹한 이야기도 있고, 그다지 무섭지 않은 이야기도 있고, 일반적인 상식에서 벗어난 이야기도 있을 것입니다. 모든 이야기가 죽음이라는 요소와 연결되어있다고 해서 무조건 공포문학이라고 할 순 없지만, 될 수 있다면 이 소설집이 공포문학의 범주 안에 들어간다면 좋겠습니다. 저는 지금까지 주로 에세이를 써 왔지만, 소설가로서는 호러 장르의 작가로 자리 잡고 싶습니다. 제가 가장 매력을 느끼는 장르인 호러는 인간의 근원적인 공포를 자극하는 동시에, 롤러코스터를 타는 듯한 짜릿함을 선사하기 때문입니다. 그런 이야기를 직접 창작해나가는 과정 또한 고되지만 짜릿합니다.

그런데 유독 감정이입과 감정소비가 심한 작업이었습니다. 원체 눈물이 많은 편이기도 하지만 유독 이 이야기들을 쓰다 많이 울기도 했습니다. 내가 직접 그 상황과 맞닥뜨리거나, 그 사건을 직접 경험하거나, 눈앞에서 지켜보고 있다고 생각하며 글을 써야했기 때문에 그 후유증으로 자주 악몽을 꾸기도 했습니다. 이러한 장르의 소설을 쓴다면 어쩔 수 없이 받아들여야 하는 일 같습니다.

동시에 매우 즐거운 작업이기도 했습니다. 지금껏 여러 권의 책을 쓰고 만들어왔지만 이토록 읽히고 싶다는 마음이 강렬하게 드는 것은 처음이었습니다(물론 저의 모든 책이 많이 읽혔으면 하는 마음입니다만…). 잘 쓴 글이라고 할 수는 없지만, 이 소설집을 준비하던 저는 글을 쓸 수 있어 행복한 사람이었습니다.


마지막으로 이 책이 세상에 나올 수 있도록 조언해 주신 작가님들, 뜻깊은 상을 수여해 주신 교수님들, 후원해 주신 후원자님들, 그리고 이 마지막 글까지 읽어주신 독자분들께 감사의 말씀을 전합니다.


2019년 6월

이스안

奇 기
祅 요
撑 틴

ⓒ 이스안, 2019

초판 발행 / 2019. 7. 7

펴낸곳 / 토이필북스
지은이 / 이스안
등록 / 2017-000016
팩스 / 02-6442-1994
메일 / toyphilbooks@naver.com

www.toyphilbooks.com
토이필북스는 키덜트 문화를 선두하고,
공유하는 출판 브랜드입니다.

ISBN 979-11-960284-8-0